Zu gut für diese Welt

Kathy Lette

Zu gut für diese Welt

Aus dem Englischen von Ruth Keen

WILHELM HEYNE VERLAG
MÜNCHEN

Die Originalausgabe erschien unter dem Titel
Nip 'n' Tuck
bei Picador, London

Satz: Franzis print & media GmbH, München
Druck und Bindung: Bercker, Kevelaer
Printed in Germany

ISBN 3-453-86760-2

www.heyne.de

Dieses Buch ist meinen Kindern Georgina und Julius
gewidmet, ohne die ich um **Jahre** jünger aussehen würde.

»Gott hat euch *ein* Gesicht gegeben, und ihr macht euch ein anders.«

Hamlet

1.

Einleitung: Das Trippeltrappel kleiner Krähenfüße

Gestatten Sie mir, uns vorzustellen.

Zunächst gibt es da jenes Ich, das ein kumpelhaftes Verhältnis zu Schnittlauch zwischen den Schneidezähnen hat. Das Ich, das keinen Haarconditioner benutzt, weil es so lange dauert. Das Ich, das erst heute früh sein Heuschnupfen- mit seinem Spermizidspray verwechselt hat. Meine Vagina kann nun freier atmen und meine Nasenlöcher können mindestens die nächsten sechs Stunden sicheren Sex praktizieren.

Es ist das Ich, dessen Vorstellung von körperlicher Ertüchtigung ein kräftiges, ausgedehntes Nickerchen ist. (Die medizinischen Beweise häufen sich, dass Joggen zu Hitzewallungen und Schweißausbrüchen führen kann.) Das Ich, das sich darüber im Klaren ist, dass Schaufensterpuppen zu dünn wären, um zu menstruieren, wenn sie echte Frauen wären. (Ich meine, *hallo?* Es gibt drei Milliarden Frauen auf der Welt, die nicht wie Supermodels aussehen. Und nur sechs, die wirklich so aussehen.) Hey, wenn Sie sich zu dick finden, stellen Sie sich einfach neben eine hochschwangere Frau – führen Sie immer eine bei sich. So lautet mein Rat. Und tragen Sie Strumpfhosen, die Abweichungen ebenso scharf ahnden wie die Taliban.

Es ist das Ich, das im Sommer die Beine nur bis Rocksaumhöhe rasiert. Im Winter bin ich zu faul, um mich überhaupt zu rasieren. Ich trage dicke Strumpfhosen und hoffe, dass niemand merkt, wie sich die Stacheln durch das Lycra bohren. Was mit den Löchern ist? Die male ich schwarz aus, mit Filzstift. Wenn ich mich doch mal schere, vergesse ich garantiert irgendwo eine Stelle und laufe dann mit einem borstigen Streifen auf der Rückseite eines Beines herum. Und für meine Schamhaare könnte man schon einen Ondulierstab brauchen. Ich mag meine Bikinilinie, verdammt noch mal. Es ist, als hätte man ein kleines Kuscheltier im Höschen. Weshalb ich am Strand auch den Kanalüberquerungs-Look bevorzuge, *Anno 1922*: vom Kinn bis an die Knie. Nichts geht über einen robusten orthopädischen Badeanzug.

Meine andere Vorliebe in Kleidersachen sind Jogginganzüge. Mein Motto heißt – wenn's passt, lass es hängen. Ich ziehe gern Klamotten an, die so weit sind, dass sie einen Flugzeugträger bedecken könnten; zusammen mit Großraum-Unterhosen – ja, meine *panty-line* ist immer gut sichtbar. Ich habe eine ausgemachte Allergie gegen G-Strings. Hey, wenn ich eine Ausschabung bräuchte, würde ich ins Krankenhaus gehen und das ordentlich machen lassen.

Es ist dasselbe Ich, das in Sachen Schönheit den Geist über das Stoffliche stellt – Stoffe gehen mir auf den Geist. Das Ich, das dafür sorgt, dass die Angst vorm Älterwerden immer hübsch unterhalb meines Alarm-Radars kreuzt. Das Ich, das findet, dass Alter keine Rolle spielt, es sei denn man wäre, sagen wir mal, ein Stilton. Oder haben Sie schon mal einen Cheddar gesehen, der sich einer Dermagen-Kur zur Straffung des Muskelgewebes unterzieht?

Dieses Ich verkündet auf Dinnerpartys angeheitert, dass mit Make-up mehr Umsatz gemacht wird als in der Rüstungsindustrie. »Und wenn man's recht bedenkt, dann sind doch diese Verschönerungsmittelchen nichts anderes als Munition im Sexkrieg.« (Meine Freundinnen sticheln normalerweise an dieser Stelle: »Sag mal, sitzt dein Tampon schlecht?«) »Die meisten Kosmetikhersteller sind erwiesenermaßen *Franzosen*. Was sagt uns das? Dass sie jede Menge Scheiße im Kopf haben und es auch noch *laut* hinausposaunen. Darum geht's doch.« (Sie wundern sich allmählich, dass ich überhaupt Freunde habe, stimmt's?)

Aber mal ehrlich. »Die Wissenschaft von der Schönheit« ... ich *bitte* Sie. Wenn diese so genannten Schönheitsforscher so wahnsinnig schlau sind, wieso haben sie sich noch nicht drangemacht, das Loch in der verdammten Ozonschicht zu stopfen? Wenn ich die Wahl hätte zwischen einem Dammschnitt und dem Gelaber einer Schönheitstherapeutin, würde ich sagen: »Her mit dem Skalpell.« Das Ganze ist nichts als Protein-angereicherter Hokuspokus. Der einzige Grund, einen Moisturizer »Wunder-Creme« zu nennen, ist doch die Tatsache, dass jemand bereit ist, ganze fünfzig Pfund dafür abzudrücken.

Es ist das Ich, das glaubt, »freie Radikale« hätten was mit Nelson Mandela zu tun. Das Ich, das sich bei der Anrede »Dame« umdreht und guckt, ob die Gräfin von Thurn und Taxis hinter ihm steht. Obwohl ich Moderatorin von *The World News Today* bei der BBC bin, tue ich ganz offensichtlich nur so, als sei ich erwachsen. In Wirklichkeit werde ich mit jedem Jahr unreifer. Nachdem ich die Ereignisse des Tages zu leicht verdaulichen, aber nahrhaften Nachrichtenhäppchen kastriert habe, verschwende ich in der Arbeit ganze Nachmittage damit, mir unglaublich kindische Spitznamen für meine Vorgesetzten auszudenken. Wenn ich über den jüngsten Vulkanausbruch oder einen politischen Korruptionsskandal berichtet habe, sieht man mich häufig allein in meinem Büro sitzen, mein Deodorant als Mikrofon benutzen und stumm die Lippen zu einer Destiny's-Child-Single bewegen. Oder ich hänge mit den Mädchen von der Maske herum und wir spielen dem Büro des Premierministers Telefonstreiche oder verewigen unsere Labialregionen auf dem Kopierer.

Das ist das Ich, das ich mag – das Ich, dem man nachsagt, Unmengen von Wodka trinken zu können und es fertig zu bringen, in einem fremden Land aufzuwachen, mit nichts als Nippelschmuck am Leib. Das Ich, das eine Cocktailparty nur dann verlässt, wenn es entführt oder mit vorgehaltenem Messer dazu genötigt wird. Das hochkarätige, weltliche Ich mit den niedrigen Betriebskosten, das in sechzehn Sprachen sagen kann: »Hey, Kumpel, ich hab da eine extrem ansteckende Geschlechtskrankheit, die ich irre gern mit dir teilen würde.«

Aber dann ist da noch dieses *andere* Ich.

Das *andere Ich* prallte kürzlich gegen ein Polizeiauto, weil es im Rückspiegel prüfend sein Gesicht auf Spuren von UV-Strahlung absuchte. Der Körper dieses *anderen Ich* ist von Cremeschichten bedeckt, die dick genug sind, dass sich kleine Haustiere darin verfangen könnten – Katzen, Eichhörnchen und ab und zu eine Hausmaus; sie alle kann man sehen, wie sie in meinen niederen Gefilden auf Grund gelaufen sind und hilflos zappeln. Ehrlich, die Dosis an Mittelchen, mit denen ich mich seit neustem überschütte, kann es mit der Ölfördermenge des Irak aufnehmen. Mein Gatte, Dr. med. Hugo Frazer, läuft Gefahr, sich mit einem einzigen Kuss ein Golfkriegsyndrom zu holen. Wirklich, ich habe eine Heidenangst, eine toxische Kettenreaktion auszulösen, weil ich mir versehentlich einen Dekolleté-Softener von Revlon zusammen mit einem Anti-Cellulite-Gel von Clarins auf den Bauch schmieren und dann einfach explodieren könnte! In blutigen kleinen Fetzen werde ich mich über das ganze verdammte Zimmer verteilen. Na ja, wenigstens würden *diese* Kosmetika ihrem Anspruch alle Ehre machen, »den Alterungsprozess drastisch zu bremsen«.

Das *andere Ich*, das sich in einem Körper gefangen fühlt, der ihm nicht länger gehört … weshalb ich mich keuchend und schnaufend im Hamsterrad der Selbstvervollkommnung einem frühzeitigen Tod entgegenschleppe … Und weshalb die *New York Review of Books* zugunsten von Zeitschriftenartikeln wie »Zehn Tipps zur Optimierung des Muskeltonus bei Mammutschenkeln« ungelesen in der Ecke liegen bleibt.

Dieses *andere Ich* kann man im Narzissmus-Bad rückenschwimmen sehen, und zwar im Turbotempo. Dieses *andere Ich* findet sich so hässlich, dass es befürchtet, die Leute, die es nur von der Seite anschauen, könnten unmittelbar erblinden.

Was ist bloß los mit dieser Frau, höre ich Sie fragen. Wenn ihr Hirn ein Spielzeug wäre, stünde darauf: »Enthält keine Batterien«; hergestellt von einer Firma namens Depps Incorp. Ich meine, woher kommt diese Schizophrenie?

Woher? Na, weil ich neununddreißig bin.

Daher.

Eines Abends mit neununddreißig legt man sich wie immer mit seiner normalen, angeschmuddelten alten Persönlichkeit ins Bett, im verwaschenen *Arsenal*-T-Shirt seines Mannes, mit einem Zahnpastaklecks auf dem Kinn und einem Rest Zahnseide, das noch zwischen den Beißern baumelt, wohlig umhüllt von seiner mottenzerfressenen Lieblingspyjamahose, der mit dem Loch, dem Fleck und dem ausgeleierten Gummiband (für den Fall, dass man seine Tage kriegt) – nur um als Fitness-Junkie in Stretchkleidung wieder aufzuwachen, mit Poren, die ständig rehydriert werden wollen, einem Privattrainer, einem Therapeuten der Jungschen Schule, einem Auto in der Form eines sexuellen Stimulationsgeräts, einer Maniküre sowie einer Schwäche für Milchbubis und lange Gespräche über Algen-Gesichtsmasken und tantrische Vaginalspülungen.

Verschönerungstechniken, an die man nie einen einzigen Gedanken verschwendet hat, nehmen plötzlich mehr Platz im Hirn ein als die Gesamtverschuldung der Dritten Welt. Wenn ich die Wahl hätte, ob ich eine neue Diät anfangen oder dem Hunger auf der Welt den Kampf ansagen sollte, würde ich erst mal fragen müssen: »Ähm … Slimfast oder Jenny Craig?«

El Niño und die damit verbundene Umweltzerstörung erscheinen einem weniger besorgniserregend als die Entdeckung einer neuen Falte. Sagte ich Falte? Wem versuche ich was vorzumachen? Ich habe genügend Krähenfüße für einen ganzen Vogelpark. Und Krähenfüße sind es eigentlich auch nicht, es sind gottverdammte gigantische Straußenabdrücke ... Wer hat die Flugsaurier losgelassen? Offenbar sind sie mir quer übers Gesicht marschiert, und ich Idiot hab's nicht gemerkt.

Es ist, als hätten einem UFO-Strahlen aus einer fernen Galaxie den Befehl ins Hirn gebeamt, ausgerechnet wegen der Elastizität seiner Innenschenkel in Verzweiflung zu geraten. Genauso schnell verflüchtigt sich das Geld im Portemonnaie, um sich in den Tresorräumen der Kosmetikfirmen wieder zu materialisieren. Und wozu das Ganze? Für eine »Zaubercreme«, von der einem niemand genau sagen kann, wie sie hergestellt wurde – aber, um's mal so zu formulieren: Zweihundert Frettchen sind ins Labor *rein*gegangen, und nur zwei sind wieder herausgehoppelt, und die hatten mit einem Mal ein paar zusätzliche Köpfe, und außerdem eine mysteriöse Geschlechtsumwandlung vollzogen.

Aber wen interessiert's? Man kauft das Zeug ja trotzdem. Irgendwie entwickelt man eine chronische Unfähigkeit, zu Schönheitsberaterinnen bei Harrods Nein zu sagen. Pürierte Panzernashorn-Erektionen? Ja, bitte. Zerriebene Schafsembryos in der praktischen, handtaschengroßen Spenderdose? Aber hallo. Herrgott noch mal, wenn eine Kosmetikerin mir empfehlen würde, meine eigene Monatsbinde zu verzehren, um diese jugendlichen Apfelbäckchen zu bekommen, würde ich's tun, ohne mit der Wimper zu zucken.

Plötzlich sind Sonnenlicht, durchzechte Nächte, Alkohol, Kaffee und alles andere, was das Leben schön macht, nicht mehr *dc – dermatologisch correct.* Ohne jede Vorwarnung verspüre ich den mir bisher wesensfremden Wunsch, den Kindern eines Schönheitschirurgen die Privatschule zu finanzieren, von der ersten Klasse bis zum Abi. Aus heiterem Himmel vergleiche ich meinen Arsch mit dem von Frauen auf meterhohen Reklametafeln und führe Listen über alle weiblichen Wesen in meinem Bekanntenkreis, die jünger und schlanker sind als ich.

Ich, Lizzie McPhee, die Frau, die einen Bauarbeiter in den Schwitzkasten nahm, sobald sein Mund nur Anstalten machte, sich zu einem Pfiff zu kräuseln. Ich, Lizzie McPhee, brünettes Großmaul, dem man nachsagte, ihren Vibrator im Kickstart anzulassen.

Wenigstens bin ich nicht die Einzige, die sich dermaßen zum Affen macht. Ich habe den Eindruck, dass *alle* Frauen über neununddreißig – von der Doppelagentin, die ganze Terroristenringe zerschlug, bis hin zur Fliegerin, die ihre Bruchlandung auf einem Himalajagipfel überlebte – sich wider Erwarten in geistesgestörte Möchtegern-Barbiepuppen verwandeln und verzweifelt nach einem Elixier suchen, mit dem sie jene schreckliche, unheilbare Frauenkrankheit bekämpfen können – das Alter. Es ist kein rassistisches, sondern ein kosmetisches Vorurteil – eine Diskriminierung, unter der allein Frauen zu leiden haben. (Ich meine, Woody Allen treibt's ja wohl noch immer, oder?) Für uns Weibchen ist doch ein Wortspiel schon ein Vorspiel. Aber für die Kerle? Also wenn ein Mann danach beurteilt wird, wie er auftritt, dann eine Frau nach dem, was sie aufträgt. Und wir brauchen keine Heerscharen von Verhaltensforschern, die uns erklären, warum Männer Frauen nach ihrem Aussehen bewerten. Weil sie nämlich besser *gucken* können als *denken.*

Ich frage Sie also, ist es verwunderlich, dass sich der IQ von Frauen, sobald sie die Neununddreißig erreicht haben, drastisch halbiert, wenn sie in die Nähe eines Schönheitsprodukts geraten? Dass wir uns um das neueste Anti-Ageing-Mittelchen scharen wie Berufsrevolutionäre um ihr Freiheitsbanner?

Für Frauen ist vierzig zu werden gefährlicher als ein Beach-Tanga in hoher Brandung.

Ich mache Mutter Natur dafür verantwortlich (verlogenes Miststück!), und Väterchen Zeit (blödes Arschloch!). Jawoll, diese beiden frauenfeindlichen Spielverderber haben mir das Taschengeld gekürzt und Stubenarrest verpasst. Und wenn sich zwei so autoritäre Wichtigtuer verbünden, hat da eine Frau überhaupt noch eine Chance? ... Weshalb ich mich auch, ein halbes Jahr nach meinem neununddreißigsten Geburtstag, im Aufwachraum eines Krankenhauses wiederfinde, zwischen pastellfarbenen Tapeten und Fahrstuhl-Gedudel, gerädert, kodderig, groggy und vollgepumpt mit schmerzstillenden Mitteln. In Bandagen gewickelt wie eine Mumie, fühle ich mich wie ein Weihnachtsgeschenk, das darauf wartet, unter lauter Ahs und Ohs ausgepackt zu werden.

Aber werde ich denn auch Ah und Oh machen? Oder wird dies der Tag sein, an dem ich erwache, auf die Algen starre, die meinen Unterleib bedecken, und auf das himbeerfarbene Einlaufröhrchen, das mir im Hintern steckt, und zu mir sage: »Wie konntest du nur so bescheuert sein?«

Mit Nadeln gespickt und benebelt von der Narkose, versuche ich in einen Wachzustand vorzudringen, aber die Ungeheuerlichkeit meiner Tat lässt mich immer wieder wegsacken. So viel geschah im letzten Jahr, das mich letztlich hierher trieb – Ehebruch, Inzest, Tod und Scheidung ... ein kleiner Unfall mit einem Do-it-yourself-Bikini-Waxing-Set ... Die Tatsachen brechen über mich herein. Ich entsinne mich dunkel, dass alles im letzten Juni begann, an meinem neununddreißigsten Geburtstag. Da fühlte ich zum ersten Mal, dass mich mein Alter zwang, auf der Standspur zu trampen. Und ein Laster namens Leben war gerade an mir vorbeigedonnert.

2.

Bist du sicher, dass ein Kuchen für die vielen Kerzen reicht?

Mein neunundddreißigster Geburtstag begann mehr oder weniger wie jeder andere Tag – mit einer kalten Tasse Kaffee und einem Meerschweinchen-Kötel. Wie ich meinen Nachrichtenredakteuren bei der BBC immer erkläre, ist der Grund, warum ich von den aktuellen politischen Entwicklungen häufig keine Ahnung habe, dass meine Kinder den Hamsterkäfig immer mit der Morgenzeitung auslegen, bevor ich sie gelesen habe. Ich besitze die bestinformierten Nager in der westlichen Welt.

Mein Gatte Hugo drückte mir ein hastig verpacktes Gerät zum Unkrautjäten in die Hand, für unseren landschaftlich neu gestalteten Garten – in dem kein Unkraut wuchs. »Und da wird immer behauptet, es gäbe keine Romantik mehr«, lachte ich. Er war schon wieder auf dem Sprung ins Krankenhaus, um einen armen Teufel mit einer geplatzten Halsschlagader zu retten, der seinen Wagen gegen einen Laternenpfahl gesetzt und sich selbst mit dem Gesicht zuerst durch die Vorderscheibe katapultiert hatte.

Aber ehrlich gesagt, es war ja gerade dieses selbstlose Engagement, das ihn für mich so anziehend machte, als wir uns kennen lernten. Herrje, wie lange war das wieder her? Zehn – nein, elf Jahre. Ich hatte mir bei einem Sturz von der Berliner Mauer den Unterkiefer in tausend Teilchen zergeschlagen – die einzige Verwundete der Sanften Revolution. Mein damaliger Arbeitgeber CNN flog mich in ein Londonder Krankenhaus, wo ich die nächsten zwei Wochen damit verbrachte, Hugo Frazer zu beobachten, der mit langen Beinen entschlossen von Station zu Station schritt, als stehe er auf unsichtbaren Skiern. Mein Mann ist nämlich Gesichts- und Kieferchirurg. Er setzt bei Landminen-Opfern die Puzzleteilchen wieder zusammen, entfernt Krebstumore oder richtet schauerliche Geburtsfehler à la Elefantenmensch, meistens in aufreibenden, zwölf Stunden dauernden Operationen. Sein Selbstvertrauen ist so groß wie seine Schultern breit sind, breit genug, um für sich selbst Reklame zu laufen. Wegen seiner Körpergröße, der blauen Augen und des sympathisch knorrigen Gesichts (als würde er jetzt schon für die Stelle trainieren, die frei wird, wenn Robert Redfords Arterien anfangen, sich zu verhärten), benötigte ich genau zwei Untersuchungen, um mich zu verlieben.

Schnell warfen wir berufsethische Bedenken über Bord und gaben uns einer dermaßen heißen, intensiven Leidenschaft hin, dass ich mir Sorgen machte, sie würde das globale Klima beeinflussen. »Wir können nur hoffen, dass Saddam Hussein nie in so eine Ekstase gerät wie wir«, keuchte ich postkoital.

Hugo erwiderte, er empfinde eine solche Hochstimmung, fühle sich so *high*, dass er jeden Moment erwarte, von Fluglotsen aufgefordert zu werden, seine Position durchzugeben – in diesem speziellen Augenblick auf dem mittleren Regalbrett des Medikamentenschranks.

Es ist klar, warum ich verrückt nach ihm war (Hugo war im Grunde wie jeder andere Typ aus einem griechischen Heldenepos). Aber ich konnte nie begreifen, was *er* an *mir* fand. Ich glaube, es hat etwas mit den seriösen akademischen Kreisen zu tun, in denen er damals verkehrte. Wir sprechen hier von weiblichen Bücherwürmern. Wie sprechen hier von Frauen, die knöcheltief in Haarschuppen waten. Weshalb es ihm auch, wie er sagte, meine niedrige Lachschwelle angetan hatte, meine unbeschwerte Neigung, Dummheit messerscharf zu sezieren wie ein Skalpell die Epidermis – wofür er den Umstand verantwortlich machte, dass ich halb amerikanisch und bis zu meinem zehnten Lebensjahr in den Staaten aufgewachsen war. Und ich glaube, dass ihn außerdem mein Job faszinierte: die Staatsstreiche, die gestürzten Diktatoren, und ich mittendrin in meiner Flakweste, einen Klecks Lippenstift auf dem verdreckten, übernächtigten Gesicht, in meinem kugelsicheren BH forsch verkündend: »Hier meldet sich Lizzie McPhee aus der Kampfzone …«

Vielleicht spielte es auch eine Rolle, dass ich, als wir uns kennen lernten, mein Krankenhausnachthemd versehentlich verkehrt herum trug – Sie wissen schon, das Ding mit dem klaffenden Schlitz über die ganze Länge.

Selbst nach all den Jahren fühlte ich, wie mich eine Welle der Liebe durchflutete, als Hugo durch das Schlafzimmer auf mich zukam und die Lippen spitzte, um mir meinen Geburtstagskuss zu geben. Wenn ich jetzt einen Arzt aufsuchen würde, würde er mir folgende Diagnose stellen – unerschütterliche Liebe zum Dr. med.

Meine Kinder – die neunjährige Julia und der siebenjährige Jamie – waren meine nächsten Gratulanten. Während ich für sie lauwarme Toastscheiben dick mit Marmite beschmierte, rissen sie sich von ihren grellbunten Frühstücksflocken mit fröhlichen Namen wie *Frech und Fruchtig!* los, um mir eine Sammlung selbst gebastelter Diademe aus alten Klorollen zu verehren, die ich lobte, als hätten sie mir gerade die Qumran-Schriftrollen überreicht.

»Mami, gab es schon Fernsehen, als du gelebt hast?«

Hugo hielt unserer Tochter spielerisch den Mund zu. »Weißt du noch, wie begeistert wir waren, als sie anfingen zu sprechen?«, fragte er und schüttelte milde lächelnd den Kopf.

Jamie probierte gerade, ob man Weetabix nicht mit dem Ventilator in dünnere Scheiben schneiden konnte.

Hugo wischte sich Milch von der Stirn, beugte sich zu mir

herab und gab mir einen geronnenen Kuss. »Mach dir keine Sorgen. Wenn sie Teenager sind, dann nehmen *wir* Heroin, okay?«

»Glaubst du, es ist stark genug?«, fragte ich und pflückte eine durchgeweichte *Nautische Nuß!* von seinem Revers.

Aber er war nicht böse. Hugo betetete seine Kinder an. Wenn wir in die Oper gingen, erkundigte er sich schon per Handy nach ihnen, bevor wir überhaupt an der Straßenecke waren. Er wusste, ohne hinsehen zu müssen, wer von beiden dem anderen ein M & M in den Nasengang geschoben hatte. Er verlor in ihrer Gegenwart *nie* die Beherrschung, nicht einmal in jenem fürchterlichen Augenblick, als sie auf der Autobahn versehentlich die Aufblasschnur an ihrer Hüpfburg gezogen hatten. Nicht einmal, als er mitten in einer Operation dringend auf seinem Pager gerufen wurde, weil die Kinder gerade die Katzen gewaschen hatten und wissen wollten, welches Programm im Trockner sie einstellen sollten.

Als er ihnen die Hand unters Kinn legte und jedem einen Abschiedskuss gab, sah ich, wie sich die Liebe in kleinen Wellen über sein Gesicht ergoss, und ich verspürte einen prickelnden Schauer puren Glücks.

Hugo hetzte zum Krankenhaus, die Kinder zogen widerwillig nach oben ab, um sich für die Schule anzuziehen, und ich versuchte eine Schnellreinigung der Küche vorzunehmen. Meine Küche war, genau wie ich, mit sich und der Welt zufrieden. Überall angeschlagene Fußleisten infolge heimischen Rollerfahrens, Kaffeeflecken auf allen Oberflächen, ein Chaos kitschiger Magneten, die Stundenpläne und Hausarbeitstermine auf einem Kühlschrank festhielten, der unter Lungenerweiterung litt. Ich entfernte gerade die von nassen Müslilöffeln herrührenden braunen Klümpchen in der Zuckerdose, als meine ältere (was sie natürlich nie nach außen durchsickern lassen würde) Halbschwester Victoria auf dem Weg zum Schönheitssalon hereinrauschte, um sich einen kleinen Koffein-Kick zu holen.

»O Scheiße«, formulierte Victoria überdeutlich, da sie vermeiden wollte, dass ihr roter Lippenstift mit ihren perfekten Zähnen in Berührung kam, »du hast ja Geburtstag. Hab ich ganz vergessen, Schätzchen. Neununddreißig! Also, um Himmels willen«, hier senkte sie konspirativ die Stimme, während sie einen leichten Wildledermantel abstreifte, aus niedlichen, allerliebsten Waldtierchen gemacht – zweifellos einer geschützen Art –, »erzähl's bloß nicht weiter! Du kannst mir glauben, die zwanzig Jahre zwischen fünfunddreißig und vierzig sind die aufregendsten im Leben einer Frau!«

Ich lachte und verspürte eine Mischung aus Zuneigung und Verzweiflung. »Weißt du, was für eine arme Sau du bist? Das ist wirklich so was von armselig und jämmerlich. Offensichtlich ist dir entgangen, dass ›Älterwerden‹ absolut im Kommen ist.«

Victoria ist Model, und glauben Sie mir, aus ihrer Zeit stammt das »cat« in Catwalk. Den meisten Tiefgang hat bei ihr das Dekolleté. In den Achtzigerjahren war sie eine Legende, aber sobald sie die Dreißig erreichte, flackerte ihr Stern nur noch in der Wattleistung einer Funzel. Inzwischen waren mehr als zehn Jahre vergangen, seit ihr Konterfei zuletzt das Etikett einer Shampooflasche geziert hatte. Ihre Model-Aufträge beschränkten sich mittlerweile auf Auftritte in, sagen wir mal, Helsinki, so gegen, nun ja, *halb fünf*, am Morgen. Und ihre Drehorte wurden auch immer gefährlicher – Sie wissen schon, wo sich sonst niemand hintraut, Somalia, Belfast oder tiefstes Birmingham. Die harte, nackte Wahrheit? Meine Schwester kam schneller in die Jahre als ein Paar Plateaustiefel von Prada.

»Du wirst staunen«, ich entwand meinen Arm ihren scharlachroten Tentakeln, »aber ich glaube, dass mir die Anonymität des Alters gefallen wird. Mit vierzig kann einem alles egal sein, man kann endlich anfangen, still und leise zu vergammeln.«

Meine Schwester warf mir einen hochmütigen Blick zu.

»Mach dich nicht lächerlich, Schätzchen«, antwortete sie und lugte in ein diamantenbesetztes Puderdöschen, um ihr Make-up Marke Spatel & Co. aufzufrischen. »Vierzig werden ist der Auftakt zum Greisentum.« Sie plumpste auf einen Küchenhocker und schauderte. »Alter ist für Frauen das, was Kryptonit für Superman ist.«

»Herrje, Victoria, du klingst so, als wäre ich für die Rolle der Norma Desmond im Remake von *Boulevard der Dämmerung* vorgesehen!«, sagte ich genervt und warf Selleriestangen und Mohrrüben in die Lunchboxes der Kinder.

»Tu bloß nicht so, als würde es dir nichts ausmachen, Elisabeth. Die Angst, vierzig zu werden, ist vom Internationalen Gerichtshof anerkannt. Und du bist keine Ausnahme.« Sie aß einen Krümel vom Brotschneidebrett – womit das Frühstück für sie erledigt war – und zündete sich eine Zigarette an. »Wo sich doch jede zweite Vierzigjährige verbraucht und missbraucht und auf den Abfallhaufen der Gesellschaft geschmissen fühlt, wieso solltest du dich da anders fühlen?« Sie ließ einen Kringel Krebs erregenden Qualms für Passivraucher entweichen. »Mit der Haltung stößt du nur alle deine Freundinnen vor den Kopf.«

»Hör mal, wenn der große Tag gekommen ist, werde ich wahrscheinlich zu viel trinken.« Ich rammte die Tupperwaredeckel geräuschvoll auf die Lunchboxes der Kinder. »Möglicherweise werde ich weinen und nackt auf dem einen oder anderen Tisch tanzen. Aber ich mein's ernst. Ich finde es gut, älter zu werden.«

Meine Schwester verdrehte ihre massiv wimpernbetuschten Augen. Angesichts der Tonnen von Lidschatten kam das einem optischen Gewichtheben olympischen Ausmaßes gleich.

»Nein, *wirklich*. Ich habe keine Angst mehr vorm Leben, so wie früher einmal. Es ist mir egal, ob man mich mag oder nicht. Ich mag mich. Und ich kenne meine Grenzen. Ich habe auch nicht mehr den Ehrgeiz, den Nobelpreis für Astrophysik zu bekommen. Ich werde auch nie Astronautin werden. Oder eine Nacktszene in einem Film drehen. Ich werde nie mit Ben Affleck schlafen. Ich werde nie schön sein. Aber wenn ich vor einer Sache absolut keinen Schiss habe, dann sind es Falten. Oder vorm Tod, wenn man's recht bedenkt ...«

»Herzchen, Falten *sind* der Tod.«

»Hugo liebt mich so, wie ich bin.«

Victoria ließ ihre kunstfertig gestutzten Augenbrauen nach oben wandern. »Zeig mir die Frau, die glücklich über ihr Alter ist, und ich zeige dir die Brandmale ihrer Elektroschockbehandlung.«

Ich schüttelte den Kopf. Als Halbschwestern lieben wir uns, Victoria und ich, aber als Freundinnen sind wir unausstehlich. Das Einzige, das uns verbindet, ist die gemeinsame Verachtung für unsere *mater familias*. Unsere Mama, eine drittrangige britische Schauspielerin am Broadway, überlebte eine stürmische Sechsminutenehe mit einem unveröffentlichten New Yorker Lyriker, aus der Victoria hervorging. Alles, was ich je über die Identität *meines* Vater aus ihr herausholen konnte, erfuhr ich während eines verunglückten Aufklärungsgesprächs. »Wo komme ich her, Mama?«

»Aus Brooklyn«, sagte sie lapidar.

Victoria und ich vermuten, dass sie nur wieder schwanger wurde, weil es eine sinnvolle Ablenkung vom Vorabend-Fernsehen war. Wann immer sie zu einem Gespräch mit unserer Schulleiterin zitiert wurde, zog sie es vor, in die Karibik zu fliegen. Schließlich steckte sie uns in eine Internatshölle im englischen Surrey und verschwand aus unserem Leben – für die nächsten zehn Jahre. Ihr kleines Lieblings-Bonmot lautete, ihr sei so verzweifelt daran gelegen, keine Kinder mehr zu bekommen, dass sie ein *Kondom* über ihren *Vibrator* stülpe. (Trotz der endlosen Warnungen unserer Mutter – »Jeder Mann hat schnell genug von einem Fräulein Neunmalklug« – haben wir beide von ihr die uncharmante Gabe einer spitzen Zunge geerbt.) Inzwischen hat sie sich hinter den Mauern eines Hochsicherheits-Altersheims verschanzt und sich kraft einer gerichtlichen Verfügung gegen jegliche Besuche unsererseits verwahrt.

Aber abgesehen von der gemeinsamen Enttäuschung über unsere Mutter könnte man sich kein ungleicheres Geschwisterpaar vorstellen. Victoria mit ihren halbmondförmigen, leuchtend grauen Augen und dem schlanken fotogenen Luxuskörper von einem Meter achtzig sieht nicht im Geringsten wie eine Schwester von mir aus. Ich bin brünett, Victoria ist blond – und entschlossen, noch blonder zu werden. Ich wollte immer groß und herablassend sein wie sie, stattdessen wurde ich gedrungen und wissbegierig. Wir unterscheiden uns also nicht nur äußerlich. Während ich nach dem Abi ein Jahr lang an den Stränden Südostasiens in der Sonne brutzelte, habe ich meine Schwester noch nie in direktem Sonnenlicht erlebt. Ich erzähle allen Leuten, dass sie nachts zum Schlafen kopfüber von der Decke hängt. Während ich der Ansicht bin, dass mein Körper lediglich dazu da ist, meinen Kopf durch die Gegend zu tragen, glaubt meine Schwester, ihrer habe ausschließlich die Funktion, sich Gedanken über ihren Körper zu machen. Nachdem ich an der Brown University Geisteswissenschaften studiert hatte, zog ich infolge meines CNN-Jobs nach Europa – nur um festzustellen, dass Victoria auf den Titelseiten aller englischen Modezeitschriften prangte.

Mein Blick fiel auf unser Spiegelbild in den Scheiben des Wintergartens. Ich sah so erhitzt und zerzaust aus wie meine Schwester gut frisiert und gefasst. Wenn sie morgens um neun Uhr aus dem Haus gehen will, fängt sie um *vier* an, sich fertig zu machen. Sie ruht nicht, ehe sie sich nicht in ein Kleid Größe XXXS gezwängt hat. Noch im Grab wird Victoria es fertig bringen, eine Collagenmaske und Nachtcreme aufzulegen.

Ich versuchte, meine Funken sprühende Haarmähne mit einem Gummiband im Nacken zu bändigen. Warum war ausgerechnet *ich* die Schwester, die vom Bäumchen der reizlosen Mädchen abgeschüttelt und im Fallen auch noch von jedem beschissenen Ast zerkratzt worden war, verdammt noch mal?

»Schätzchen, vergiss nicht heute Abend.« Sie ließ im Veronica-Lake-Stil eine blonde Strähne sanft über ihr rechtes Auge fallen. »Es könnte deine besondere Geburtstagsüberraschung werden.«

Meine Schwester war Mitglied im Vulva-Ensemble, das im Rahmen einer großen Wohltätigkeitsveranstaltung die *Vagina-Monologe* aufführte. Obwohl sie auf einer unerbittlichen Talfahrt in die Drittklassigkeit unterwegs war, krallte sich Victoria mit ihren Acryl-Nägeln eisern an jedes sich bietende Engagement. Und bei einem Event mit hoher Medienpräsenz dabei zu sein, in dem es darum ging, Spenden für ein Frauenhaus zu sammeln, war Teil des Plans zu ihrer Publicity-Rehabilitierung.

Ihr zwergenhaftes rosa Nokia klingelte. Strahlend raunte sie mir das Wort »Sven« zu und schnurrte kehlig ins Telefon: »Darrrrling, sechs Wochen ohne dich waren viel zu lang. Meine Muschi ist schon ganz wuschig. Und, hast du in Amerika einen Job für mich gefunden?«

Ich verzog schmerzhaft das Gesicht. Während ich mich in meinen Büchern vergraben hatte, war Victoria mit sechzehn aus unserer düsteren Internatsschule à la Nicholas Nickleby ausgerissen. Sie fand einen Job als Oben-ohne-Kellnerin in einer spanischen Tapas-Bar, danach hatte sie ein kurzes Gastspiel als »Tänzerin« in *Sophisticats*, wo ein Model-Scout sie entdeckte. Das Erste, was Sven zu ihr sagte, war: »Du bist zu 99,9 Prozent ideal. Wenn du für mich arbeiten würdest, wärst du hundertprozentig perfekt.« So lautete jedenfalls ihre Version. Ich persönlich glaube eher, dass sie ihren widerlichen Freund nur in einer polizeilichen Gegenüberstellung kennen gelernt haben kann. Herrgott noch mal, der Mann hatte ja Handschellen-Bräunungsstreifen.

Zwanzig Jahre später hatte sie den Kontakt zu ihrer »Großen Liebe« wieder angefacht, und obwohl er sie ein weiteres Mal in die Kartei seiner Agentur aufgenommen hatte, hoffte sie verzweifelt, dass er sie auch noch heiraten würde – weshalb sie seinem Antrag mit emsiger Gewährung sexueller Günste entgegenarbeitete.

Sven (wie »Svengali«) hatte mit zweiundzwanzig Jahren seinen Namen geändert (von Terry Taylor) und seitdem nie wieder etwas mit seiner düsteren, spießigen Sozialbau-Vergangenheit zu tun gehabt. Erfolgreich hatte er seine jugendliche Begeisterung, Frauenhöschen von Wäscheleinen zu klauen, in eine Karriere als Model-Agent umgewandelt, wo sich die Frauen freiwillig für ihn auszogen. In Bestätigung der alten Weisheit, dass ein schlechter Mann nicht unterzukriegen ist, wurde er Leiter des europäischen Büros von Divine, einer der größten Model-Agenturen der Welt mit einem Jahresumsatz von einhundert Millionen Dollar (wie er unablässig prahlte). Aber ich ließ mich von seinem Christian-Liaigre-Interieur nicht eine Sekunde blenden. Wir haben es hier mit einem Typen zu tun, der sich an einem billigen Flamenco-Badeort und zu fünft im Jacuzzi am wohlsten fühlt. Obwohl er permanent mit der *Financial Times* unterm Arm durch die Gegend läuft, bin ich überzeugt, dass sich seine Lektüre in Wahrheit auf alte Ausgaben von *Heiße Hintern*, *Mopsfidel* und *Nixen in Latex* beschränkt. Er mag ja eine Stimme haben, die so sanft und beherrscht ist wie die einer Kindergartentante, aber ich vermute, würde Sven in haiverseuchten Gewässern schwimmen, würden die Haie Kettenpanzer anlegen.

Ich blickte auf die Uhr und stellte fest, dass mir genau dreißig Sekunden blieben, um zermatschte Bananen aus den Tiefen von Turnbeuteln zu entfernen, Klettverschlüsse auf Turnschuhen festzuzurren, Nissen aus Kinderhaar zu kämmen und mich auf den Weg zur Arbeit zu machen. Ich hätte meine Schwester bitten können, die Kinder an der Schule abzusetzen, aber sie würde sie nur versehentlich beim Friseur liegen lassen. Victoria geht es mit Kindern wie den meisten Menschen mit Ikea-Bauplänen. Man weiß nie, wie viel Aufwand drinsteckt, ehe es längst zu spät ist. Obwohl sie den Mutterinstinkt eines Guppis besitzt, hat meine Schwester zu ihrer eigenen Verblüffung die wunderschöne Marrakesch hervorgebracht. Seit fünfzehn Jahren schon sucht Vicoria nach einer legalen Lücke in der Geburtsurkunde ihrer Tochter.

Ich ließ meine Schwester zurück, die praktisch eine Fellatio über ihr Handy vollführte, scheuchte die Kinder aus unserem Reihenhaus in Hampstead und war drauf und dran, mir intravenös eine Flasche Valium zu verabreichen, um mich gegen die Fahrt zur Schule zu wappnen, als mir mein Nachbar aus der runtergekommenen, mietpreisgebundenen Souterrainwohnung nebenan auf federnden Nikes entgegengesprungen kam.

»Herzlichen Glückwunsch zum Geburtstag!«, sagte Calim Keane grinsend. »Ich habe keine Ahnung, wie alt du geworden bist, aber du siehst wesentlich jünger aus!« Er drückte mir einen Teller mit Törtchen in die Hand, die vor Kerzen nur so strotzten. »Soll ich die Gören zur Schule fahren?«

Calim half mir ständig aus der Patsche. Er kümmerte sich um meine Kinder, selbst wenn sie ansteckend waren, und hatte ein für alle Mal ihr Herz gewonnen, als er ihnen beibrachte, wie man unflätige Darmgeräusche mit der Achselhöhle erzeugt, was sie zum Totlachen fanden. Er hatte als Geburtshelfer der Meerschweinchenbabys fungiert. Er begleitete mich sogar beim Einkauf von Badeanzügen und drohte, jeden zu töten, der versuchte, die Umkleidekabine zu betreten. Ich gab ihm einen Kuss auf die Wange. »Oh, Cal, machst du das? Ich bin dermaßen spät dran.«

Obwohl er ein hartgesottener einunddreißigjähriger Kerl aus Belfast und gelernter Bauarbeiter war, besaß er eine unytpische seidenmatte Haut – von der Art, die bei Spaziergängen im Wind blaue Flecken bekommt. Er war außerdem ein Lyriker Marke »Vorsicht – Anfänger« und hatte bislang nur ein äußerst schmales (bedrohlich magersüchtiges) Gedichtbändchen veröffentlicht. Ich blickte gerührt in seine gesprenkelten Augen, die Augen einer streunenden Katze. Und im Grunde *war* er ein Stromer.

»Mein Alter hat gesoffen, meine Alte auch, sogar unser Hund war ständig blau«, hatte er mir an dem Tag erzählt, als wir einander vor acht Jahren über die Gartenhecke angesprochen hatten. Als er vier war, starb seine Mutter, woraufhin sich der Vater aus dem Staub machte und er und seine Brüder in Pflegeeinrichtungen untergebracht wurden. Als ich ihn fragte, warum er Schriftsteller geworden sei, antwortete er nonchalant: »Oh, aufgrund einer schweren psychischen Funktionsstörung.« Nicht, dass er viel Erfolg hatte. Sein einziges Buch war bei Restbestände & Co. erschienen. Ich fürchte, dass Calim Keane für die Literatur das ist, was Apollo 13 für die Raumfahrt war. Jetzt studierte er englische Literatur am Londoner Birkbeck College für Erwachsenenbildung, lebte vom Bafög und arbeitete an einem Roman.

»Was macht das Meisterwerk?«

»Meine Lizenz zum Dichten ist abgelaufen. Meine Muse ist nicht amüsiert. Jawoll«, sagte er verächtlich, »ich hab mit nix angefangen und hab immer noch das meiste davon übrig. Wie geht's dir?«, fragte mich jetzt der schlaksige, lässige, verrückte Kelte und strubbelte mein Haar.

»Meine Schwester meint, neununddreißig ist ein so tolles Alter, dass ich es mindestens noch zehn Jahre behalten soll.«

Er schnaubte abfällig. »Liz, du kannst nicht ewig auf die Vierzig zugehen. Irgendwann brauchst du eine Gehhilfe. Die Leute werden es merken, das weißt du doch.« Er warf seinen Autoschlüssel in die Luft und fing ihn geschickt wieder auf.

»Und *du* kannst dich nicht die ganze Zeit mit deinem Geschreibsel in der Wohnung verkriechen. Du musst mehr rauskommen. Ich meine, das Fräulein vom Teleshopping erkennt dich doch mittlerweile an der Stimme.«

»Ich komme ja raus … innerlich. Außerdem hab ich ja gehofft, dass du mich auf den Uniball begleitest. Da allein aufzukreuzen ist einfach zu demütigend.«

»Cal, du musst dir endlich eine Freundin zulegen. Wenn das so weitergeht, kannst du den Papst in Sachen Zölibat beraten.«

»Welche Frau soll sich denn für mich interessieren? Für einen Mann, der im *Who's Not Who* steht?«

Ich schüttelte resigniert den Kopf und steckte eine rötliche Locke hinter seinem Ohr fest. Cals Lebensdevise lautet: Wenn's beim ersten Mal nicht klappt, gib sofort auf. »Natürlich begleite ich dich, du großer irischer Scheißkerl.«

»Danke, Puppe.« So nannte er mich oft, vermutlich hatte es was mit Belfast zu tun.

Die Kinder quetschten sich in Cals vergammelten VW. Ich lenkte meinen orthopädischen Personentransporter vorbei an den Gebäuden à la Dickens, die unsere kopfsteingepflasterte Sackgasse säumen wie vorstehende Zähne, und wandte mich Richtung BBC. Meine journalistischen Sporen hatte ich mir beim Untergang der kommunistischen Regime in Polen, der DDR, der Tschechoslowakei und Rumänien verdient. Zuerst für CNN. Dann für die BBC. Mit Neunundzwanzig war ich noch aus Hubschraubern gesprungen, aber mit dreißig folgte der große Sprung in die Umstandskleider. Sobald ich schwanger war, schob mich der Sender auf das Nebengleis von *The World News Today* ab, hinter einen Teleprompter. Auf Mutter-Modus programmiert, hatte ich für die Mittagsschicht optiert, um rechtzeitig für die Kinder zu Hause sein zu können.

Als ich ins Büro kam, überreichten mir meine Freundinnen eine Karte, auf der stand: »Was schenkt man der Frau, die schon alles hat? Regale!« Meine Arbeit stapelte sich nun nicht mehr auf dem Boden, sondern war säuberlich in einen neuen Bücherschrank einsortiert.

Und ich lachte, weil ich ja *wirklich* alles hatte, oder etwa nicht? Ich war verdammt noch mal die glücklichste Frau auf der ganzen Welt.

Ich kam gerade aus der Sendung, als Hugo anrief, um zu sagen, dass er sich für meine Geburtstagsfeier verspäten würde. Und welche lebensbedrohliche Komplikation würde ihn mir *heute* vorenthalten?, neckte ich ihn zärtlich. Ein Luftröhrenschnitt und die Kugel eines Luftgewehrs, die hinter dem Auge eines Kindes steckte. Er versprach mir, mich später im Theater zu treffen.

Wenn ich damals gewusst hätte, was ich heute weiß, hätte ich geschrien: »Komm nicht! Lass uns absagen. Oder noch besser, lass uns aus der Stadt ziehen und einen süßen kleinen Kunsthandwerkladen in den Cotswolds eröffnen.« Aber blind wie ich war gegen die Landminen des Schicksals, lächelte ich nur verständnisvoll. »Natürlich, komm nach, wenn du fertig bist, Schatz. Ich bin hinter der Bühne und halte Vicky die Hand.« Ich hatte Geburtstag und fühlte mich mit einem Familienleben gesegnet, für das die Waltons einen Mord begangen hätten. Ich fühlte mich von Glück durchflutet, von Liebe eingehüllt. »Vergiss nicht, es ist im Old Vic. Ich nehme mein Auto, okay? Es sind genug Parkplätze da.«

Ich warf ihm durchs Telefon ein Küsschen zu, vollkommen ahnungslos, dass ich mich, nachdem ich erst einmal die Waterloo Bridge überquert hatte, in einem Paralleluniversum wiederfinden würde, geparkt in zweiter Spur.

3.

Notaufnahme! Wir bekommen zu tun!

Wenn sie nicht gerade Sex haben oder ein Kind gebären, tun die meisten Frauen so, als hätten sie keine Vagina. Die *Vagina-Monologe* (nein, es handelt sich nicht um eine besonders raffinierte Bauchredner-Nummer) waren ein Theaterereignis, das das weibliche Bewusstsein stärken und dessen Erträge einem Spendenfonds für misshandelte Frauen zugute kommen sollte.

Eine Auswahl berühmter Schauspielerinnen, Models und Schriftstellerinnen führte im Londoner Old Vic individuelle Beiträge aus der weiten Welt der Vagina auf: »Wenn Ihre Vagina sprechen könnte, was würde sie sagen?«, »Meine wütende Vulva«, »Mösen machen mobil« oder »Scheiden tut nicht weh.«

Im schlecht durchbluteten Körper meiner Schwester pulsiert nicht die kleinste politische Ader. Sie glaubt, »den Armen zu helfen« sei eine Aufforderung, mehr für ihren Bizeps zu tun. Aber das hier war ein modisches Medienereignis, das praktisch per Osmose intellektuellen Ruhm sowie einen Haufen einflussreicher Männer bot, die hinter ihr herhecheln konnten. (Dass so viele Chauvis plötzlich ihr Herz für den Feminismus entdeckten, hatte selbstverständlich *nichts* mit der einmaligen Gelegenheit zu tun, Winona Ryder, Calista Flockhart, Brooke Shields und die beiden

Kates, Blanchett und Winslet, schweinische Sachen sagen zu hören!) Victoria war nicht gerade erfreut, sich eine Garderobe mit Britney Amore teilen zu müssen, einem Seifenopern-Topstar aus Hollywood um die Dreißig, die auf Pfennigabsätzen schwankte und mit einer schmachtenden Kleinmädchenstimme von ihrem tollen neuen Boyfriend zirpte. Während die Männer hinter der Bühne Britneys Karamellbonbon-Körper und ihre smaragdgrünen Augen begafften, waren ihre weiblichen Co-Stars auf nicht sehr rücksichtsvolle Weise objektiv. »Ihre Schenkel sind dermaßen fettabgesaugt, als hätte sie sich das eine Bein amputieren und das andere zweiteilen lassen«, zischte meine Schwester.

Über nichts wurde jedoch heftiger spekuliert als den »Fall um einen verschwundenen Hintern«. *Es gab keinen Hintern.* Miss Amore war rückwärtig gehandicapt. Es ist ein Rätsel, wie die Frau sich setzen konnte. Da nun das Gesäß abgeschnitten war und das Gehirn ebenfalls fehlte, schlossen meine Schwester und ich kichernd, dass wir auf neue Dimensionen der Bodenlosigkeit gestoßen waren. Auch war uns die feine Ironie ihres Erscheinens bei dieser speziellen Wohltätigkeitsveranstaltung nicht entgangen. Angesichts all der Nasenkorrektur, Fettabsaugung und Silikonverstümmelung, die Britney eindeutig durchgemacht hatte – wenn sie nicht der Inbegriff einer misshandelten Frau war, wer dann?

Auch wenn es sich um ein feministisches Event handelte, nichts schmiedet ja Frauen schneller zusammen, als gemeinsam über eine andere Frau herzuziehen. Als Britney auf ihr Stichwort hin die Bühne betrat, keckerte und meckerte der Rest der Künstlerinnen hinter den Kulissen dermaßen gehässig, dass nur noch Besen und Hexenkessel fehlten.

»Weißt du, wie man so einen riesigen Mund kriegt?«, lästerte meine Schwester. »Indem man sich das Fett aus dem eigenen Hintern in die Lippen spritzen lässt.«

»Kein Wunder, dass die Frau so arschig redet«, setzte ich drauf. Mehr Gegacker. Glucksend schielten wir durch das Dunkel und hielten uns zum Schutz vor den blendenden Bühnenscheinwerfern die Hände vor die Augen, während die Diva des Vorabenddramas, berühmt für ihren innigen Umgang mit dem Stethoskop als Oberschwester in der Seifenoper *Sag mir, wo es wehtut*, dem Publikum etwas darüber zugurrte, was ihre Vagina tragen würde, wenn sie dürfte. Aber ich war noch mehr fasziniert von dem, was Britney selbst trug. Sie war das Gegenteil eines Eisbergs: Neunzig Prozent von ihr waren sichtbar, hauptsächlich zwischen Scham- und Schlüsselbein.

»Das ist kein Kleid«, raunte ich Victoria zu, »das ist eine Serviette.«

Meine Schwester, die einen Look bevorzugt, der an eine heisere Lauren Bacall im eng gegürteten Regenmantel mit schmalhüftigem, bleistiftschmalem Rock und Schulterpolstern gemahnt, einschließlich des Martiniglases in der rechten und einer strassbesetzten Zigarettenspitze in der linken Hand, ließ ihren kritischen Blick an meinem Körper herabgleiten, bevor sie eine gezupfte Augenbraue hob. »Du hast gut reden. Was feiern wir denn heute? Den Tag der unsäglich hässlichen Polyesterhose?«

Was ich für einen gut geschnittenen Hosenanzug hielt, gehörte für Victoria in eine stalinistische Maschinengewehr-Parade. Ich sah zu, wie sie ein langes Bein durch den Schlitz ihres enorm eng anliegenden Kleids schob. »Wer hat dir dein Outfit entworfen, Elisabeth? Blinde Menschen in einer Dunkelkammer?«

Ich nahm Anstoß. »Als Nachrichtensprecherin halte ich es nicht gerade für sonderlich angemessen, mir in Zukunft meine Sachen im« – ich zeigte auf Britney – »Klamottenladen für aufstrebende Schauspielerinnen zu besorgen – Marke ›freizügig, figurbetont & fehl am Platz‹.«

Britney trippelte unter lüsternem Beifall auf uns zu. Ihr metallicblauer Minirock saß so eng, dass man die Rosine sehen konnte, die ihr dreigängiges Mittagsmenü ausgemacht hatte.

»Das ist kein weibliches Wesen«, brummte ich. »Das ist

ein Billardqueue.« Ich lächelte ihr höflich zu, als sie an mir vorbeiging. Aber Britney verschwendete ihre Zeit nicht auf Frauen. Mit einer übermenschlichen Kraftanstrengung verzog sich ihr Mund zu einer nichts sagenden Lippenstift-Grimasse – ein Lächeln, mit dem man Erdbeeren bestrahlen konnte.

Es waren so viele Prominente da, dass die meisten Freunde und Verwandten der Darstellerinnen es vorzogen, sich hinter der Bühne zum Smalltalk zusammenzurotten, was sich bald zu einer Spontan-Party auswuchs. Das Billardqueue arbeitete sich zum Buffet hinter den Kulissen vor, in einer bewussten Schräglage, die Hüften vorn durchgedrückt, um ihre schlanken Schenkel zu betonen, eine Spur geifernder Männer hinter sich her ziehend. Ich sah, wie Hugo eintraf, seine Aktentasche abstellte und der Schauspielerin ein Glas jenes bei Wohltätigkeitsveranstaltungen obligatorischen (auch als »Darmputzer« bekannten) warmen spanischen Weins in die Hand drückte.

»Und«, stichelte meine Schwester, »spielt Hugo Billard?«

»Mach dich nicht lächerlich, Victoria«, sagte ich schnippisch. »Das Hirn dieser Frau ist doch so leer, wie ihre Bluse voll ist ... ich meine, guck sie dir bloß an.« Ich zeigte wegwerfend auf Britney Amore, deren aufgespritzten Lippen soeben meinem Mann ein süßes Schnütchen machten. »Nichts als Charisma, das über ein Vakuum gestülpt ist. Hugo sagt immer, das Gehirn sei die größte erogene Zone überhaupt. Na, und so eine Frau hat ja wohl den IQ eines niederen Primaten. Hugo liebt mich wegen meines Verstands«, fügte ich selbstgefällig hinzu, »nicht wegen der Elastizität meines Arschs.«

Meine große Schwester starrte mich mit jenem genervten Blick an, den Geschwister ausschließlich für einander vorbehalten. Wenn es nach Victoria ginge, könnte sie an ihrer einzigen Verwandten gar nicht oft und nachdrücklich genug herumnörgeln. Vor allem zum Thema »wie sehr ich mich gehen lasse«.

»Du lässt dich gehen, Elisabeth.«

»Du bist die Einzige, die sich gehen lässt – geistig«, rief ich ihr hinterher, als sie sich ihre rote Federboa umlegte und majestätisch auf die Bühne schwebte, um ihren Platz im Vulva-Chor einzunehmen. »Wenigstens bin ich belesen.«

»Ja«, gab sie über die Schulter zurück, »aber dein Hintern ist so ausufernd wie dein Hirn.«

»Dafür ist …«, ich rang um eine schlagfertige Antwort, »dein Verstand so schmal wie deine Taille.«

Aber meine spitze Bemerkung hatte nicht die gewünschte Wirkung. »Sie *ist* schmal, nicht wahr?«, prahlte sie, bevor sie ins Rampenlicht rauschte.

Hugo schien der einzige Mann hinter den Kulissen zu sein, der nicht auf der Schleimspur ausrutschte, die Britney Amore umgab. Der Soap-Star lehnte Hugos Wein-Angebot mit einem Vortrag über tödliche Pestizide ab. Sie versuchte ihn auch daran zu hindern, von den am Buffet dargebotenen Koftas zu probieren.

»Halt!«, schrie sie. »Ihr Magen sagt vielleicht ja! Aber Ihr Dickdarm sagt: *›Bist du wahnsinnig?‹*«

Mein Mann blickte ihr direkt in die Augen und verschlang drei Hackfleischbällchen auf einen Sitz. »Hitler war Vegetarier. Sonst noch was?«

Britney wandte ihm sichtlich angewidert den Rücken zu und begann, sich bei uns anderen über ihren bevorstehenden Bühnenauftritt am National Theatre auszulassen. »Die Schauspielerei«, ertönte ihr texanischer Akzent mit einem samtenen Kratzen, wie von der Zunge einer großen Katze, »besteht zu neunzig Prozent aus Talent und zu vierzig aus Köpfchen.«

Mein Gatte schnaubte verächtlich. »Das *denken* Sie wirklich? Entschuldigen Sie die Übertreibung«, fügte er gleichermaßen höflich und vernichtend hinzu und überreichte mir den Becher schalen *vino*, den die Schauspielerin verschmäht hatte.

Britney Amore warf ihm einen argwöhnischen Blick unter

den heftig getuschten Wimpern zu – die so schwer beladen waren, dass sie aussahen, als würden die Taranteln, die sich offenkundig in ihren Augenbrauen eingenistet hatten, mit ihren unzähligen Mohairbeinen Dehnübungen vollführen.

»Hab ich da gerade was nicht mitgekriegt, Schätzchen?« Sie wandte sich mir zu, stemmte die manikürten Hände in ihre hervorstechenden Hüften und setzte keck einen kleinen Fuß auf den hohen Hacken.

»Ich bin ja auch nicht gut im Rechnen«, erklärte ich freundlich. »Aber, ähm, ich glaube, wenn man's recht bedenkt, ergeben neunzig und vierzig zusammen hundertdreißig Prozent.«

»So *isses.*« Sie schaute mich aus großen runden Augen an, als sei ich zurückgeblieben. Sie hatte etwas umwerfend Verächtliches an sich, das mir den Atem verschlug. »Und genauso viel gebe ich, Zuckerpüppchen.«

Ja, zusammen mit deinen Chlamydien, Zuckerpüppchen, dachte ich, während mein guter Wille verpuffte.

»Bei der Schauspielerei heutzutage«, sagte Hugo ein wenig großspurig, »geht es zu hundert Prozent ums Aussehen. Mit dem National Theatre geht es stetig bergab, dort ist das Haus nur noch voll, wenn sie mit Kleindarstellerinnen aus Fernseh-Soaps aufwarten – vorzugsweise mit einer Szene, in der sie sich ausziehen. Ich denke mal, dass es gar nicht leicht war, eine Shakespeare-Rolle zu finden, die nahtlose Nacktheit erfordert. Vielleicht Ophelias letzte Badeszene ...?«

Ich kicherte. »Mit allen Wassern gewaschen.«

Britney blickte Hugo herausfordernd in die Augen. »Mir ist noch nie ein normal gebauter Mann begegnet, der angesichts meines Körpers nicht gesagt hätte: ›Rein oder nicht rein, das ist die Frage.‹«

Das Gefolge ihrer männlichen Bewunderer, das meinen schlechten Scherz ignoriert hatte, lachte nun übertrieben herzlich über ihren noch schlechteren. Außer Hugo.

»Leistung hängt nicht von äußerer Schönheit ab. Beethoven war taub. Milton blind. Steven Hawking sitzt im Rollstuhl. Körperliche Vollkommenheit ist im Grunde, na ja, völlig belanglos.«

Ich warf ihm einen beschwörenden Blick zu – einen von denen, die besagen, mein Partner hat kein Problem, das mit einem guten Begräbnis nicht behoben werden könnte, ein Gesichtsausdruck, den Ehefrauen über die Jahrhunderte perfektioniert haben ... Er ignorierte ihn völlig – eine Kunst, die Ehemänner über die Jahrhunderte perfektioniert haben.

»Wir sind doch heute alle gegen Rassismus und Sexismus sensibilisiert. Aber Vorurteile aufgrund des Äußeren stellen die meistverbreitete, wenn auch meistgeleugnete Form von Diskriminierung dar.« Hugo fuhr sich durch die Mähne goldbraunen Haars, das sich hinter seiner breiten Stirn aufbäumte. »Unsere Gesellschaft verwechselt Schönheit mit Tugend. Polizei, Richter, Geschworene – sie alle sind nachsichtiger gegenüber hübschen Frauen.«

Britney ließ feindselig ihren Kaugummi knallen. »Na ja, Sex diskriminiert eben die Unattraktiven.« Ihre gedehnten und näselnden texanischen Vokale kollidierten dissonant mit Hugos runden, perlenden Tönen. »Ich schätze mal, jedes Mädchen muss nun mal das Beste aus sich machen, was?«

»Nun, hier in Europa«, entgegnete er anzüglich, »stellen wir offenbar etwas höhere Ansprüche an das Leben. Eine Frau, die in Würde altert, ist etwas sehr Schönes.« Ich muss sagen, dass ich die Art nicht sehr schätzte, wie er mir daraufhin den Arm schlaff über die Schulter legte, mit der ganzen Leidenschaft eines Badelakens. »Und die dagegen ankämpfen, sind hässlich.«

Eine Kampfansage lag in der Luft. Der Unmut der Schauspielerin war geweckt. Aber bevor sie Hugo mit ihrem Pfennigabsatz durchbohren konnte, erstarb der letzte Chor der *Vagina-Monologe*. Nach diversen Vorhängen wurden alle zum Empfang nach oben getrieben, der im Anschluss an die Show geplant war.

Ein leicht entgeistert wirkender Minister für Sport und Kultur und die übliche Ansammlung Labour wählender,

Toupée tragender Bierbarone und Steuerflüchtlinge näherten sich der Benefizveranstaltung wie Rekruten, die ein Minenfeld überqueren. Anteilnahme für die Sache des Feminismus heuchelnd, andrerseits von der panischen Angst erfüllt, im nächsten Moment von einem losgelassenen Eileiter erdrosselt zu werden, trugen sie schockgefrorene Lächeln auf verängstigten Gesichtern. Wie um sie vollends einzuschüchtern, ragte auf einem Tisch in der Mitte des Saals eine zwei Meter hohe Torte in Form einer Vulva auf. Zwischen den beiden äußeren rosa Schamlippen aus Marzipan stülpten sich wie ein Kussmündchen die besonders appetitlichen, mit Zuckerguss überzogenen inneren Schamlippen. Das ganze köstliche, erdbeerrote Genital-Gebilde war gekrönt von einer zart kandierten Klitoris, die sich verlockend in Schamhaare aus Sprühsahne schmiegte. Die Gäste lungerten hungrig herum, während ihnen das Wasser im Munde zusammenlief ... bis ihnen klar wurde, dass sie sich soeben den haarsträubenden Bericht eines somalischen Opfers über ihre Klitorisbeschneidung angehört hatten: Ein Monolog, der aus vollem Herzen kam, sowie aus dem, was von ihrer Vagina noch übrig war, und der alle Klagen über westlichen Sexismus banal wirken ließ. Man schauderte beim Gedanken daran und niemand wagte es, das Messer zu ergreifen und den Kuchen anzuschneiden. Schließlich behalfen sich die heißhungrigen Gäste, indem sie verstohlen und höchst unhygienisch kleine Stückchen mit den Fingerspitzen herausklaubten.

»Er muss hier irgendwo sein.« Meine Schwester ließ auf der Suche nach Sven unruhig den Blick durch das Gedränge schweifen. »Ich konnte es kaum glauben, dass er kommen wollte. Ich meine, das ist so gar nicht seine Szene. Ich glaube, er ist drauf und dran, mir einen Antrag zu machen! Am Abend, bevor er in die Staaten abgereist ist, hat er noch gesagt, wie süß wir beide auf einer Hochzeitstorte aussehen würden! Ich wäre doch auch so gern glücklich verheiratet wie du, Lizzie.«

Ich wollte gerade ausführen, dass Sven nun wirklich nicht

gerade mein Lieblings-Kotzbrocken war, als mich eine betäubende Rasierwasser-Duftwolke vorwarnte, dass sich der Schutzpatron der Tubenbräune in nächster Nähe befand. Ich drehte mich auf dem Absatz herum und tatsächlich, da kam Sven, mitsamt seinem Goldkettchen, das zwischen den Haaren seines getoasteten Torsos aufblitzte. Obwohl sich sein Kopfhaar vorn bereits lichtete, trug er den unvermeidlichen Pferdeschwanz, der auf der Rückseite eines Hemdes herabzottelte, das dunkler war als sein Schlips. Die niederen Ränge des Showbiz sanken vor ihm auf die Knie.

»So, da bin ich! Und was waren deine anderen zwei Wünsche?«, troff es ölig aus ihm heraus.

»Sven, Darrrling.« Meine Schwester küsste ihn besitzergreifend.

»Vicky«, er tupfte sich den Mund mit einem Samttaschentuch ab, »lass mich diesen Platz für dich abwischen, damit du dich darauf setzen kannst.« Svens unbefangener Charme wurde von seinen kalten, langsam umherwandernden, ungerührten Augen Lügen gestraft – die nacheinander jede Frau im Raum taxierten. Der prüfende Blick war so intensiv, so kalkuliert, dass ich das Gefühl bekam, er überlegte gerade, wen von uns er zuerst aufessen würde, sollten wir je mit ihm in einem Rettungsboot auf dem Ozean treiben.

»Was zum Teufel machst *du* denn hier?«, fragte ich ihn frostig. »Deine Ansichten über Frauen stammen doch noch aus dem jurassischen Zeitalter.«

»Ich wollte den Auftritt meiner Verlobten nicht versäumen.«

Victoria strahlte mich an. Aber als wir uns wieder zu Sven umdrehten, mussten wir mit ansehen, wie er einen seiner Fangarme um die Wespentaille von Britney Amore legte.

Die Atombombe, die auf Hiroshima fiel, hatte weniger Sprengkraft als diese im Plauderton geäußerte Detonation. Meine Schwester machte ein Gesicht, wie man es von Presswehen her kennt.

»Deine – deine Verlobte?«, stammelte sie und versuchte

mit Mühe, diese unappetitliche Information zu verdauen. (Es war wahrscheinlich alles, was sie an diesem Tag zu sich genommen hatte.) Sie war so angeschlagen wie die Marzipan-Klitoris in der Torte, die Sven gerade mit seinem Taschenmesser beschnitten hatte und nun am Stück verschlang.

»Herrgott noch mal, du warst doch bloß sechs Wochen in den USA!«, sagte ich erstaunt. »Ich meine, wo hast du sie her? Aus einem *Verlobten-Automaten*?«

Ausgerechnet in diesem Augenblick kam Marrakesch, Victorias Tochter, auf uns zugesprungen. »Mama! Du warst fantastisch.« Sie umarmte Victoria mit einer Begeisterung, die sie normalerweise artengeschützten Bäumen vorbehielt, die einem Bulldozer im Wege standen. »Ich bin so stolz auf dich. Du, na ja, du benutzt jetzt endlich deine Berühmtheit, um den Unterprivilegierten zu helfen ...« Sie küsste mich auch. Es war, als würde man von einem Labradorwelpen begrüßt – überall Arme und Beine, feuchter Mund und freudiges Gewinsel.

Meine Nichte hatte sich ausnahmsweise ihrer Doc Martens, der Combat-Hosen und ihres Haarreifs entledigt und zugelassen, dass ihr dichtes goldenes Haar frei herabfiel. Marrakesch, die verzweifelt ernst genommen werden möchte, ist eine künstliche Brünette. Sehr zum Horror ihrer Mutter färbt sie sich die blonden Locken regelmäßig schmutzig braun.

»Das ist deine Tochter?«, fragte Sven erstaunt.

»Die Leute behaupten es«, sagte Victoria fast unhörbar. Um sich ihr faltenfreies Antlitz zu bewahren, lässt meine Schwester ihren Gefühlsthermostat konstant auf sechzehn Grad laufen. Und doch teilte mir ihr Muskelspiel unterhalb der Gesichtsoberfläche mit, wie sehr sie von Svens Ankündigung geschockt war.

»Aber sie ist ja so gewachsen!« Svens Blick glitt nach unten auf den gewaltigen Busen des Teenagers. Es war mehr als eine professionelle Begutachtung.

»Ja. Wer hätte gedacht, dass unter all dem Geruch nach Kichererbsen und den schlabbrigen Strickpullis eine schöne Fünfzehnjährige schlummert«, hänselte Hugo.

»Dreizehn«, korrigierte meine Nichte streng und nickte zu ihrer Mutter hinüber.

Die Vorsichtsmaßnahmen meiner Schwester zur Bekämpfung der Schwerkraft beinhalten nicht nur, Beamte ihrer zuständigen Passbehörde davon zu überzeugen, ein weich gezeichnetes Lichtbild zuzulassen, sondern auch ihre Tochter zu zwingen, sich mindestens zwei Jahre jünger auszugeben als sie ist.

»Und außerdem ist Schönheit oberflächliche Scheiße und macht einen nur zum Schmuckobjekt, zu einer Vase mit Titten.«

»Deine Brüste erinnern mich an Mount Rushmore ... Mein Kopf sollte dazwischen stecken.« Sven zwinkerte ihr zu. »Du hast hoffentlich nichts gegen ein bisschen geschmacklosen Humor, oder? Es macht mir immer solchen Spaß, diese Liberalen zum Schäumen zu bringen.«

»Ich hasse meine Titten. Sie locken bloß widerliche Typen an, die nur an das eine denken. Phallokraten. Penetration ist eine Form der Unterdrückung.«

»Marrakesch«, schalt sie ihre Mutter. Dabei blieb sie ganz reglos, als sei sie ein übervolles Glas, das jeden Moment überschwappen konnte. Ich litt mit ihr. Trotz unserer gegensätzlichen Ansichten verbindet uns eine zarte Nabelschnur. Es hat etwas mit all den Kinderjahren zu tun, in denen wir uns am hinteren Bettrand verkrochen und vor Lachen über irgendetwas Komisches kreischten, das unsere Mutter gesagt hatte, und unser Prusten und Gejohle in unseren Nachthemden erstickten. Es hat etwas mit all den Jahren zu tun, in denen wir uns unsere traurigen Geheimnisse unter der Bettdecke zugeflüstert hatten und einander festhielten, weil kein anderer es tat.

Aber Sven wirkte keineswegs verärgert über Marrakeschs streitlustigen Ausbruch. Er hatte es sich zum Beruf gemacht,

Frauen ins Bett zu kriegen – zweitausend nach der letzten Erhebung (seiner). Die Leitung der europäischen Sektion von Divine gewährte ihm die ideale Ausgangsposition, den Meister der Mösen zu mimen. Und mit Teenagern zusammenzuarbeiten erlaubte ihm, nie erwachsen werden zu müssen. Mit seinen sechsundfünfzig Jahren war der Mann ein seniler Mehrfachtäter. Ein Peter Pan unter den verlorenen Mädchen.

»Phallokraten, ja?«, wiederholte Sven lasziv. Er verschlang meine Nichte mit einem gierigen Blick. Wie eine Python, dachte ich, die ein niedliches kleines Häschen anstarrt.

»Ich bin hundertprozentig deiner Meinung«, sagte Hugo. »Ich bin so froh, dass ich dich geheiratet habe, Lizzie. Männer, die schöne Frauen heiraten, sind prädestiniert, vorzeitig ins Grab zu sinken. Männer, die mit unattraktiven Frauen verheiratet sind, leben im Durchschnitt zehn Jahre länger. Gutes Aussehen kann *töten*!«

Victoria entfuhr stellvertretend für mich ein entsetztes Keuchen. Aber ich lachte nur.

»Danke sehr.« Ich versetzte meinem Mann einen kumpelhaften Puff in die Rippen. »Vielen Dank auch, du Süßholz raspelndes Schwein. Und das an meinem Geburtstag.«

»Ach, Sie haben Geburtstag? Wie alt sind Sie denn geworden, Süße?« Britney hatte sich wieder beruhigt und schnurrte mich an.

Victoria bebte entrüstet. Sie konnte nicht fassen, dass eine Frau einer anderen diese Frage in der Öffentlichkeit stellte. Meine Schwester war der festen Ansicht, dass in diesem einen Punkt Frauensolidarität zu herrschen hatte.

»Neununddreißig«, erklärte ich gefasst und stolz.

Britney, die auf die Dreißig zuging, nur wusste man nicht, aus welcher Richtung, zuckte entsetzt zurück. »Süße, Ihre Torte muss ja unter dem Gewicht der Kerzen zusammenbrechen. Verdammt, wahrscheinlich brauchen Sie zwei!«

Britney Amore verfügte zweifellos über ein paar gute Seiten – vorausgesetzt, man stand auf Rottweiler. Bevor ich ihr diese Erkenntnis mitteilen konnte, bestiegen die Frauen des Frauenhauses, für die die Show veranstaltet worden war, das Podium. Panisch vor Angst, das Gespräch könne sich Themen wie Vaginalkrämpfen oder Scheidensekreten zuwenden, bemühten sich die diversen wohlgenährten Firmen-Fuzzis vergeblich, ihre Political Correctness herauszukehren und ein pures, unverdünntes Scotch-Pokerface aufzusetzen.

Neben mir sortierte Sven gerade geistesabwesend seine Hoden in den viel zu engen Hosen und murmelte Marrakesch etwas zu. Für andere sah es vielleicht so aus, als würde er sich den Pimmel kratzen, aber wenn man in Betracht zog, wo bei ihm das Hirn saß, war mir klar, dass der Mann nur nachdachte. Ich rückte näher heran und hörte, wie er ihr einen Model-Vertrag anbot. »Modelagenturen sind rücksichtslos und die reinsten Halsabschneider ... besonders die guten«, renommierte er, überschwappend vor Testosteron. »Du bist zu 99,9 Prozent ideal. Wenn du für mich arbeiten würdest, wärest du hundertprozentig perfekt.«

Hatte ich das nicht irgendwo schon mal gehört? Da er ein Freund ihrer Mutter war, blinzelten Marrakeschs schwarze geschwungene Wimpern vertrauensvoll zu ihm hoch.

Die drückende Sommerluft schien plötzlich unerträglich spannungsgeladen zu sein. Während die Reden monoton weiterplätscherten (jetzt waren die Herren aus dem Big Business an der Reihe: Ein besonders Nadelgestreifter ergriff das Mikrofon und verkündete in einer Art Sprechversion von Karaoke seine Sympathien für den Feminismus), entwickelte ich plötzlich eine hochempfindliche Wahrnehmung, von der ich eine Gänsehaut bekam. Eine halbe Stunde später fühlte ich, wie die ersten Anzeichen einer Migräne an meine Schläfe pochten. War ein Arzt anwesend? Ich schaute mich nach meinem Mann um. Als ich ihn nicht entdecken konnte, beschloss ich, mich durch das Labyrinth der Korridore hinter der Bühne zu schlagen, Victorias Garderobe zu finden, meine Tasche zu holen und zu flüchten. Ich wollte

Hugo auf seinem Handy anrufen, sobald ich im Auto saß. Wahrscheinlich war er zu einer Notoperation abgedüst. Als ich mich durch das Gewühl schob, kam mir die Party wie ein Filmset vor. Mein Verstand zoomte sich in die Szene hinein und fuhr wieder zurück, der Verschluss meiner Augenlinse klickte und surrte.

Wäre ich jedoch wirklich Teil eines Films gewesen, hätte Wasser in einem Glas zu beben begonnen, um mich zu warnen, dass gleich etwas sehr Großes und Gruseliges auf mich zukommen würde. Vollkommen ahnungslos, dass sich mein Leben für immer verändern würde, drückte ich die Klinke an der Tür zu Victorias Garderobe. Als die Tür weit aufschwang und sich mir eine nackte Britney offenbarte, die mit meinem Gatten in einem Zungenkuss verschlungen war, sah ich Sterne. Und ich meine nicht Sterne im Sinne von Melanie Griffith, Glenn Close oder Gillian Anderson. O nein. In diesem Sekundenbruchteil entdeckte ich mehr Himmelsgewölbe als ein Astronom mit einem Hubble-Teleskop.

»Lizzie! Herrje. Es ist nicht, wie du denkst …«

Ich versuchte, aus dem Raum zu fliehen, aber mein zentrales Nervensystem schien von einem Puppenspieler ferngesteuert zu werden. Hände, Beine, Arme und Mund zuckten hilflos, als versuchten sie, echte menschliche Bewegungen nachzuahmen. Mein Herz schlug so laut und schnell, dass ich mir sicher war, die beiden könnten sehen, wie es aus meinem Brustkorb heraussprang, wie in einem Zeichentrickfilm. Sogar die Luft schien zu schaudern, als würde sie vor dem ungeheuerlichen Anblick zurückschrecken.

»Kennst du mich noch?«, kreischte ich schließlich. »Ich bin diese Wie-heißt-sie-noch-gleich – die *Mutter deiner zwei Kinder.*«

Hugo hatte einen Satz nach hinten gemacht wie bei einer Hinrichtung auf dem elektrischen Stuhl. Sein Hosenschlitz! O nein, mein Gott, war sein Hosenschlitz geöffnet? »Hast du gerade mit dieser Frau Sex gehabt?«

»Es war nur ein Kuss.«

Er eilte an meine Seite, schüttelte mit einer Kopfbewegung eine Haarsträhne aus seinem attraktiven Gesicht und flüsterte: »Schau mal, wenn George Clooney dich plötzlich um einen Kuss bitten würde, da würdest du doch auch nicht Nein sagen, oder? Ich meine, sieh sie dir nur an.«

Ich folgte dem Blick meines Mannes zur Chaiselongue, auf der Britney jetzt wie hingegossen lag und ungerührt über meinen Verdacht lachte. Ihre Beine waren so lang wie die Limousinen, die sie an deren Stelle als Transportmittel benutzte. Die orangefarbenen Locken betonten ihre leicht sautierte Bräune. Das Sahnehäubchen ihrer Herrlichkeit bildeten ihre Brüste. 70 D schätzte ich, auf den ersten neiderfüllten Blick, und so vorwitzig wie die aufsteigenden Bläschen in ihrer Champagnerflöte, an der sie nonchalant nippte. Die Frau war so perfekt, dass sie sich zweifellos mit Aerobics fit hielt, deren Rhythmus ihr eigenes Ego vorgab.

Das war der Moment, als ich mein Spiegelbild in einem jener Garderobenspiegel erblickte, die mit diesen gnadenlosen Glühbirnen gespickt sind. Mein collagenloser Mund stand so weit auf wie meine nicht rehydrierten Poren. Britney legte lässig einen seidigen Arm über ihren üppigen Busen. Selbst ihre Ellbogen waren mit Feuchtigkeitscreme behandelt, Herrgott noch mal. Meine Haut war wie Stuck. Man hätte eine verdammte Zimmerdecke mit mir dekorieren können.

»Siehst du, Schätzchen«, weidete sie sich, in einer verspäteten, aber grausamen Entgegnung auf meinen Ophelia-Witz, »Schönheit geht vielleicht nur unter die Haut – aber Hässlichkeit blamiert einen bis auf die Knochen.«

Und da packte mich die Altersangst mit einem einzigen gigantischen Tosen. Warum war ich so gänzlich reizlos geboren? Warum war ich überhaupt geboren worden? Herzlichen Glückwunsch zum Scheiß-Neununddreißigsten.

»Ich habe dich gesucht und bin zufällig hier reingekommen ... sie hat sich gerade umgezogen. Und ...« Hugo keuchte, »... da haben wir uns wie von selbst einen Versöhnungskuss gegeben. Ich meine, sie ist ein Filmstar und ich bin ein Mann –«

»Mach dir bloß nichts vor.«

»Ein normaler, heißblütiger Mann, der –«

»Na ja, laut DNS bist du vielleicht ein Männchen«, unterbrach ich schrill, »aber deinem Verhalten nach eher von der Gattung brünstiger Elch.«

»Ehrlich. Ich weiß nicht, was über mich gekommen ist.«

»Britney Amore, allem Anschein nach.«

Peinlich berührt, in ihrer Gegenwart einen Gatten-Gau auszufechten, verdrückte ich mich in den Flur. Hugo folgte mir nach und stammelte irgendetwas davon, es sei nur ein kurzer Austausch von Speichelflüssigkeit gewesen. (»Ich bin unschuldig, Herr Wachtmeister. Ich bin nur gestolpert und hingefallen, und dabei ist meine Zunge in den Hals dieser Frau gerutscht.«) Auf der Rückfahrt nach Nordlondon drehte er dann geschickt den Spieß der Anschuldigungen um. Ob ich nicht bemerkt hätte, dass wir sexmäßig unterhalb des Landesdurchschnitts gesunken seien? Mein Diaphragma wies als Folge der seltenen Benutzung bestimmt schon drei Schimmelschichten auf. Aber sobald wir zu Hause waren, versprach er überschwänglich, nie wieder in ihre Nähe zu gehen, und ich versprach in meiner gutmütigen Art, niemandem von seinem kleinen Ausrutscher zu erzählen – vor allem nicht Sven. Es war ja nur ein Kuss. Es hatte nichts zu bedeuten, das würde ich doch begreifen, nicht wahr?

Mein Verstand begriff in der Tat, aber wenn meine Vagina einen Monolog halten könnte, hätte sie nur das Eine zu sagen gehabt: Du verlogenes, treuloses, scheinheiliges Arschloch.

4.

Zu alt für Lambada, zu jung zum Sterben

Eine Frau von Neununddreißig kann sich durchaus etwas auf ihre Lebensweisheit einbilden. Wir wissen, dass wir alles meiden müssen, was als »ein Potpourri aus ...« auf der Speisekarte daherkommt. Wir wissen, dass jede Verpackung eines Produkts, auf der »leicht zusammenzusetzen« steht, mehr Kleinteile, Schrauben, Drähte und Dingsdas enthält als eine Raumfähre der NASA ... Und dass Ehemänner dazu neigen, jüngere Frauen zu vögeln. Okay, ich weiß, was Sie denken – nicht *alle* Männer stehen auf Achtzehnjährige ... Sie haben Recht. Manche stehen auf Sechzehnjährige. Es ist ein Naturgesetz. Und trotzdem, jedes Mal, wenn ich an den Ehebruch meines Mannes dachte, fühlte es sich an, als wolle sich ein Vielfraß aus meinem Bauch heraus durch meine Speiseröhre hindurch einen Weg ins Freie bahnen.

Hugo? Zwischen den Beinen einer Frau, die er zehn Minuten zuvor kennen gelernt hatte? Dr. med. Hugo Frazer, der Mann, der so große Angst vor Ansteckung hat, dass er zum Onanieren ein Kondom benutzt? Dr. med. Hugo Frazer, der duscht, bevor er ein Bad nimmt und dann verschiedene Waschlappen für verschiedene Körperteile verwendet, damit sich nicht irgendetwas von einer Körperöffnung auf die andere überträgt? Der nach Oralsex gurgelt? Dr. med. Hugo Frazer, dessen Körper so steril ist, dass bei ihm eine Bakterie vor lauter Einsamkeit eingehen würde? Aber Tatsache war nun mal: Der Rührmichnichtan unter den Ehemännern war dabei erwischt worden, wie er einen ungeschützten Teil seiner Anatomie in eine Vagina-Monologistin gesteckt hatte. Aber war es nur seine Zunge in ihrem Mund gewesen? Oder hatte er außerdem eine noch unaussprechlichere Einbuchtung im Körper dieser fremden Frau erforscht? War das derselbe Mann, der, während er mit mir schlief, in regelmäßigen Abständen Pausen einlegte, um Puls und Atmung zu checken? Post coitum hatte ich häufig das Gefühl, dass er mir, wie ein freundlicher Kinderarzt, gleich ein Bonbon geben würde, weil ich so brav Aaaah gesagt hatte.

Als ich mir am nächsten Morgen im Stau der hupenden Designer-Jeep-Mütter aus Hampstead – alle wie ich spät dran, ihre Kinder zur Schule zu fahren – meinen Platz erkämpfte und mit nur einer Hand lenkte, weil ich mit der anderen ein Architekturbuch nach einem griechischen Tempel durchblätterte, den ich während einer der folgenden Ampelpausen aus Eisstielen zu konstruieren beabsichtigte (wieso erzählen einem Kinder immer erst, was sie als Hausaufgabe aufhaben, wenn sie schon halb aus der Tür sind?), und innehielt, um mit den Zähnen zu schalten, wobei ich gleichzeitig harmlose, unverfängliche Themen wie »Wenn Gott uns geschaffen hat, wer hat dann Gott geschaffen?« diskutierte und dabei eine korinthische Säule zwischen den Beinen balancierte, da brütete ich über der inhaltsschweren Frage: Warum zum Teufel hatte ich bloß geheiratet?

Ehebruch gab es nur bei anderen Paaren. Ich hatte zwar gelesen, dass Ehebruch statistisch gesehen zunahm, aber ich hätte nie im Traum daran gedacht, dass mein Hugo mich betrügen würde. Wir waren wie die Seidenraupen: total ineinander verwoben – emotional, ökonomisch, sozial, physisch. Ich konnte es einfach nicht fassen, dass er mir so etwas antat.

Zwei Strafzettel und eine verbeulte Stoßstange später lieferte ich die Kinder an der Schule ab. Gerade als ich erwog, meine Familie zum Hersteller zurückzubringen und ein neues Modell zu verlangen (meins war offensichtlich fehlerhaft), ertränkten mich Julia und Jamie in einem Meer von dermaßen nassen Küssen, dass um ein Haar die Hilfe von Rettungsschwimmern erforderlich gewesen wäre. Und während ich zu frischer Mutterliebe zurückfand, fuhr mir eine große Bitterkeit in die Knochen. Kinder haben so eine Art, einem mitten zwischen die Herzschläge zu gleiten. Und Hugo, der Mann, den ich mein halbes Erwachsenenleben geliebt hatte, war ihr Vater. Ich hatte ihn so sehr und so lange geliebt, dass eine einstweilige Verfügung nötig sein würde, um diese Gefühle aus meinem Herzen zu vertreiben. Ich liebte die kompetente Art, wie er mich durch Mengen steuerte, mit seiner kräftigen, schützenden Hand in meinem Kreuz. Ich liebte es, dass er immer genau wusste, wie viel Trinkgeld man gab. Ich liebte die tintenklecksigen Arabesken seiner Handschrift auf unentzifferbaren Rezepten. Ich liebte sogar seine Singstimme, die klang, als würde er gerade an seinem Zeh kauen. Ich liebte ihn, weil er gut und liebenswert war. Dieser Mann war für seine Wohltätigkeit berühmt, Herrgott noch mal, er half Kindern, die von Landminen verletzt worden waren. Und ich würde ihn verdammt noch mal behalten. Als Erstes würde ich seinen Wunsch respektieren und absolut und hundertprozentig verschwiegen sein.

»Hugo hat mit dieser Soap-Darstellerin aus *Sag mir, wo es wehtut* Doktorspiele gemacht«, schluchzte ich fünf Minuten später in mein Handy.

Einen Moment herrschte Stille am anderen Ende der Leitung. »Elisabeth, du hast doch wieder an dem Klebstoff der Kinder geschnüffelt?«, diagnostizierte meine Halbschwester.

»Vielleicht war es auch nur ein heftiger Austausch von Speichelflüssigkeit ... Ich bin mir nicht sicher. Du musst mir versprechen, dass du es niemandem erzählst, Vick ...« Ich wischte mir meine wasserspeienden Augen mit dem Ärmel ab.

»Liebling, ich hasse Klatsch – aber sag das bitte nicht weiter! Dein Geheimnis ist bei mir sicher.«

»Na klar, bei dir und Matt Drudge.«

»Ich erzähl's keinem, Schätzchen ... höchstens zwanzig oder dreißigtausend meiner engsten Freundinnen. Wo bist du?«, herrschte sie mich an.

Ich schaute aus dem Fenster auf die schmuddeligen viktorianischen Gebäude und erkannte zwischen heißen Tränen das Planetarium. »Marylebone Road. Wieso? Wo steckst du?«

Als müsste ich noch fragen. Meine Schwester ist eine gern gesehene und regelmäßige Kundin diverser Schönheitssalons – spezialisiert auf Nägel, Gesicht, Körper, Leistengegend –, aber am berühmtesten ist sie für ihre langen blonden Locken. Und glauben Sie mir, es kostet über zweihundert Pfund im Monat, um die Haare so natürlich aussehen zu lassen.

Ihr Kräuselsalon war buchstäblich eine Straße weiter. »Aber ich bin ...«, ich warf einen Blick auf meine Swatch. »Scheiße! *Sehr* spät dran für die Arbeit!«

»Diese Oberschlampe! Was wirst du mit ihr machen?« Ihre rauchige Stimme bekam einen metallischen und abgehackten Klang, als sie sich auf meinem Handy überschlug.

»Ich tendiere zu Uzi-Maschinengewehr, Geiselnahme und stückchenweiser Versendung ihrer einzelnen Körperteile gegen Lösegeld.« Ich wuchtete meine Familienkutsche ins absolute Halteverbot vor dem exklusiven Salon. »Das scheint mir im Moment am reizvollsten.«

»Du kannst Britney Amore nicht mal halb so sehr hassen wie ich. Hast du überhaupt die leiseste Ahnung, wie lange ich Sven schon bearbeite, mich zu heiraten?«

»Vick, jetzt mach mal einen Punkt, du hattest doch keine richtige Beziehung mit Sven. Du hattest nur dreihundertundfünfundsechzig One-Night-Stands mit demselben Mann.« Ich stellte den Motor ab.

»Aber ich brauche einen Mann. Einen reichen Mann. Ich habe Designerschuh-Ansprüche! Und Klamotten – Moschino, Versace, Valentino. Allein das Kleid von Galliano hat dreieinhalbtausend gekostet. Alles natürlich von meinem sehr teuren Stilisten zusammengestellt. Unterwäsche von La Perla, ich sage nur hundertundfünfzig für BH und passendes Höschen. Dann die zweitausend jährlich für die Mitgliedschaft im Fitnessclub, damit der Körper auch gut in La Perla aussieht. Schuhe von Prada – und Yoga, Akupunktur und den Chiropratiker, um sich vom Tragen der Prada-Schuhe zu erholen. Einmal wöchentlich Massage – fünfzig Pfund. Einmal im Monat Gesichtsbehandlung – fünfundsiebzig. Einmal die Woche Fingernägel-Erneuerung, Piercing und Polieren, fünfundfünfzig. Pediküre, achtundvierzig. Friseur, achtzig Pfund der Schnitt; alle vierzehn Tage Strähnchen mit Weißem-Trüffel-Moisturizing-Shampoo für siebzig Pfund nicht gerechnet ... *Darling, Leute, die sagen, dass Geld nicht glücklich macht, wissen einfach nicht, wo sie einkaufen sollen.*«

Ich lief jetzt durch die Eingangshalle; das Telefon fest am Ohr. Es war ein feudaler Innenstadt-Salon, wo sie einem das Haar mit demselben biodynamischen Zeug färben, das sie wahrscheinlich auch zum Mittagesssen servieren. Das, was Cal das große Millenniums-Verscheißerungsessen nannte – Balsamico hier, Sauerteig dort, und alles andere auf dem Holzkohlegrill.

»Ich werde mir Sven zurückerobern, Lizzie. Um jeden Preis ... weshalb ich auch für die eine oder andere kleine Maßnahme ein bisschen blechen muss ...«

Als Erstes kamen ihre Lippen in Sicht. Sie waren doppelt so groß wie am Vorabend. Das hier waren gebärende Lippen. Lila und geschwollen wie sie waren, hatte man den Eindruck, als hätte man zwei Schaumstoffkissen aus Samt mit Klettverschluss an der unteren Gesichtspartie meiner Schwester angebracht. Ich kam taumelnd zum Stehen. »Was zum Teufel ...« Mein Handy fiel auf das Marmorbodenimitat, wo es unter eine kniende Fußpflegerin aus den Philippinen rutschte, die emsig dabei war, die Zehen meiner Schwester mit Wattebäuschchen zu trennen. Eine ebenfalls aus der Dritten Welt stammende Maniküre knetete Victorias linke Hand, während die Rechte ein Hochglanzmagazin durchblätterte und auf einer Seite mit der Überschrift »Hasta la vista, Körperhaar« innehielt. Victorias ganzer Schädel war bedeckt mit Alufolien-Federn, die eine Koloristin mit einem eklig stinkenden Bleichmittel lackierte. Aber es waren die Lippen, die einem das volle optische Erstaunen abverlangten.

»Schönheit«, verkündeten Victorias Klettverschluss-Kissen, »ist eins der schönsten und natürlichsten Dinge, die man für Geld haben kann ... bist du wahnsinnig! Küss mich nicht!«, schrie sie auf und machte sich klein. »Ich darf so lange nicht küssen, bis mein eigenes Gewebe nachgewachsen ist und die Konstruktion in eine stabile Form gebracht hat.«

»Widerlich!« Ich wich zurück. »So genau wollte ich's gar nicht wissen.«

»In ein paar Monaten sollen sich dann aber Essen und Sprechen wieder ganz normal anfühlen.«

»Na, das klingt doch unglaublich beruhigend.«

»Der Doktor hat Alloderm verwendet. Das ist eine menschliche Collagenschicht, die Leichen entnommen wird. Sie führen die Schicht mit einem kleinen Schnitt in die –«

»Lippen, zum Sterben schön.« Ich schauderte. »Im wahrsten Sinne des Wortes.«

»Es ist der Julia-Roberts-Look.« Meiner Meinung nach war es der »Ich hab mir eine Vagina aufs Gesicht nähen lassen«-Look. »Sven wird ihn toll finden.«

Ich stellte mir kurz Sven vor, mitsamt seinen sechsundfünfzigjährigen Scheusal-Attributen. »Victoria, hast du dir den Mann in letzter Zeit mal angesehen? Er ist so struppig, dass er *Nasenloch*-Enthaarungscreme braucht. Wie sieht bei euch das Vorspiel aus? Ihm die Nissen aus seiner Rückenbehaarung zu kämmen?«

»Jeder Mann auf der Hitliste der besten Partien in der *Sunday Times* sieht für mich aus wie Brad Pitt.« Ihr Gesicht zuckte leicht und verspannte sich. »Ich bin müde, Lizzie.« Die übliche Großspurigkeit in ihrer Stimme war verschwunden. »Und ich bin einsam. Ich bin so einsam, dass ich schon anfange, mit meiner Tochter zu sprechen! Apropos, Sven hat Marrakesch angeboten, sie in seiner Agentur aufzunehmen, und die dumme kleine Gans hat abgelehnt. Ist das zu fassen? Und er ist nicht glücklich mit Britney Amore. Er hat gestern abend richtig offen mit mir geredet.«

»Und, lass mich raten, dir ein paar Schwerverbrechen gestanden?«

»Du hast eine ganz falsche Meinung von Sven. Er ist charmant, er ist höflich –«

»Ach ja? Sagt er bitte, bevor er dich vergewaltigt?«

»Ihm ist klar geworden, dass er mich schon immer geliebt hat. Das hat er mir gesagt, gleich nachdem wir …«, ihre Stimme brach ab.

»Gleich nachdem ihr was?«, fragte ich und ließ mich erschöpft in einen benachbarten Lederdrehstuhl fallen.

Meine Schwester holte tief Luft.

»Gleich nachdem wir miteinander geschlafen haben.«

Ich starrte sie entgeistert an. »Bin ich hier eigentlich die Einzige, die keinen Sex hat?«, stieß ich schließlich hervor und verstummte schnell, als ich sah, dass sich alle Anwesenden im Studio den Hals nach mir verrenkten.

»Ist schon okay, ihr Lieben«, verkündete Victoria den gaffenden Kundinnen. »Sie macht gerade eine Ehebruchphase durch … sieh's mal von der guten Seite«, hier senkte sie die Stimme, »wie viel du jetzt abnehmen wirst!«

Ich schüttete ungläubig den Kopf. »Du hast einfach viel zu viel Zeit, Victoria, weißt du das?«

Da näherte sie sich meinem Ohr. »Sven wird diese Fellatrix aufgeben, und zwar *pour moi.*«

Mir wurde mulmig in der Magengrube. »Bloß nicht. Wenn Sven Britney Amore für *dich* verlässt, dann ist *sie* frei, um mir Hugo zu stehlen!« Es war wie eine Paarungsversion von »Reise nach Jerusalem«.

»Du musst dich einfach ein bisschen mehr anstrengen, Elisabeth. Du bist nun mal in einem Alter, wo Ehemänner anfangen, sich umzusehen.« Sie drehte mich zu der Spiegelwand hin. »Wann fängst du endlich an, etwas aus dir zu machen?«

»Ähm ... wie wär's mit nie?« Dennoch erschrak ich angesichts des verhärmten, von Schlaflosigkeit gezeichneten, strubbelhaarigen Gesichts, das mir entgegenblickte. So etwas bringt nur ein treuloser Ehemann zustande. »Du weißt ganz genau, dass ich nicht gern in den Spiegel sehe.« Ich stieß ihre Hand von meinem Arm und drehte mir den Rücken zu.

»Ja. Du und Dracula. Es ist nicht normal, Schatz.« Sie beugte sich zu meinem Gesicht vor und schaute es kritisch an. »Guck doch nur, was du für eine Lederhaut hast. Fehlt nur noch der Griff am Hintern!«

»Weißt du eigentlich, wie nervig du bist?«, knurrte ich sie an. »Haut hat nur eine Funktion: die Innereien daran zu hindern, überall herauszuquellen. Warum lässt du der Natur nicht einfach ihren Lauf?«

»Wie?«, sie erschauderte. »Nach unten und nach außen? Nein danke, ohne mich.«

»Schau, es ist doch so. Als Teenager wollte ich unbedingt supergut aussehen, wie du«, sagte ich und guckte auf meine Uhr – es konnte doch nicht wahr sein, dass ich hier die morgendliche Nachrichtenkonferenz verpasste, nur um mich von meiner Schwester zur Schnecke machen zu lassen –, »aber dann hatte ich ewig das Problem, dass ich trotzdem noch mindestens einmal am Tag etwas essen wollte. Wenn du mich also bitte entschuldigst –«

»Weshalb du jetzt alt und unansehnlich geworden bist und nichts zu bereuen hast.«

Diese alte Leier musste ich mir seit meiner Zeit als Bücherwurm im Internat anhören. Ich spürte, wie das Blut in meinen Adern kochte. »Klar, die ganzen Geschlechtskrankheiten, die vielen Katerstimmungen und Heroinsüchte als Teenager habe ich natürlich verpasst. Ich betrachte die Zeit als meine ›verschenkten Jahre‹«, gab ich schnodderig zurück.

Die Koloristin schob Vickys Lametta-Locken unter eine Trockenhaube. »Ich habe dich gewarnt«, schnalzte meine Schwester bedauernd. »Nicht das Leben beginnt mit vierzig, sondern der Tod.«

»Ach, halt's Maul, Victoria. So wie du redest, könnte man mich für eine weibliche Version von Keith Richards halten. So, jetzt muss ich aber wieder zurück in die *richtige* Welt. Und hör mal, Schwesterherz, ganz nebenbei – diese Lippen? Ich bin Feuer und Flamme für Collagen.«

Ihre zwei aufgepumpten Dunlopreifen aus Fleisch hauchten: »Wirklich?«

»Jawoll. Sie bieten uns anderen ja so viele Stunden der harmlosen Unterhaltung.« Sprach's und stapfte erhobenen Hauptes, mitsamt meiner Cellulite und meiner Falten, zur Tür hinaus.

»Mal sehen, ob du noch so denkst, wenn du erst mal vierzig wirst«, rief sie mir hinterher.

»Ein für alle Mal, vierzig ist nicht alt«, warf ich über die Schulter zurück.

»Nur Frauen, die bald vierzig werden, sagen so was. Es ist ein grauenhaftes Alter. *Zu alt für Lambada, zu jung zum Sterben.*«

Den ganzen Weg zum BBC Television Centre besänftigte ich mein armes angeschlagenes Ego. Ich hatte gelebt. Ich hatte gelernt. Ich hatte Erfahrungen gemacht. Ich hatte mir diese gottverdammten Krähenfüße verdient! Ist – professionell gesehen – Erfahrung nicht genauso wertvoll wie eine junge Haut?

Klar doch. Und Cher altert auf *natürliche* Weise.

Der erste Hieb gegen mein brüchiges Selbstvertrauen erfolgte, als ich in das »Beeb« genannte, Donut-förmige Gebäude stürzte und von meinem Produktionsteam beiseite genommen wurde – Raphael, Crusoe und Dweezil. (Man hatte das Gefühl, für die Ninja Turtles zu arbeiten.) Sie waren PR-gestählte Emporkömmlinge der Generation X (wie in x-trem arrogant), die einem auf den Rücken klopften, wenn sie einem ins Gesicht sahen, und ins Gesicht traten, sobald man ihnen den Rücken zukehrte. Es täte ihm Leid, sülzte Raphael, dass ich die Morgensitzung verpasst hätte, da man nach einer langen Diskussion über »Image« beschlossen habe, mich von der Primetime-Sendung abzuziehen und durch einen Anchorman mit welliger Föhnfrisur zu ersetzen, den man kürzlich bei Channel Five gewildert hätte.

Zuerst dachte ich, es handele sich um nichts weiter als die übliche Geschlechterdiskriminierung.

Aber nein. Nicht sein Ding mache ihn attraktiv, betonte Raphael, sondern das, was der Produzent »TVQ« nannte – seinen televisuellen Quotienten. Mit anderen Worten, er war jung.

Ich hatte ein flaues Gefühl in der Magengrube. »Wieso? Werden die Nachrichten davon besser?« Alle meine Kollegen im Großraumbüro hatten ihre Periskope über die hauchdünnen Trennwände zwischen den Arbeitsplätzen ausgefahren, um auch jedes Wörtchen der Unterhaltung mitzubekommen.

»Ich werde wegen eines Hübscheren degradiert!«, verkündete ich ihnen, während ich vergeblich versuchte, meine widerspenstigen Haarranken in einem Pferdeschwanz zu bändigen.

»Degradiert ist ja so ein hässliches kleines Wort«, ließ sich der pickelige Raphael herab, wobei er an einem Füller saugte, der wahrscheinlich doppelt so groß war wie sein Schwanz. »Sieh es lieber als eine Art Mitarbeiter-Fengshui. Wir könnten dir zum Beispiel *Playschool* anbieten. Den ganzen Mütterkram. Das liegt doch genau auf deiner Wellenlänge, oder?«

Trotz des ungemeinen Verlustgefühls, das sich meiner bemächtigte, drückte ich die Schultern durch. »Schieb dir deine altersfeindliche Personalstrategie in den Arsch. Wenn du mich bitte entschuldigen würdest, ich möchte jetzt gern gehen und mehr *Quality Time* mit meinen Falten verbringen.«

Weshalb ich den Laden fast so verließ, wie ich ihn betreten hatte: erst angefeuert, dann gefeuert.

Ich weiß, dass man ein veganischer zölibatärer Trappistenmönch sein muss, um im Leben nicht verletzt zu werden, aber innerhalb von vierundzwanzig Stunden sowohl meinen Ehemann als auch meinen Job zu verlieren, schien mir nun wirklich ein Besuch zu viel von der Schlamassel-Fee zu sein. Stoßstange an Stoßstange schob ich mich über die Euston Road zurück und hielt mich am Lenkrad fest, während ich versuchte, meine quälende Angst zu unterdrücken. Dann rief ich meine Schwester an und ermittelte ihren Standort – ein Fotostudio in Camden. Ich fuhr direkt dorthin und fand sie in erotischer Pose über eine Reihe von siebzigjährigen Männern in Strickjacken drapiert.

»Wofür zum Teufel machst du hier Reklame?«

»Viagra. Was Besseres konnte mir meine Agentur nicht organisieren. Verstehst du *jetzt*, warum ich von etwas Großem, Dunklem und Sven-ähnlichem gerettet werden muss?«

»Na ja, aber gib Sven bloß kein Viagra. Davon wächst er nur«, sagte ich beißend.

»Haha. Also, was ist los?«

Nachdem ich ihr dumpf von der Veränderung meines Beschäftigungsstatus berichtet hatte, bebte ihr Stimme. »Herrgott noch mal, Elisabeth. Jedenfalls kannst du es dir jetzt nicht mehr leisten, deinen Mann zu verlieren. Wenn du schon nicht vorteilhafter aussehen willst, dann solltest du wenigstens verdammt noch mal gut im Bett sein.«

Ein hohles Lachen entwich meinen Lippen. »Hugo und ich sind seit elf Jahren zusammen. Für uns bedeutet ›gut im Bett‹, dass wir nicht schnarchen, furzen oder dem anderen die ganze Decke wegziehen.«

»Wirklich? Ich dachte immer, dass Hugo in der Kiste ziemlich einfallsreich sein könnte.« Sie hielt inne, um für die

Kamera ein Schnütchen zu machen. Dabei sah sie aus wie eine dieser Eingeborenenfrauen mit einem Teller in der Unterlippe, wie sie immer in *National Geographic* abgebildet sind. Von Rechts wegen hätte sie Werbung für Geschirr machen müssen. »Ist die Leidenschaft wirklich dahin?«

»Sagen wir's mal so, zum Geburtstag hat er mir eine Unkrauthacke geschenkt.«

»Ein Gartengerät? Verdammte Scheiße. Dann musst du einfach kreativer werden im Bett.«

»Was schlägst du vor? Origami?«

»Nein! Zubehör, Rollenspiele, fantasievolle Szenarios, Noppenkondome, Liebeskugeln, Erektionsgel mit Bananengeschmack ... Du musst verführerisch und sinnlich werden. Sex hält jung. Und ist irre gut für den Teint.«

Den ganzen Heimweg über (und sehr zur Freude anderer Verkehrsteilnehmer) probierte ich verführerische und sinnliche Gesichtsausdrücke im Rückspiegel aus. Nach einer besonders begeisterten Reaktion an einer Ampel durch eine Gruppe von Schuljungen rief ich noch einmal Vicky an. »Provokativ im Latex-Dirndl zu posieren ist eindeutig nicht die Art, wie ich einen Gatten wie meinen bezirzen kann. Denk mal drüber nach. Was hat ihn zuerst an mir fasziniert? Meine Gelassenheit mitten im Kampfgetümmel. Gestern Abend stand ich zu stark unter Schock, um mich mit ihm zu streiten. Wenn ich einfach nur meine Würde bewahre und mich nicht zu verzweifelt aufführe ...«, der Wagen bog ächzend in meine Kopfsteinpflasterstraße, »... hat Hugo genügend Freiraum, um mich noch mal ganz vorurteilsfrei zu sehen, und er wird sich erinnern, warum er sich damals überhaupt in mich verliebt hat, verdammt noch mal. Ich meine, was kann für einen Ehemann auf Abwegen begehrenswerter sein als eine coole Ehefrau, die die Dinge im Griff hat, frage ich dich?«

Es war der Moment, in dem ich in den roten Briefkasten krachte. Ich war nicht verletzt, aber der pure Schreck veranlasste mich, über dem Lenkrad zusammenzubrechen und unkontrolliert zu heulen. Durch den Tränenschleier sah ich eine abgerissene Figur, die sich durch die Beifahrertür drückte und allmählich die schlaksige Gestalt Calims annahm.

»Herrje. Alles in Ordnung?«

»Nur eine Lungenembolie, aber sonst ...«

»Was ist hier los?«

»Ach, nichts. Ich hab meinen Job verloren und ... und meine Schwester hat mir gerade gesagt, dass ich die erotische Ausstrahlung einer Flasche Klosterfrau Melissengeist habe.«

Er grinste verlegen und kramte ein zerknülltes Tempo aus der Tasche. »Weißt du, was Männer im Bett richtig aufregend finden? Eine Frau, die selbstbewusst genug ist, Sex zu genießen ... und du bist eine selbstbewusste Frau, Lizzie.«

Ich schnäuzte mir die Nase. »In welcher Schule haben sie dir eigentlich beigebracht, Cal, immer genau das Richtige zu sagen?«

»Aber es stimmt doch, Lizzie. Sexy zu sein hat mehr damit zu tun, sich in seinem Körper wohl zu fühlen als mit sonst irgendwas. Ich kenne keine Frau mit einem perfekten Körper ... aber ich kenne einen Haufen, die sexy sind. Eine Frau, die richtig scharf ist, egal wie sie geformt ist, ist viel erotischer als eine, die sich rückwärts aus dem Schlafzimmer schleicht.«

Wie Seitenairbags beim Auto ist Sensibilität beim Mann ein außerserienmäßiges Extra. Cal stand offenkundig an der Spitze der Produktpalette. Ich drückte seinen Arm. »Ganz sicher, dass du nicht schwul bist?«

»Hey, ich harmoniere dermaßen mit meiner weiblichen Seite, dass ich allmählich anfange, über meine dicken Schenkel zu jammern. Komm, ich helf dir da raus.«

Da die Fahrertür am Briefkasten festklemmte, musste ich über die Konsole rutschen. Und dabei passierte es, um die Würdelosigkeit noch durch Demütigung zu ergänzen, dass ich vom Schaltknüppel gepfählt wurde. Die Symbolik des Ganzen war zu viel für mich. »Hugo ... hat mich ... betrogen.« Ich fing wieder an zu schluchzen.

Cal wirbelte herum. »Nein! Mit wem?«

»Britney ... ich kann nicht mal ihren Namen in den Mund nehmen, man weiß ja nie, was sie alles angefasst hat. Die Künstlerin, vormals als Miss Schlampe bekannt.«

»Amore? Britney Amore? Ach du Scheiße.«

»Ja. Die Schauspielerin aus dieser Krankenhaus-Serie. Ich hab sie in flagranti erwischt. Er sagt zwar, es sei nur ein Kuss gewesen, aber er hatte die Hand zwischen ihren Beinen. Und sie war nackt. Und ich bin ziemlich sicher, dass sein Hosenstall auf Halbmast stand. Allerdings weiß ich nicht, ob er den Reißverschluss gerade auf- oder zumachte.«

Mein Handy jaulte auf. Es war Jamies Lehrerin, Miss Savage, die mich an mein Versprechen erinnerte, die Klasse am Nachmittag auf ihrem Ausflug ins British Museum zu begleiten. »Sie haben das untere Drittel des Zettels abgerissen und auf der gepunkteten Linie unterschrieben«, ermahnte sie mich streng.

»Die Schule«, sagte ich und wankte aus dem Wagen. »Ausflug. Hatte ich vergessen.«

»Sag ihr, dass du nicht mitgehen kannst. Dass du Meningitis-Überträger bist.«

»Miss Savage würde nur einen kürzlich ausgestellten Totenschein als Entschuldigung gelten lassen. Kannst du mich vielleicht fahren?«

Hampstead liegt auf einem der wenigen Hügel Londons. Der Sonnenschein hatte sich verflüchtigt und die Stadt unter uns war so grau geworden, dass sie aussah wie in Gaze gehüllt – eine perfekte meteorologische Entsprechung meiner Stimmung. Binnen Minuten platschten Pfützen unter Autoreifen. Cal zog mich in seinen zerbeulten VW mit dem Stoßstangen-Logo: »Scheißegal, wer hier an Bord ist.« Auf dem Armaturenbrett lag ein handgeschriebener Zettel, der verkündete: »Kein Radio. Schon geklaut.«

»Ich werde Hugo ein Schild ankleben«, sagte ich, »auf dem steht: ›Das hier ist kein ausgesetzer Mann‹.«

»Es ist doch wohl klar«, sagte Cal, der gerade versuchte,

sein ein Meter achtzig hohes Gerüst ziehharmonikamäßig hinter das Lenkrad zu klemmen, »dass ich dieses Winz-Auto nur fahre, um zu beweisen, dass ich einen Riesenpimmel habe, oder?«

Während er sich im Fahrersitz verrenkte, erteilte ich mir eine ziemlich strenge Lektion. Es nützte nichts, mein verloren gegangenes Selbstwertgefühl im Fundbüro zu suchen. Ich konnte sehr wohl mit dieser Pissnelke mithalten. Ich besaß eine lebendige, komische Fantasie. Während Britney zur Gattung der Geistlosen gehörte. Sie war zu achtundneunzig Prozent persönlichkeitsfrei. Ein Dummchen-Light. Nach einer Woche würde er ihren schalen Geschmack satt haben. Während ich einen komplexen, kohlehydratreichen Speiseplan im Angebot hatte. Ein nahrhaftes, sättigendes und ausgewogenes Prachtstück von Frau war. Ich konnte geistreiche und witzige Epigramme machen. Kryptische Kreuzworträtsel lösen. Ich konnte aus Hypotenusen Wurzeln ziehen. Sie hingegen war nichts als eine Matratze mit Brüsten – etwas, worauf man sich beim Vögeln legen konnte – Vorsitzende der Selbsthilfegruppe für Vaginale Entladung. Unsere Beziehung beruhte auf mehr als nur knalligem Sex. Wir hatten eine tiefe Bindung. Verdammt noch mal. Ich war diejenige, die unten auf der gepunkteten Linie unterschrieben hatte! Ich würde mich doch nicht erniedrigen, indem ich mit so einer konkurrierte. Eine Ehe mit ein bisschen Zierrat aufzupeppen, schön und gut, aber das bedeutete noch lange nicht, dass ich meinen Gatten an der Haustür in essbarer Unterwäsche begrüßen würde.

Cal hatte sich endlich in eine Startposition bugsiert und schüttelte sein wildes Haar. Wassertröpfchen flogen von seinen Locken wie Flitterplättchen. Während er die Straße hinunter jagte und sich begnügte, anderen Fahrern hilfreiche Korrekturanweisungen mit den Händen zu geben, spürte ich ein wiedererwachtes Vertrauen in meinen Mann. Ich hatte überreagiert. Diese ganze Geburtstagskiste hatte mich verletzlich gestimmt, das war alles. Vielleicht war es ja nur ein Kuss gewesen. Und was war schon ein Kuss? Nichts als die anatomische Verbindung zweier ringförmiger Mundbodenmuskeln im Zustand der Kontraktion. Es war doch sonnenklar, dass Britney Amore lediglich eine Fliege auf der Windschutzscheibe meines Lebens war.

Voller Erleichterung rief ich Hugo an, um ihm zu sagen, wie sehr ich ihn liebte. Im Krankenhaus teilte man mir mit, er sei zum Mittagessen nach Hause gegangen. Ich rief die Putzfrau an. Sie sagte mir, Hugo habe angerufen und Bescheid gesagt, dass er länger im Krankenhaus bliebe.

Wir standen vor Jamies Schultor. »Wohin jetzt, Gnädigste?«, fragte Cal und zog einen imaginären Hut.

»Zum nächsten SM-Laden. Auf der Stelle. Ich muss Liebeskugeln kaufen, Erektionsgel mit Bananengeschmack, Noppenkondome und einen Vibrator mit Vor- und Rückwärtsgang.«

Noch etwas, das eine welterfahrene, kluge neununddreißigjährige Frau wissen sollte: Wenn sie gegen eine Sexgöttin antreten muss, dann sind Prinzipientreue und Tiefgründigkeit ungefähr genauso hilfreich wie ein Eunuch bei einer Sexorgie.

5.

Wenn ich nicht alles kriegen kann, krieg ich dann wenigstens ein bisschen von dem, was sie hat?

Der weibliche Orgasmus ist ein größeres Rätsel als der anhaltende Karriereerfolg von George W. Bush. Aber ich war verdammt noch mal entschlossen, einen mit meinem Gatten zu haben. Und zwar einen Oscar-verdächtigen – besser als jeden, den irgendein billiges kleines Fernsehflittchen zustande brachte.

Nachdem wir einen kurzen Abstecher zu einem Sex-Shop namens »Psst« gemacht hatten, setzte mich Cal mit einiger Verspätung am British Museum ab, damit ich auf Mutter-Modus operieren konnte. Später holten wir dann Julia ab und als wir nach Hause kamen, fanden wir auf dem Anrufbeantworter eine Nachricht von Hugo vor, er werde um sieben kommen. Ich blickte auf die Uhr. Mir blieben noch anderthalb Stunden. Während ich zwischendurch die Chicken Nuggets anbrennen ließ und Matheaufgaben beaufsichtigte, rannte ich ins Bad, duschte und wusch mir das Haar. Ich sprühte hier und sprayte dort, puderte Achselhöhlen und Nase, lackierte Finger und Zehen, trug einerseits dick Schnurrbartbleiche auf und spachtelte anderswo Enthaarungscreme ab. Schließlich breitete ich die Unterwäsche aus, die ich gekauft hatte (mit einem grimmig vor der Umkleidekabine Wache haltenden Cal), fädelte mich in den engen spitzenbesetzten Body, holte tief Luft und riskierte einen Blick in den Spiegel.

Dank des erfüllenden Erlebnisses, zwei Kinder gestillt zu haben (vielen Dank auch, Penelope Leach), sahen meine Titten aus wie Luftballons einen Tag nach der Party. Die beliebteste Methode für flachbrüstige Frauen, sich lächerlich zu machen, ist der »Wonderbra« – so genannt, weil man sich immer wieder wundert, sobald man ihn auszieht, wo verdammt noch mal die Titten geblieben sind. Meine waren im Moment irgendwo an meinem Hals festgebunden, wie ein zusätzliches Paar Doppelkinne.

Aufs Schlimmste gefasst, ließ ich meinen Blick ängstlich abwärts wandern. Na ja, wie es aussah, würde sich die Unkrauthacke, die Hugo mir geschenkt hatte, schließlich doch noch als nützlich erweisen. Schamhaarige Büschel sprossen zu beiden Seiten meines Bodys hervor. Es war erstaunlich, dass mein Venushügel nicht unter Naturschutz stand. Ich ratschte die Druckknöpfe am Schritt auf und machte mich unmittelbar daran, das Gestrüpp mit der Bastelschere der Kinder zu bearbeiten. Zehn Minuten später wagte ich einen zweiten Blick. Jetzt war meine Vulva einfach nur überall völlig zerzaust. Oh, mein Gott! Und eins der Schamhaare war grau! Ich schnitt alles noch kürzer. Bald bot sich der Anblick eines Flokatis in der Mauser. Panikartig stutzte und kupierte ich weiter. Jetzt glich meine stachelige Möse einem Meeresungeheuer, das in einer Felsgrotte aufgeschreckt worden war und zum Angriff ansetzte. Das Ganze gab der Wendung »Bad Hair Day« eine völlig neue Bedeutung.

Meine Augen rutschten noch tiefer. Oh, bitte nicht! Meine Schenkel ergossen sich über die zwei schwarzen Strumpfbänder wie Lava aus einem Fleischvulkan. Ich schleuderte den Body zu Boden und riss mir die Nylons vom Leib. Leider entdeckte ich darunter nur unendliche Flächen weißen Fleisches. Zum Glück fiel mir beim Kramen im Arzneischränkchen eine alte Flasche mit einem Schnellbräunungsmittel in die Hände. Während die Kinder um mich herum quengelten und wissen wollten, warum sie ihre Finger und

Nasenlöcher auseinander halten sollten, wo diese doch so offensichtlich *zusammenpassten*, und ob beim Niesen wirklich »unsere Seele auszubrechen versucht«, klatschte und schmierte ich mir die Bräune auf meine anämische Haut. Na bitte, wer sagt's denn.

Aber etwa vierzig Minuten später (nachdem ich Jamie erklärt hatte, dass sich nur seine Tante Vicky in der Nase bohren durfte, weil es eh nicht ihre eigene war, und ich mit Julia ein theologisches Gerüst für das Nachleben postuliert hatte) begann das, was in der Abgeschiedenheit meines Badezimmers noch wie eine satte mediterrane Tönung ausgesehen hatte, unter den grellen Strahlen der spätnachmittäglichen Sonne einen entschiedenen Hauch von Hare Krishna anzunehmen. Mein Teint pulsierte sogar. Er glänzte nur so – aber mehr nach Tandoori als nach Bräunungsstudio. Ich sah aus, als hätte ich einen apfelsinenfarbenen Taucheranzug an – mit etwas dunkler abgesetzten Ellbogenflicken, Knieschonern und Stegen.

Mit pochendem Herzen schaute ich auf den Wecker. Sechs Uhr fünfundvierzig. In einer Viertelstunde würde Hugo hier sein. Nachdem ich die Kinder nach nebenan in Cals Garten verfrachtet hatte, wo sie ein bisschen toben und herumalbern konnten, rieb ich mich verbissen mit einer Nagelbürste ab, während Panik in meinem Inneren rumorte. Es half nichts. Ich setzte meinem armen Leib mit einem Topfreiniger zu. Auch nicht viel besser. Dann kam das Sandstrahlgerät. Wieder nichts: Alles war und blieb ein einziges Orange. Ich sah aus wie eine Notrakete. Man hätte mich auf der Stelle für ein Bootsunglück engagieren können.

Und oh, Mann, fühlte ich mich vielleicht sexy. Es war klar, dass ich bald das *Kamasutra für eine Person* beherrschen würde. In meiner Verzweiflung griff ich nach dem Sexspielzeug. Die Broschüre für die Liebeskugeln versprach tosende Orgasmen. Sie verschwieg jedoch, dass es sich wie eine Geburt in umgekehrter Richtung anfühlte, wenn man diese Bowlingkugeln aus Chrom einführte. Und ohne Peridural-anästhesie. Und würde ich sie je wieder herausbekommen, nachdem ich sie erst mal drin hatte? Falls nicht, stand mir die peinlichste Sicherheitskontrolle auf meinem nächsten Auslandsflug bevor. Als ich schließlich keuchend und entnervt aufgab, war ich vor Erschöpfung so unterzuckert, dass ich das Erektionsgel mit dem Bananengeschmack aufaß.

Sobald ich den Schlüssel meines Gatten in der Haustür knarzen hörte, warf ich mich aufs Bett und arrangierte mich aufreizend zwischen den Kissen, die, wie ich erst jetzt bemerkte, mit zermanschten Chicken Nuggets übersät waren. Mein Blick schoss zwecks einer letzten Kontrolle noch einmal besorgt an meinem Körper herab und da sah ich, dass mein grellorangefarbenes Gesamtkunstwerk an unzähligen Stellen mit winzigen Handabdrücken der Kinder verziert war, wo sie vorhin an mir hochgeklettert waren. Ein Pfad kleiner Pfötchenspuren hatte sich mit Polaroid-Geschwindigkeit an beiden Beinen gebildet. Was noch seltsamer war, meine Zehennägel wirkten so behaart. Oh, mein Gott! Meine Schamhaarschnipsel waren auf den feuchten Nagellack gefallen und dort festgetrocknet. So sehr ich zog und zerrte, sie blieben einbetoniert. So viel zum Thema »verführerisch« und »sinnlich«! Bedrückt schob ich meine Mohairfüße unter die Decke und zog sie mir über meinen faltenreichen, schwangerschaftsgestreiften Bauch. Ich hörte Hugo die Treppe heraufkommen, da er immer direkt nach oben ging, um als Erstes seinen Anzug abzulegen. Schweißperlchen bildeten sich auf meiner Oberlippe. Mein Mund war völlig ausgetrocknet und ich leckte mir die Lippen – nur um festzustellen, dass ich immer noch Schnurrbartbleiche aufgetragen hatte. Der giftige Geschmack löste ein kaltes Kotzgefühl bei mir aus, darum wischte ich das Zeugs mit dem nächstliegenden ab, was gerade griffbereit war – und sich zu spät als meine teure neue Reizwäsche entpuppte. Aber dann blickte ich in den Spiegel neben dem Bett und erkannte, dass ich den Aufheller zu lange aufgetragen hatte, sodass nun meine Oberlippe gänzlich albino geworden war. Neongleich schillerte sie mir entgegen – das strahlendste Weiß meines Lebens. Scheiße noch mal! Jetzt brach auch noch ein Stresspickel auf meiner Nase aus. Na also, der neue Look: Falten und Pickel! Vielen Dank, lieber Gott! Um das verführerische Flair vollkommen zu machen, bemerkte ich einen zusätzlichen hässlichen Ausschlag infolge der Achselhaarrasur. Und schlimmer noch, obwohl ich mein kampflustiges Seeungeheuer in einem zarten seidenen Damenslip versteckt hatte, brachen nun überall die Stacheln durch den Stoff. Schöne Scheiße! Meine Schamhaare könnten nun mühelos einen Mann zerschreddern wie die Käsereibe einen Parmesan.

Ich riss mir das Höschen herunter und knüllte es hinter dem Bett zusammen. Als sich Hugos Hand auf die Türklinke legte, befand ich mich in einem solchen Panikzustand, dass ich versucht war, den Nagellackentferner zu trinken, mit dem ich mich vergeblich bemühte, die Schamhaar-Schicht auf meinen Zehen zu entfernen.

Reiß dich zusammen, Mädel. Dein Mann liebt dich, weil du die treue und hingebungsvolle Mutter seiner Kinder bist, verdammt noch mal. Ich hegte den Verdacht, dass die texanische Hosenschlangenbeschwörerin ihn bereits so weit hatte, dass *er ihr sagte, wo es wehtut*, darum musste ich ihn immer wieder darauf hinweisen, dass meine Bewunderung nicht auf blinder Leidenschaft basierte, sondern auf Gefühlen, die in einer realen, in Krankheit und »O nein, nicht schon wieder die Grippe?«-Beziehung gereift waren. Ich musste ihm vermitteln, dass ich sehr wohl ohne ihn leben konnte – denn hey, ich war eine energiegeladene, unabhängige Karrierefrau (trotz der vorübergehenden kleinen Panne mit der Arbeitslosigkeit). Aber auch, dass ich das definitiv nicht wollte. Ihn zu brauchen war nicht gleichbedeutend mit »bedürftig«.

Entschlossen umklammerte ich das Erektionsgel, das versprach, »den Phallus zu animieren«. In nur wenigen Augenblicken würde Hugos Penis so verdammt animiert sein, dass er die Hauptrolle in einer Trickfilmserie übernehmen könnte.

Ich öffnete meine Lippen und setzte ein warmes und willkommen heißendes Lächeln auf, schaltete die Liebesscheinwerfer meiner Augen an und arrangierte meine Gesichtsmuskulatur zu einem energiegeladenen Ausdruck, der Unabhängigkeit, wenngleich momentane Bedürftigkeit signalisierte, und wandte mich meinem geliebten, wunderbaren Gatten zu …

6.

Du machst mich an wie Haute Cuisine, Baby

»Ach so, wir wollen einen Quickie, ja?«, sagte mein Gatte in einem bewusst entmutigenden Tonfall.

»Im Gegensatz *wozu*?«, gab ich gekränkt zurück. (Das lief überhaupt nicht nach Plan. Ich wollte doch gelassen und begehrenswert sein.)

»Ich wusste, dass du mir wegen gestern noch eine Szene machst. Es war nicht meine Schuld.« Er plumpste auf den Bettrand und kickte die Schuhe ab. »Die Frau hat sich an mich rangeschmissen.«

Ich stöhnte. »Männer denken immer, dass Frauen scharf auf sie sind. Man könnte einen Mann wiederholt mit einem Küchenmesser in das Herzschlagader-Gefäßfunktionsdingsbums stechen, und er würde immer noch glauben, wow, ist die scharf auf mich!«

Er zog ungeduldig an seinem Schlips und wrang ihn sich vom Hals. »Ich wurde Opfer ihres vergänglichen Glanzes, und es tut mir Leid«, sagte er müde. »Aber dieser Kuss hat mir nichts bedeutet. Ich liebe *dich*, Lizzie.« Seine Stimme klang schal, und ihr fehlte der rechte Nachdruck.

»Quatsch! Du liebst nur dich, Hugo Frazer. Im Moment der höchsten Ekstase rufst du deinen eigenen Namen!« *(Super hingekriegt, Lizzie. Ich hatte offensichtlich mein Attraktivitätsdiplom an der Andrea-Dworkin-Akademie gemacht.)*

Jetzt war er an der Reihe, empört zu sein. »Was willst du damit sagen? Dass ich ein großes Ego habe?«

»Ach *das* versperrt mir gerade die Sicht auf die Sonne!« Ich hielt mir die Hand vor die Augen und blinzelte theatralisch.

»Ich versuche immerhin, offen mit meinen Gefühlen umzugehen. Ich dachte immer, ihr Frauen mögt Männer, die mit ihrer weiblichen Seite in Einklang stehen?«

»Schon, solange es sich dabei nicht um irgendein Weibsbild handelt.« Ich konnte mir den bitteren Ton nicht verkneifen. Wie gern wäre ich würdevoll gewesen, aber die Wut begann in mir zu brodeln und sich über unser eichengetäfeltes Himmelbett zu ergießen. Offensichtlich steckten wir mitten in dem Krach, für den ich am Vorabend zu gelähmt gewesen war. »Übrigens wäre es ganz schön, wenn du im Bett hin und wieder etwas Fantasie entfalten könntest.«

»Ach, du meinst, ich soll mir vorstellen, dass es gut ist?« Er wandte mir den Rücken zu, um sich seiner Nadelstreifenhosen zu entledigen.

Ich war am Boden zerstört. »Willst du damit andeuten, ich sei nicht gut im Bett? Vielleicht sollte ich eine zweite Meinung einholen.« Ich wand mich vor Peinlichkeit, als Hugo die Bettdecke zurückwarf. Meine Scham bot den Anblick eines Kunstrasens. Man hätte Minigolf da unten spielen können.

Aber schlimmer noch, als es zu bemerken, war die Tatsache, dass er es nicht tat. Er hatte nicht mal geschnallt, dass seine Frau orangerot leuchtete.

»Nein.« Er seufzte und gähnte ausgiebig. »Du bist eine sehr tüchtige Liebhaberin.« Er legte sich hin und tätschelte meinen Schenkel in der mechanischen Art, die man sich für einen alten Familienhund vorbehält.

»Tüchtig!« Ich zuckte zusammen, als hätte er mich mit Säure begossen. »Die Invasion Belgiens durch die Nazis, das war tüchtig.«

»Nun …«, er suchte nach Worten, »… dann eben zuverlässig.«

»Zuverlässig. Das ist ja noch schlimmer. Mussolinis Züge, die waren zuverlässig.«

»Na ja, zuverlässig im Sinne von jeden Freitag.«

»An den anderen Tagen bin ich zu müde!«, verteidigte ich mich verbittert, drehte ihm den Rücken zu und verkroch mich in die Embryostellung. »Weil ich damit beschäftigt bin, deine Kinder großzuziehen. *Ich* bin doch diejenige, die zu den Elternabenden geht und sich das ganze Zeug über ›ergebnisorientierte Arbeitseinheiten‹ anhören muss. *Ich* bin diejenige, die ewig nach Knetmasse stinkt.«

»Das ist doch nur eine Ausrede, und das weißt du ganz genau. Das große Geheimnis besteht darin, dass verheiratete Frauen Sex verabscheuen. Das ist ja das Tolle am Kinderkriegen, man braucht hinterher monatelang nicht mit seinem Mann zu schlafen. Für die meisten Ehefrauen heißt ›sexuelle Freiheit‹ so viel wie die Freiheit, keinen Sex haben zu müssen. ›Heute Abend nicht, Schatz, ich muss mich ja morgen wieder um alles kümmern.‹«

»Ich weiß gar nicht, weshalb ich mich noch schütze.« Ich entfernte mein Diaphragma mit einer geschickten Bewegung und klatschte es auf den Nachttisch. »Denn eine Unterhaltung mit dir, Hugo, ist so gut wie orale Verhütung.« Ich sprang aus dem Bett und hüllte mich in meinen alten seidenen Morgenrock, wobei ich wehmütig an das Spitzenhöschen dachte, das ich mir für unsere erhoffte erotische Begegnung gekauft hatte.

Hugo richtete seine massige Gestalt auf und setzte sich auf den Bettrand. Entgeistert stellte ich fest, dass er sich nicht einmal die Mühe gemacht hatte, Socken und Unterhemd auszuziehen. Ein düsteres Schweigen legte sich über das Schlafzimmer. Höhnisch starrte uns das deprimierende Bild eines Sumpfs namens »eheliche Verzweiflung« aus dem Spiegel über dem Kaminsims entgegen. »Wenn unsere Ehe ein Restaurant wäre, würden wir in der Nichtraucherecke sitzen, in der Abteilung ›nur für Veganer‹ …«, seufzte ich. »Ganz im Gegensatz zu dem Häppchenbuffet namens ›Essen Sie, so viel Sie wollen auf Kosten des Hauses‹, bei dem du dich gestern auf der Party bedient hast.«

»Lass uns nicht streiten, Liebling.« Er rückte näher an mich heran. »Es war nichts weiter als eine pheromonale Episode ... Sind die Kinder bei Cal drüben?«

»Ja ... eine was?«

»Pheromone. Hormonelle Lockstoffe, die einem die Drüsen bombardieren und verlangen, dass man auf der Stelle eine Frau küsst.«

Ich blickte ihn frostig an. »Hättest du nicht einfach durch den Mund atmen können?«

Hugo breitete versöhnlich die Hände aus. »Männer sind Gefangene, Lizzie. In der Tiefe des männlichen Großhirns«, hier begannen seine warmen, versierten Hände, meine verspannten Schultern zu massieren, »werden unmittelbare Entscheidungen gefällt, die bewirken, dass wir auf Schönheit reagieren.« Er öffnete meinen alten Morgenrock und legte methodisch seinen Penis in meine Handfläche, wie wenn er einer OP-Schwester ein Skalpell reichte. »Und ja, ein solches Verhalten ist grausam und oberflächlich, aber es ist nur momentan, wird sofort bereut und ist vor allem *nicht unsere Schuld.*« Er stöhnte erwartungsvoll auf, während ich niederkniete.

Ich wölbte meine Hände über den herrlichen Penis meines Mannes und sprach diesen versonnen an. »Was macht ein nettes Ding wie du in so einer Schlampe?«

»Ich war nirgendwo drin. Sie hatte Probleme mit ihrem Reißverschluss. Der Rock war so eng, dass er nur operativ zu entfernen war.«

»Toll! Wie praktisch, dass gerade ein Doktor anwesend war. Wie konntest du nur, Hugo?« Ich stand auf und ließ meinen alten Kumpel fallen. »Diese Frau ist durch so viele Hände gegangen, ist dermaßen oft befummelt und betatscht worden, dass sie als Beweisstück Nummer eins bei Scotland Yard durchgehen könnte!«

»Küssen ist doch keine große Sache, oder? Ich meine, Herrgott noch mal, so was passiert doch jeden Tag.«

»Ja ... in Las Vegas vielleicht!« Ich schnaubte mißbilligend und warf mich wieder aufs Bett. »Ein Kuss, Doktor Frazer, ist eine Kontraktion des Mundes infolge eines Blutstaus im Pimmel.«

»Oh, wen hören wir denn da latschen?« Hugo legte eine lauschende Hand an sein Ohr. »Warte mal. Das bist nur *du*, voll auf dem Holzweg.«

»Apropos Latschen«, sagte ich bedrückt. »Schmeiß mich nur weg wie einen alten Hausschuh – offensichtlich sind gerade tolle neue Modelle eingetroffen.«

Hugo fuhr sich über die gemarterte Stirn, während er mir ins Bett nachfolgte. »Warum legen einem Frauen harmlose Statements immer so aus, als würde man sie loswerden wollen?«

»Ach, das ist Britney also – ein harmloses Statement?«

»Mein Gott, ich weiß es nicht.« Seine Hand bearbeitete nun halbherzig meine Brustwarze mit Zeigefinger und Daumen. »Ich weiß nicht, warum ich es getan habe, Liz. Vielleicht mache ich eine Midlife-Crisis durch.«

»Na, auf jeden Fall hast du mir eine beschert.«

»Das ist doch hinlänglich bekannt, Liebling – als das medizinische Phänomen der männlichen Menopause.« Er ließ seine Hände beschwichtigend an meinem Körper bis zu meinen Beinen herabgleiten und öffnete meine Schamlippen mit der Präzision eines Gynäkologen, der einen Routineabstrich vornimmt. »Eine Sehnsucht nach Gefühlsintensität, ein Verlangen nach Herzflattern, nach Höhen und Tiefen der Leidenschaft ...«

»Hättest du nicht einfach Wildwasser-Rafting machen können? Männliche Midlife-Crisis! Gequirlte Scheiße! Das ist doch nichts weiter als Eisprung-Neid.«

»Bitte verzeih mir«, bettelte er reuig. Wenn seine Stimme Beine hätte, wäre sie jetzt auf den Knien. »Es tut mir wirklich, aufrichtig Leid. Du bist die einzige Frau auf der Welt für mich.« Er langte nach meinem Diaphragma, faltete es in der Mitte wie einen Brief und schickte es zwischen meinen gespreizten Schenkeln auf den Weg.

Aber die Eifersucht hatte sich angeschlichen und bei mir eingenistet. »Mich ärgert vor allem, was du ausgerechnet an ihr finden konntest. Ich meine, die Frau hat doch die geistigen Qualitäten eines – welken Salatblatts.«

»Eine großzügige Oberweite bedeutet nicht notwendigerweise, dass sie blöd ist«, nahm er sie in Schutz, während er meine Schenkel streichelte.

»Und nur um klarzustellen, dass sie wirklich nicht blöd ist, hat sie sich dann in diversen Männermagazinen nackt präsentiert.«

»Nur im *Playboy*, Schatz«, er knetete jetzt meine Klitoris, »und sie haben sie interviewt, weil sie im Gegenteil umwerfend intelligent ist.«

»Was so viel heißt, dass sie gebannte Aufmerksamkeit vortäuschte, während du Scheiße gelabert hast«, dechiffrierte ich wutschnaubend und wandte ihm den Rücken zu.

»Sie schien sich sehr für meine Arbeit zu interessieren ... Und außerdem hat sie ein Buch geschrieben.«

»Was für ein Buch?« Ich schaute ihn verblüfft an.

»Ein Kochbuch.«

Ich wieherte vor Lachen. »Eine Schauspielerin, die ein Kochbuch geschrieben hat? Was steht da drin, ›Nehmen Sie zwei Finger, stecken Sie sie sich in die Kehle und würgen Sie kräftig‹? ›Sie benötigen eine Prise Kokain, auf Backpapier breiten, schniefen‹?«

»Sie will dir ein Exemplar schenken –«

»Ich wette, sie führt eine Kalorientabelle vom Sperma verschiedener Filmproduzenten. Das Casting-Couch-Spezial«, johlte ich.

»– wenn sie zu uns zum Abendessen kommt«, unterbrach er vorsichtig und lehnte den Kopf auf seine verschränkten Arme. »Übernächste Woche.«

Ich stützte mich auf einen Ellbogen und starrte ihn fassungslos an. »Diese Fleisch-Matratze kommt zu uns zum Essen? Und wann bitte hast du die Einladung ausgesprochen?«

»Als ich heute bei Sven anrief – um ein Projekt mit ihm zu besprechen –, war sie dran.«

»Hör mal«, sagte ich kühl, »nur weil ich meinen Job verloren habe, heißt das noch lange nicht, dass ich jetzt hauptberuflich Ehefrau sein werde.«

»Du hast deinen Job verloren? Wieso das denn?«

Ich hatte nicht so damit herausplatzen wollen. »Ich bin zu alt«, jammerte ich und spürte, wie meine aufgesetzte Tapferkeit verpuffte. »Offenbar reißen sie schon Gebäude ab, die jünger sind als ich.« Ich drückte mir ein Kissen gegen den Bauch. »Das nächste Mal, wenn ich in einen Bus steige, wird mir der Fahrer seinen Platz anbieten.«

»Liebling, das ist ja unglaublich. Ich bin entsetzt. Erzähl mir genau, was passiert ist.«

»Sag mal, was um Himmels willen hast du eigentlich mit Svens unsäglichen Projekten zu tun?«, hakte ich misstrauisch nach, aber meine Streitlust war weg. Die grauenhafte Demütigung, meinen Job verloren zu haben, machte mich schlaff wie eine Achtzigerjahre-Dauerwelle in der Sauna.

»Es geht um ein Geschäft, das er mir gestern Abend auf der Party vorgeschlagen hat.«

»Was für ein Geschäft?«

»Es war seine Idee. Svens Agentur will etwas Geld für meine Wohlfahrtseinrichtung für Landminen-Opfer spenden ...«, seine Augen wichen meinem Blick aus. »Und du und ich, wir können ein bisschen ›Lifestyle-Chirurgie‹ ganz gut gebrauchen, wir sollten endlich wieder damit anfangen, Leute einzuladen. Vielleicht ist es deiner Aufmerksamkeit entgangen, Schatz, aber ich bin ein sehr anerkannter Chirurg. Ich sollte wirklich Teil eines ›Traumpaars‹ sein. Fest verankert im sozialen Sockel. Als ich dich kennen lernte, warst du so dynamisch! Vielleicht ist es ja ein Segen, dass du deinen Job verloren hast. Du könntest deine Energien dafür einsetzen, eine der führenden Gastgeberinnen Londons zu werden. Eine Göttin des Herdes. Ehefrau des Jahres!«

Ich schaute ihn entgeistert an. Oje, wo war mein Mann geblieben? Mein wunderbarer, zärtlicher, zuverlässiger, weiser und witziger Hugo? Hallen-Weltrekordhalter für ergötzliches Gattentum?

»Als Paar könnten wir Svens Idee für ein ... Sanatorium ... Glaubwürdigkeit verleihen.«

»Wofür?«

An dieser Stelle klingelte das Telefon – irgendwas mit einer Luftbrücke für tschetschenische Kinder, die sofort operiert werden mussten – und wenige Minuten später steckte Hugo wieder in seinem Anzug und war auf dem Weg ins Krankenhaus. »Überleg dir, was du kochen willst«, rief er zu mir nach oben, während er schon halb die Treppe hinunter war.

Ich zog mir die Decke über den Kopf. Angstvorstellungen saugten sich an mir fest wie ein nasser Duschvorhang. Ich sollte für ihn die elegante und dynamische Gastgeberin bei Abendeinladungen spielen? Ausgerechnet an dem Tag verlangte er das von mir, als ich frischgebackenes Mitglied der Anonymen Versager geworden war? Da sollte ich die souveräne Ehefrau des Jahres geben? Eine Göttin des Herdes?

Verdammt noch mal, das konnte er sich gleich abschminken, dass ich bei einer Dinnerparty für *sie* das kleine Frauchen spielen würde. Abgesehen von der Tatsache, dass Britney kürzlich meinen Mann verschlungen hatte, sollte es ohnehin verboten sein, jemanden bekochen zu müssen, der ein Kochbuch geschrieben hat. Anorektische Frauen wie sie sollten auf einen Zahnstocher gespießt und als Vorspeise serviert werden. Das würde ich Hugo sagen, wenn er nach Hause kam. Machen Sie dem Hunger auf der Welt ein Ende – essen Sie eine Schauspielerin.

Außerdem war das Auftischen von Speis und Trank nicht gerade meine Stärke. (Obwohl ich nun wenigstens Parmesan auf meiner Schamregion reiben konnte.) Bisher hatte ich erst einmal etwas versucht, das über Schnittchen hinausging, und da wäre ich fast in den Mixer gefallen und hätte um ein Haar eine Geschmacklosigkeit aus mir gemacht. Auf keinen Fall würde ich mich dafür hergeben. Eine Göttin des Herdes, die sagt, sie würde von Hausarbeit high werden, hat offensichtlich zu viel Reinigungsmittel geschnüffelt. Wollen Sie eine Definition von »Geisel«? Eine Frau, die für Gäste kochen muss.

7.

Nach den Michelin-Sternen greifen

Die Vorstellung, Kochen und Hausarbeit gehöre ausschließlich in die Hände von Frauen, ist offiziell aus der Mode gekommen. Ich weiß aber ganz sicher, dass es hinter verschlossenen Türen weitergeht.

Zehn Tage später an einem heißen Sonntagabend Ende Juni, die Kinder waren weder gebadet noch im Bett, durchlitt ich die übliche Gastgeberin-Panik, viel zu viel eingekauft zu haben, da sowieso niemand aufkreuzen würde, oder falls doch, zu wenig gekauft zu haben, weil alle ihre neuen Anhängsel oder Anwälte anschleppten, oder die Leute alle irgendeine Lebensmittelallergie hätten, was bedeutete, dass sie mich entweder beleidigen würden, indem sie mein Abendessen *nicht* anrührten, oder es täten und dann aber über den Tisch kotzen müssten. Ich richtete einen telefonischen Hilferuf an Cal, damit er mir bitte die Kinder abnahm, und schoss dann bumerangmäßig in die Küche zurück, wo ich gerade noch die Katze erwischte, wie sie den letzten in Sesam angebratenen Thunfisch aus dem Salat fischte. Dieser bestand jetzt nur noch aus einer traurigen kleinen Nudel und ein oder zwei schlappen Algenblättern. Lass fahren dahin jede Hoffnung auf ein Cordon-bleu-artiges Ereignis.

»Hör mal, Cal«, sagte ich, als er fünf Minuten später

unbeschwert hereinkam, während ich verzweifelt im Tiefkühlfach wühlte, »ich bin einfach nicht mehr in Stimmung für deine Uniparty. Kannst du nicht Victoria fragen?«

»*Victoria?* Die würde doch mit einem wie mir nie ausgehen. Weißt du, im Model-Business deiner Schwester, na ja, da geht's doch nur um Kontakte. Stimmt's? Um Entrees zu irgendwelchen Events – so was in der Art. Die einzigen Entrees, zu denen ich Zugang habe, sind leider die auf der Speisekarte. Klar, kann ich dir ein Entree verschaffen ... Krabbencocktail oder Büchsensuppe? Ich kriege jederzeit den strategischen Top-Tisch bei MacDonald's, lässig.«

»Schon gut. Victoria isst sowieso nicht in der Öffentlichkeit. Models leben ja in der permanenten Panik, dass sie versehentlich ein bisschen Muskelgewebe entwickeln.«

Als Hugo nach Hause kam und eine Gattin vorfand, die versuchte, mit dem Föhn acht Hühnerbrüste aufzutauen, warf er mir einen tödlichen Blick zu. Ich übertreibe nicht. Wenn Blicke töten könnten, hätte ich an Ort und Stelle meine Organe der Wissenschaft spenden können. Dabei war ich mir nicht einmal sicher, ob er wegen des Chaos sauer war oder weil ich Victoria eingeladen hatte, ohne ihn vorher zu fragen. (Victoria würde mir nie verzeihen, wenn ich ihr eine Begegnung der Sven-Art vorenthielte.) Hugo behauptet immer, meine Schwester würde nicht zu Besuch kommen, sondern einmarschieren, was sie in diesem Augenblick tat: In einem Wirbel von Seidenschals und zollfreien Tüten rauschte sie zur Küche herein.

»Alkohol! Schnell!« Sie griff nach meinem Glas Pinot Grigio.

»Was ist los?«

»Ich habe die letzte Woche damit verbracht, besoffenen Elektroingenieuren in Dubai hawaiische Muumuus vorzuführen. Wenn Sven mich nicht bald heiratet, droht mir als nächster Gig, für Amateurfotografen im Neubaugebiet von Milton Keynes zu posieren.«

»Ist denn das so schlimm?«

Sie sackte verzagt über ihrem Weinglas zusammen. »Herzchen, es ist der Kosovo ohne die Zulagen.«

»Ich weiß was, das dich aufmuntern wird. Cal möchte dich fragen, ob du mit ihm ausgehst.«

Jetzt war Cal an der Reihe, mir einen mörderischen Blick zuzuwerfen. »Ähm ... genau.« Er rückte nervös den abgewetzten Ledergürtel in seiner Levi's 501 zurecht.

Meine Schwester stemmte ihre manikürten Hände in die Hüften ihrer Schlangenhauthosen. »Sagen wir's mal so, Calim«, entgegnete meine Schwester, »wenn du mich nicht schon zu Tode langweilen würdest, würde ich vor Lachen über die Vorstellung wahrscheinlich sterben.«

»Victoria!«, fuhr ich sie an. So sehr sie möglicherweise unter PMS leiden mochte (Post-Modeleinsatz-Spannung), war das noch lange kein Grund, es an meinem besten Kumpel auszulassen.

»Okay, also kein Sex«, sagte Cal entgegenkommend. »Dann vielleicht wenigstens ein bisschen heftiges Herumgeknutsche?«

»Ich mein's ja nicht böse.« Victoria seufzte. »Es ist nur, weil du einfach so unbedeutend bist.«

Mit knallrotem Gesicht machte mein treuer Freund eine kleine Verbeugung. »Meine Damen und Herren, der letzte Akt tiefster Demütigung des Calim Keane wurde Ihnen soeben präsentiert. Entschuldigt mich, ich habe noch eine Verabredung zum Vorlesen von Gutenachtgeschichten.« Er verließ abrupt die Küche und verschwand nach oben, zwei Stufen auf einmal nehmend.

Bevor ich meine Halbschwester in den Müllschlucker schieben konnte, vertraute mir Victoria an: »Ich schätze mal, die Tatsache, dass Britney diese *unglaublich* großen Titten hat, stellt uns vor ein ziemlich enervierendes Problem.«

»Oje.« Mir drehte sich der Magen um. »Sie hat also tatsächlich die Chuzpe, hier aufzukreuzen.«

»Ich bin gerade an der Doppeldeckerschlampe vorbeigekommen, als sie ihren Porsche parkte. Vergiss die Hühnerbrust, Elisabeth, und konzentrier dich auf deine eigene.« Sie schob ihre Hand tief in meinen BH und ruckelte meine Winztitten bis an den oberen Rand der spitzenbesetzten Körbchen hoch. »Im Dekolleté spielt die Musik. Es ist die einzige Show, an der Männer wirklich interessiert sind.«

Ich warf einen flüchtigen Blick auf Hugo, der vor dem Weinregal stand und Jahrgänge inspizierte – mein Ehemann war der Beaudrieux des Bordeaux. »Victoria, Hugo ist kein Busen-Mann!«

Wie aufs Stichwort schob sich nun das größte Paar Milchdrüsen der nördlichen Hemisphäre in unser Blickfeld. Es sah aus wie das Zielfoto in einem Puddingrennen. Das Weibsbild, an dem die siamesischen Soufflés hafteten, folgte etwa fünf Minuten später. Die Augen meines Mannes traten mit einem *Boing!* aus ihren Sockeln, schraubten sich wie auf langen Sprungfedern in Britneys BH-Körbchen hinein, wo sie ekstatische Luftsprünge vollführten, bevor sie sich wieder auf Basisstation zurückkatapultierten.

»Was sagtest du noch gleich?«, fragte meine Schwester triumphierend.

Als Sven dann Britney an der Küchentür auflauerte und sie mit Küssen bombardierte, hielt ich den Moment für gekommen, mich mit Victoria zu einem Gespräch unter Frauen auf die Toilette zurückzuziehen.

»Herrgott noch mal, lass bloß nicht durchsickern, dass du über Britney und Hugo Bescheid weißt. Er hat mich gebeten, es dir nicht zu sagen. Er möchte, dass ich großmütig darüber hinwegsehe«, blökte ich und ließ mein Hinterteil auf die Klobrille plumpsen. »Ich kann aber nicht großmütig sein.«

»Natürlich kannst du das, Schätzchen. Du musst ja nur dastehen und hirntot aussehen ... beeil dich, ich platze.«

»Ich habe einen Hochschulabschluss. Ich kann nicht hirntot aussehen.« Ich wusch mir die Hände, während Victoria mit Pinkeln dran war.

»Dann versuch's mit liebreizend. Britney kriegt das prima hin.«

»Wie macht man so was?« Ich reichte ihr die Klorolle.

»Versuch einfach, wie ein kastrierter Hund auszusehen. Du guckst ihn so lange treudoof an, bis er dich tätschelt – und dann beißt du ihm das Bein ab. Das ist meine Lieblingsnummer in Sachen nützliches Kleinmädchenverhalten«, philosophierte sie und betätigte die Spülung. »Die einzige andere Art, einen Mann bei Laune zu halten, sind ein paar Martha-Stewart-Momente in der Küche. Oh, und natürlich ein Hauch weibliche Rätselhaftigkeit.« Sie hielt inne, um zu pupsen, bevor sie aus dem Badezimmer glitt. »Männer lieben so was.«

GESUCHT WIRD: *Großmütige, überlegene, liebreizende, diskrete, dynamische Musterehefrau mit Riesendekolleté. Muss erfahrene 3-Sterne-Michelinköchin und Göttin des Heims und des Herdes sein, geeignet als bessere Hälfte eines Traumpaars. Bewerberinnen ohne einen Hauch verdammter weiblicher Rätselhaftigkeit werden nicht berücksichtigt.*

Ich schnallte mein Gesicht an. Es sah nach einer turbulenten Nacht aus.

8.

Ein wahres Wort, gelassen ausgesprochen

Es gibt nur eins, worauf man sich im Leben wirklich verlassen kann: Dass es erstens schlimmer kommt, bevor es zweitens noch schlimmer kommt.

Und darum geschah es, dass die Frau, die Dolly Buster zweidimensional aussehen ließ, sich jetzt in einem Paar Leopardenmusterhosen in meine Küche schlängelte – Britney Amore trug so viel Dschungel-Look, dass man sich eigentlich nicht mit ihr verabreden konnte, ohne vorher Malariatabletten zu nehmen. »Hallo Leute!«, rief sie so euphorisch, dass sich der unmittelbare Verdacht auf Einnahme einer erstklassigen Droge aufdrängte.

»Du entsinnst dich sicherlich an meinen *Ehemann*«, sagte ich frostig (und verkniff mir, meinen stillen Nachsatz laut auszusprechen, »zuletzt gesehen, als er das Lustgebirge bestieg«).

»Hal-*lo*«, brach es begeistert aus Hugo hervor, der sich in seinem Eifer aufzustehen fast eine Gehirnerschütterung am Küchenregal holte.

»Und wo sind die lieben Kleinen, Schatz? Ich bin ganz versessen darauf, mit ihnen zu spielen!«

Himmel! Es genügte ihr offenbar nicht, mir meinen Mann auszuspannen, jetzt wollte sie auch noch meine Kinder von mir entfremden! Kummer und Verzweiflung nagten an meinen Eingeweiden. Und was, fragte ich mich bitter, würde ein hirnloses Flittchen wie sie überhaupt spielen? Scrabble für Lerngestörte? Einteilige Puzzles? »Sie sind schon im Bett«, sagte ich spröde.

Während Hugo Britney zu dem kritischen Echo gratulierte, das ihre ausgedehnte Nacktszene in der *Hamlet*-Produktion des National Theatre hervorgerufen hatte, bemühte ich mich, nicht auf ihren BH-losen Brustkorb zu stieren. Denn das waren keine Brüste. Das waren Bodenschwellen. Und sie sorgten dafür, dass alle anwesenden Männer – Hugo, Sven und irgendeiner seiner italienischen Freunde aus der Unterschicht, dessen Händedruck in mir den Wunsch nach einem Desinfektionsmittel aufkommen ließ – im Schritttempo durch ihre keineswegs verkehrsberuhigte Zone fuhren.

»Glaubst du, sie hat sich die Titten vergrößern lassen?«, flüsterte ich meiner Schwester ins Ohr.

»Aber nicht doch.« Victoria verdrehte sarkastisch die Augen. »Sie trägt offensichtlich eine Art Anti-Schwerkraft-Vorrichtung unter ihren Klamotten.«

»Ich meine, was hält die Dinger oben?«, staunte ich. »Draht? Klebe? Ein Team dressierter Flöhe?«

»Also Jungs, ich will euch wirklich nicht mit Beschlag belegen. Furchtbar, oder?«, vertraute Britney meiner Schwester und mir gespielt frauensolidarisch an. »Wenn es mir doch nur gelingen würde, weniger begehrenswert zu sein.« Sie musterte mich von oben bis unten und erkundigte sich ratsuchend: »Wie *machst* du das nur, meine Liebe?«

Ich hatte mich kaum von meinem Hustenanfall erholt, als Marrakesch in die Küche hereinschneite. Britney stürzte sich sofort auf den Teenager und küsste sie leidenschaftlich auf beide Wangen. »Also, ab jetzt bin ich offiziell lesbisch, du siehst ja so umwerfend aus! Kein Wunder, dass Sven dir einen Model-Vertrag angeboten hat. Kann ich gut verstehen!« Sie trat einen Schritt zurück, um ihre junge Rivalin zu taxieren. »Wie alt bist du denn, Prinzesschen?«

Marrakesch zuckte die Schultern. »Ich bin nicht sicher. Ich frag lieber. Wie alt bist du *heute*, Mama?«

Ich hielt die Luft an.

Ein Vorhang aus blondem Haar fiel lasziv über das verschleierte linke Auge meiner Schwester. »Einunddreißig«, verkündete sie selbstbewusst.

Die Enthüllung löste kollektives Geräusper aus.

»Ihr glaubt mir nicht, wie? ... Ja, kaum zu fassen, dass ich schon so alt bin.«

Sven begrabschte den fotogenen Hintern meiner Schwester. »Sag mal«, kicherte er anzüglich, »ist dieser Platz schon besetzt?«

Ich hätte auch nicht schlecht Lust gehabt, ihn irgendwo zu packen – am liebsten *an der Gurgel*. Hugo, den Svens Anwesenheit nervös machte, lachte übertrieben laut. Es war gar nicht Hugos Art, sich so anzubiedern. Sollte es tatsächlich nur ein Kuss gewesen sein, weswegen er sich so schuldig aufführte? Wütend warf ich die halb aufgetauten Hühnerteile in den Wok und briet sie so heftig, dass es die Sau grauste – nicht gerade, was man einen hausfraulichen Augenblick nennen würde –, währenddessen kippte ich meinen Wein in einem einzigen langen Schluck hinunter.

»Mein Angebot steht noch, Marrakesch«, sagte Sven und ging ihr hinterher. Ehrlich, der Mann haftete fester als eine parfümierte Slipeinlage. »Ich würde dir gern zeigen, wie der Hase läuft.«

»Besser wär's, sie würde selber laufen«, vertraute ich *sotto voce* den Hühnerbrüsten an. Vorsichtig piekste ich in eine rein. Sie hatte die Konsistenz eines Pamela-Anderson-Implantats, taute wohl aber zum Glück langsam auf.

»Du kannst dir diese Chance einfach nicht entgehen lassen, Marrakesch«, beharrte Victoria. »Deine Schönheit ist ein Geschenk.«

»Ach ja? Dann will ich's umtauschen. Ich wünschte, ich wäre richtig unansehnlich, damit man mich einfach normal behandelt, weißt du?«

Obwohl sie ihre Haare zu einer Art nonnenhaftem Klosterschnitt verstümmelt hatte, sah Marrakesch wieder einmal absolut überwältigend aus.

»Und außerdem wollte ich, wenn ich mit St. Paul's fertig bin, nach Oxford gehen und meine Doktorarbeit über Menschenrechtsverletzungen im amerikanischen Strafvollzug schreiben – denn das ist wirklich dermaßen krass da drüben. Was meinst du, Tante Liz? Soll ich lieber als Model arbeiten?«

Hugo warf mir einen überdeutlichen Blick zu. Ich wich Bratenfett aus, das aus der Pfanne spritzte. »Na klar doch …«, sagte ich und schüttete mir seinen Jahrgangs*vino* gluckernd die Kehle hinunter.

Mein Gatte seufzte erleichtert.

»… wenn du eine Karriere anstrebst, bei der du dich zu Tode hungern, idiotische Schuhe tragen und dich von Männern mit fetten Bierbäuchen und zwergenhaften Hirnen herumkommandieren lassen musst«, fügte ich hinzu.

Die buschigen Augenbrauen meines Mannes wanderten verärgert in die Höhe.

»Ich finde, Tante Lizzie hat Recht. Modeln ist scheiße. Das ist echt der schlimmste Job auf der ganzen Welt.«

»Nicht der schlimmste«, versetzte ich. Die Gäste blickten mich erwartungsvoll an, in der Hoffnung, ich würde meinen Fehler wieder gutmachen. »Tiere in Käfighaltung zum Zwecke der künstlichen Befruchtung manuell zu masturbieren wäre genaugenommen noch einen Hauch ekelhafter.«

Meine Nichte gluckste vor Lachen – eine Reaktion, die nicht im Entferntesten von den anderen geteilt wurde, speziell nicht von meinem Mann, dessen Augen nur noch Schlitze waren und der mit den Lippen lautlos die Worte »Traumpaar« und »Göttin des Herdes« formte.

»Schönheit ist ein Fluch«, sagte Marrakesch mit Nachdruck.

Britney stockte der Atem. »Aber Herzchen, eine Frau ohne Schönheit ist doch …«, sie suchte verzweifelt nach einem

Vergleich, »... ist doch ... na ja, wie *Macbeth* ohne die Balkonszene!«

Die anderen Gäste starrten mit ausdruckleeren Gesichtern taktvoll vor sich hin, aber Marrakesch prustete laut heraus.

Bleiernes Schweigen breitete sich über den Raum. Um die Stimmung zu entkrampfen, trieb Hugo die Gäste ins Esszimmer. Mich hatte der Abend bis jetzt dermaßen aus der Fassung gebracht, dass ich bereits eine ganze Flasche Wein intus hatte, was bedeutete, dass ich zu angeheitert gewesen war, um noch Reis aufzusetzen. Na und, rechtfertigte ich mich beschwipst, Reis mag doch sowieso keiner.

Als ich trabend unseren Esstisch umrundete und Gläser, Platzdeckchen und Butterschälchen verteilte, versuchte Sven uns mit seinem nach Aftershave stinkenden Begleiter bekannt zu machen, den er statt der üblichen Flasche Wein mitgebracht hatte. Die Sonnenstudio-Bräune, die dreihundert Pfund teure Frisur, der Versace-Anzug und der Diamant-Ohrstecker sowie makellose Zahnreihen, nur von einem funkelnden Goldzahn durchbrochen, bewirkten, dass der Mann ein riesiges Reklameschild namens »internationaler Geldwäscher« zu tragen schien. »Das ist Tony ›Handkante‹ Milano – ein potenzieller Investor«, pries Sven ihn an. Investor wofür? Landminen-Opfer? Hugos dringliche Bitte um Platzierung am Tisch riss mich aus meinen Gedanken. Scheiße! Die Sitzordnung! Ich musste improvisieren, was eine hektische »Reise nach Jerusalem« auslöste und dazu führte, dass Britney sich zwischen Sven und Hugo zwängte und Victoria gerade noch neben Sven rutschen konnte. Bevor ich angesichts dieser beiden speziellen Katastrophen zu hyperventilieren begann, fiel mir ein, dass ich vorhin vergessen hatte, den Geschirrspüler anzustellen, was bedeutete, dass wir auf unser zweitbestes Service zurückgreifen mussten – eine kunterbunte Ansammlung angeschlagener Teller mit kleinen Häschen an den Rändern, ergänzt von einem Besteck aus stumpfen Buttermessern.

Und so begab ich mich zurück in die Küche. Panisch häufte ich halb gares Essen auf die Teller, mit Ausnahme von Victorias: sie verweigerte natürlich die Nahrungsaufnahme. (»Nun komm schon«, nötigte ich sie und drapierte einzelne Spaghetti senkrecht auf ihrem Teller, damit das Ganze wie ein Schlankmacher wirkte, »du kannst doch hinterher alles wieder herauswürgen.«) Dann sank ich erschöpft auf meinen Stuhl und konnte wieder Svens Auslassungen folgen.

»Ja, der Schrei nach Schönheitschirurgie hat die über Vierzigjährigen erobert wie ein Furz einen überfüllten Fahrstuhl. Die Experten sind sich inzwischen einig, dass schöne Menschen tatsächlich ein besseres Leben führen als die ›Grotties‹, die Grottenhässlichen«, erläuterte er Signor Milano zu dessen großer Erheiterung.

»Offenbar werden wir, die schönen Menschen, mehr geliebt.« Britney klapperte mit ihren langen Wimpern und bot eine perfekte Darbietung des kastrierten Hündchens. »Wir verdienen sogar mehr. Bis zu zwölf Prozent. Hat Hugo mir erzählt«, fügte sie seelenruhig hinzu.

Victoria bedachte ihre Tochter mit einem Blick, der deutlich »Ich hab's dir ja immer gesagt« beinhaltete, während Marrakesch die Papierserviette auf ihrem Schoß zu kleinen Konfettischnipseln zerriss.

»Was verdienst du denn, Schatz?«, fragte mich Britney honigsüß. »Oh, Mist! Stimmt ja. Ich hab gehört, dass du deinen Job verloren hast. Ich Dummchen! Hab ich vergessen. Du warst zu alt dafür, oder? Und jetzt versuchst du Marrakesch daran zu hindern, einen zu bekommen.«

»Zumindest wissen wir jetzt, wie sie ihr Essen auskotzt«, flüsterte Victoria mir zu, während ich noch meine Kinnlade auf dem Parkettboden suchte. »Sie hört sich einfach beim Reden zu.«

Doch dann war meine Schwester an der Reihe, schmerzverzerrt das Gesicht zu verziehen, als Sven seine Freundin mit einem dicken Kuss auf ihre üppigen Lippen belohnte und Britney sich mit einem klebrigen roten Lippenstiftschmatz an seinem Mund festsaugte. Victoria spießte ein Stück Huhn von meinem Teller auf und schob es sich ungezwungen in die Kehle. Meine Schwester, die feste Nahrung zu sich nahm? Ich blickte sie erstaunt an. »Ich esse, um zu kompensieren«, murmelte sie kauend.

»Was zu kompensieren? *Hunger?*« Was andere in meiner Schwester als ein kryptisches Über-den-Dingen-Stehen sahen, war, wie ich wusste, nichts als traurige, verzweifelte Unentschlossenheit – gepaart mit Heißhunger.

Hugo lächelte und beugte sich an mein Ohr. Ich dachte, er wolle mir danken, weil ich mir so viel Mühe gemacht hatte. Stattdessen zischte er: »Elisabeth, das Huhn ist innen immer noch gefroren! Geh in die Küche und *unternimm* was!«

Ich wankte betrunken in die Küche, wo ein Wühlen im Gefrierfach nichts weiter ans Licht brachte als eine Packung Fischstäbchen in Form von Disney-Figuren. »Was soll's?«, knurrte ich rachsüchtig und wartete, dass das Hühner-Öl in der Pfanne wieder heiß wurde, schüttete die Fischstäbchen in eine feuersichere Glasschüssel und gab ihnen in der Mikrowelle den Rest. *Heute Abend servieren wir Ihnen den Fisch in einem pikanten Blutsaucen-Ketchup.*

»Was ist *das* denn?«, fragte die Kochbuchautorin Britney wenige Augenblicke später und äugte misstrauisch in die Schüssel, die ich ihr vorsetzte.

Sven stach mit einem juwelenbesetzten Zeigefinger hinein. »Geschmorte Tampons?«, mutmaßte er.

»Meine Diätberaterin hat mir gesagt, ich soll zunehmen«, sagte Britney selbstgefällig. »Ich versuch's ja, wirklich, aber …« Ein hoffnungsloses Achselzucken, bevor sie mir voller Mitgefühl ein Exemplar ihres beschissenen Kochbuchs überreichte.

Mein Gatte schüttelte entgeistert sein edles Haupt.

Ich erwiderte trotzig den kritischen Blick meiner Gäste. »Das ist ein … Meeresfrüchte-Potpourri. Ein raffiniertes

Melée aus dünnem Eierteig und marginalen Wasserlebewesen, zu komischen Charakteren konfiguriert. Post-Gourmet«, improvisierte ich, »*Cuisine ironique.*«

»Übermäßiges Essen kostet einen sowieso zehn Jahre seines Lebens«, erklärte Britney hochnäsig und schob ihren Teller weg.

»Ja, und das sind ohnehin die zehn miesesten Jahre, stimmt's?«, sagte Cal, der ins Esszimmer polterte, um den Kindern ein Glas Wasser zu holen. Ich schob ihm einen Stuhl an meine Seite. Er kippelte auf zwei Stuhlbeinen und legte einen Cowboystiefel-Fuß über das Knie des anderen Beins. »Es sind die inkontinenten, hirntoten, sabbernden, depressiven Jahre. Ich meine – wer braucht die schon?« Cal lächelte schief und seine fluoreszierenden Augen zwinkerten gutmütig.

Ich lachte. Das Kerzenlicht verlieh seinem schmuddeligen roten Haar einen goldenen Schimmer, was selbst Victoria aufgefallen sein dürfte. »Du darfst lächeln, Victoria, weißt du? Na los. Der Mann ist witzig.«

»Nein«, sagte sie entschlossen. »Davon bekomme ich nur Falten.«

Der potenzielle Investor schaute auf seine Rolex.

»Was eine ideale Überleitung zum Anlass unserer kleinen Soirée ist«, haspelte Sven eilig sein Werbegequassel herunter und brachte die Unterhaltung wieder in die richtige Spur. »Alle Frauen wollen ein Alter von hundert Jahre erreichen, aber nicht über die fünfunddreißig hinaus. Baby-Boomer werden auf Biegen und Brechen geliftet und abgesaugt –«

»Und abgeschnitten?«Marrakesch säbelte mit ihrem Messer bedrohlich an einer Zitrone herum. »Wenn ich nicht diese großen Dinger hätte, würden mich die Leute endlich ernst nehmen.«

Sven lief offen der Geifer aus dem Mund … und der Fischstäbchen-Themenpark war vermutllich nicht die Ursache. »Siehst du?«, sagte er triumphierend. »Jede Frau will anders sein, als sie ist. Jünger oder hübscher oder mit einem kleineren Busen oder einem größeren.« Er blickte mich demonstrativ an.

Meine Augen verengten sich zu gefährlichen Schlitzen. Gibt es irgendetwas, das annähernd so ärgerlich ist, wie wenn ein Mann, der selbst wegen wiederholter Brusthaarentblößung ins Gefängnis gehört, einem seine Unzulänglichkeiten vorführt? Hugo warf mir einen argwöhnischen Blick zu. Ja, ja, *die kleine Traumfrau*, ermahnte ich mich und biss mir auf die Zunge.

»Wisst ihr eigentlich, wie viel die Schönheitschirurgie-Industrie letztes Jahr gescheffelt hat? Allein in den Vereinigten Staaten? Dreihundertfünfzig Milliarden«, posaunte Sven. Handkanten-Milano hörte auf, auf seine Rolex zu gucken, was Sven sichtlich freute. »Man sagt ja, dass Geld nicht glücklich macht – aber ich glaube, ich könnt's ertragen. Was meinst du, Hugo? Würdest du nicht wenigstens mal probieren wollen, ob Geld nicht vielleicht doch glücklich macht?«

Mein Gatte, der in diesem Moment Sven nicht beachtete, schien auch so schon verdammt glücklich zu sein. Sein Kopf war Britney zugeneigt und er hauchte ihre leise etwas ins Ohr. Britney versuchte ein hysterisches Lachen zu unterdrücken. Man hätte meinen können, Steve Martin hätte ihr gerade etwas zugeflüstert. Sie ergriff Hugos Hand und zog ihn näher zu sich heran, während sie sich vor Vergnügen bog und dafür sorgte, dass mein Mann bis über die Augenbrauen in ihrem Brustansatz verschwand. Ich spürte, wie sich mein Gesicht vor lauter Seelenpein knallrot verfärbte. Als er sich endlich mit einem dankbaren Lächeln aus ihr herausschälte, überkamen mich rasende Rachegelüste. Wenn die Schauspielerin nicht gleich die Hand vom Schenkel meines Mannes nahm, würde sie in ihrer Krankenhaus-Serie demnächst nur noch als Unfallopfer auftreten können.

»Herrje. Ist sie das?« Cal machte eine Kopfbewegung zu Britney hinüber. »Wie kommt ein Mensch verdammt noch mal in eine so enge Hose rein?«, raunte er mir zu.

»Mit einem Glas Champagner geht alles«, brummte ich zurück.

»Aber Schönheitskliniken haben wir doch in ganz Italien«, sagte Handkanten-Milano. »Sobald Interpol dein Fahndungsfoto hat, ist schnell ein neues Gesicht angesagt. Wieso sollte man deswegen zur Harley Street fliegen?«

»Weil wir eine Langlebigkeits-Klinik sind. Mit einem ganzheitlichen Anti-Ageing-Ethos. Einschließlich der Kryogenik für Schusswunden-Opfer«, schwadronierte Sven weiter.

»Igitt. Ist das nicht dieses Verfahren, wo sie einem die Birne einfrieren?«, schüttelte sich Marrakesch.

»O ja. Ich besorg's dir, wo immer du willst.« Er zwinkerte meiner Nichte zu. »Neurosuspension für fünfzigtausend Dollar. Hundertundzwanzigtausend für die Runderneuerung. Und für die Lebenden dann das Nonplusultra an professioneller Schönheitschirurgie, dank der Dienste der legendären, internationalen Koryphäe für Gesichts- und Kieferchirurgie ...«, man hörte förmlich den Tusch, »... Doktor Hugo Frazer!« Er stieß den Namen meines Mannes in jenem weihevollen Ton hervor, der üblicherweise dem Wunder der Geburt oder der Wiederkunft des Herrn vorbehalten ist.

Die kleinen Sticheleien, mit denen ich das dröge Essen heimlich für Cal gewürzt hatte, wuchsen sich jetzt zu einer sarkastischen Frontalattacke aus. »Hugo, sag bloß, du hast schon wieder diese bewusstseinserweiternden Drogen genommen?«, hänselte ich.

Mein Gatte schob seinen unangerührten Teller von sich und machte sich emsig daran zu schaffen, neue Flaschen zu öffnen. Die Einladung begann mehr und mehr einem Familientreffen der Kennedys zu ähneln. Da mein Mann Bereitschaftsdienst hatte, war er der Einzige, der nicht trank.

»Das ist doch ein Scherz, oder? Hugo? Du sagst doch immer, Schönheitschirurgen rangieren auf der Anständigkeitsskala ganz unten bei den syphilitischen Eiterbeulen und Politikern.«

Britney schraubte einen roten Lippenstift in Gestalt einer Patrone auf und zielte damit auf ihren Kussmund. »Die Verschönerung des Körpers gehört zu den ältesten etablierten Praktiken der Menschheit«, plapperte sie Aufgeschnapptes nach und verstummte dann, um ihre Lippen mit Jungle Red zu bearbeiten. Sie wurde mit einem erneuten Kuss ihres Verlobten belohnt, was meine Schwester veranlasste, noch wütender ihr Mahl zu verschlingen.

»Hugo, warum fällst du nicht einfach in eine Kloake und gehst langsam darin unter?« Mir dämmerte zwar allmählich, dass »betrunken« die Futurform von »trinken« ist, aber ich konnte mich nicht mehr bremsen. »Das wäre ein würdigerer Abschluss deiner Karriere, als mit Sven zusammenzuarbeiten.«

Sven runzelte die Stirn. »Ja, ich bin ein Agent des Satans, aber meine Aufgaben sind überwiegend repräsentativer Natur«, scherzte er und lächelte Marrakesch verschwörerisch an.

Britney auf der anderen Seite von Sven kringelte sich gerade wieder über die letzte geistreiche Bemerkung, die Hugo ihr zugeraunt hatte. Plötzlich hatte sich mein ernster Ehemann in eine Mischung aus Billy Connolly, Robin Williams und Steve Martin verwandelt und war zum Totlachen.

»In welcher Größenordnung hatten Sie sich das Investitionsvolumen aus dem Ausland gedacht?«, hakte der Mafioso nach und schüttete sich ein weiteres randvolles Glas Rotwein in den Rachen. Sven schaute zu Hugo hinüber und hob verstohlen, aber selbstzufrieden den Daumen.

Mein Mann wollte mit Sven Geschäfte machen? Als liebende, treu sorgende Ehefrau und Stütze musste ich einfach etwas sagen – etwas wie, *Dir hat man wohl ins Hirn geschissen.* Da ich aber entschlossen war, meinen Ruf als distinguierteste Londoner Gastgeberin nicht leichtfertig aufs Spiel zu setzen, verbiss ich mir meine Bemerkung und sagte stattdessen: »Aber findet ihr denn nicht diesen ganze Falten-Verfolgungswahn ein bisschen lächerlich?« Eine Riege ausdrucksloser Gesichter starrte mich an. Außer Hugo, der mir einen dieser »Meine Frau ist irre«-Blicke zuschleuderte. »Ich meine, Fältchen sind doch nur die Folge von vielem Lachen …«

Sven musterte ausgiebig mein Gesicht, bevor er zu dem Schluss kam: »Meine Liebe, nichts ist *dermaßen* komisch.«

Während die anderen Gäste amüsiert kicherten, fragte mich Cal in einem ruhigen, eisigen Tonfall: »Soll ich ihm das Licht auspusten?«

»Wirklich, Süße«, Britney lächelte geziert, »ein Facelifting würde dich einfach vollkommen verwandeln!«

»Genau. Von einer Frau Ende dreißig in eine Komparsin aus *Planet der Affen*. Hugo, wie konntest du dich bloß von Sven zu so einer Sache überreden lassen, ohne das Ganze vorher mit mir zu besprechen?«, drang ich in meinen Gatten.

»Eigentlich hatte Britney den Geistesblitz, deinen Männe ins Geschäft einzubeziehen«, stellte Sven klar.

Britney? Aber die hing doch an Svens Strippen? Ich hatte vermutet, dass die Schauspielerin hauptsächlich bauchrednerisch veranlagt war und ihr Verlobter lediglich seine Hand in ihren Arsch gesteckt und ihren Mund bewegt hatte. »Das war Britneys Idee?«, keuchte ich erstaunt und betrachtete sie mit ganz anderen Augen.

»Natürlich. Die besten Ideen hat sie beim Sex«, brüstete sich Sven, »weil sie dann mit einem Genie kurzgeschlossen ist!« Er brüllte vor Lachen über seinen eigenen Scherz und blickte dann lüstern zu Marrakesch, in der offensichtlichen Hoffnung, auch sie suche den Steckkontakt zu einem Superhirn.

»Na ja, dann werde ich wohl ewig ein brünettes Dummchen bleiben, denn ich lebe zölibatär«, verkündete Marrakesch. »Ich meine, wozu soll man überhaupt eine Beziehung eingehen, wenn statistisch gesehen bei jedem dritten Ehepaar einer der Partner fremdgeht?«

Plötzlich lasteten Schwaden schwerer Schuldgefühle auf

uns. Ein Smog unbehaglichen Schweigens ließ sich auf der Tischplatte nieder.

Cal, der spürte, wie ich neben ihm erstarrte, bemühte sich galant, meine Party vor dem Zündstoff zu bewahren, der in der Luft lag. »Neunundneunzig Prozent aller Statistiken sind frei erfunden, müsst ihr wissen – wie diese zum Beispiel«, sagte er lässig.

Hugo lachte gekünstelt. »Ich weiß gar nicht, was die ganze Aufregung um Affären eigentlich soll. Ich bin sicher, ich würde sehr verständnisvoll reagieren.« Er warf mir einen bedeutungsschweren Blick zu. »Für den Fall, dass ich jemals der Leidtragende wäre …«

»Ach ja?«, fauchte ihn Victoria pflichtschuldigst an meiner Stelle an. »Ich würde meinem Ehemann eine Kugel in den Kopf jagen. Oder vielleicht nur der Frau, mit der er mich betrügt.« Sie funkelte wütend Britney an.

Britneys Blick blieb ausdruckslos, ihr Lächeln ungetrübt.

Svens gelbe Wolfsaugen funkelten zu mir herüber. »Was würdest du tun, Lizzie, wenn Hugo untreu wäre?« Er zündete sich eine Zigarre an.

»Ich … ich … ich …«, gerade wollte ich etwas Passendes erwidern, als Hugo schon wieder ein Gesicht Marke »abgehender Nierenstein« zog.

»Sie würde sich von ihm scheiden lassen«, antwortete Victoria, ihren Schwager mit Blicken durchbohrend. »Falsch. Sie würde ihn töten und sich dann von ihm scheiden lassen.«

»Wirklich, Schatz?«, fragte Britney vergnügt. Ostentativ wedelte sie Victorias Zigarettenrauch beiseite. »Würdest du dich von ihm scheiden lassen?«

»Und warum kümmert dich das so, Prinzesschen?«, hakte Sven misstrauisch nach.

Hugo und Britney bekundeten plötzlich beide ein enormes Interesse, die Pinienkerne in ihrem Salat zu zählen.

»Das ist doch alles reine Theorie, weil Lizzie und ich uns treu sind«, versicherte Hugo seinen Gästen. Jetzt war ich an der Reihe, von Pinienkernen fasziniert zu sein. »Ich kenne nämlich das Geheimnis, wie man eine Frau bei Laune hält.«

»Und wie toll du es für dich behalten kannst!« Victoria ließ ein kehliges Gegacker los.

Inzwischen hatte ich meine Lippe zu einer Pâté zerkaut. Nun ja, zumindest hatte ich jetzt wenigstens wieder etwas, um es den Gästen anzubieten.

Cal flüsterte mir heiß ins Ohr. »Wie kannst du bloß so da sitzen und dir diese Scheiße anhören?«

»Ich stehe unter Betäubung«, teilte ich ihm mit und lächelte tapfer.

»Ich bin mit einer äußerst glücklichen Ehe gesegnet«, führte Hugo aus und legte die Arme auf die Stuhllehnen zu beiden Seiten neben sich.

»Wir werden auch eine wahnsinnig glückliche Ehe führen«, gurrte Britney und schmiegte sich an Sven. Victoria verschlang nun auch das restliche Essen auf meinem Teller. Die Zinken ihrer Gabel flogen buchstäblich vor meinem Gesicht hin und her. »Nichts macht mehr Spaß als Sex mit dem kleinen Ehemann.« Britney kniff Sven spielerisch in die Wange.

Victorias Gabel erstarrte mitten in der Luft. »Die Tatsache, dass es sich dabei genau genommen nicht um deinen kleinen Ehemann handelt, spielt dabei vermutlich keine Rolle«, sagte sie, mit der ganzen Sensibilität einer Scud-Rakete.

Mein Gatte blickte mich dermaßen intensiv an, dass ich mir vorkam wie eine neue Bakterienart unter dem Mikroskop. Jetzt wusste er, dass ich Victoria von dem regelwidrigen Nackt-Kuss erzählt hatte.

»Könntest du das bitte näher erläutern?«, wollte Sven wissen und ließ zischend seine Zigarre in seinem Weinglas ausgehen.

Hugo saß jetzt so steif da, dass er bei Madame Tussaud kaum aufgefallen wäre. »Das ist ein typisches Beispiel von

Victorias schrägem Humor«, sprach die Wachsfigur, wobei nicht klar war, ob die Nerven oder die Wut in seiner Stimme die Oberhand gewinnen würden. »Leider können sich Frauen nur schlechte Witze merken.«

Stimmt«, fauchte meine Schwester, »weil wir sie nämlich heiraten.«

Hugo war in einer behenden Bewegung aufgesprungen und baute sich drohend vor ihr auf. Auch meine Schwester war jetzt auf den Beinen und richtete bereits das Weinglas in ihrer Hand gen Hugo, der jedoch auswich, sodass sich das meiste vom Rotwein über Milanos Designeranzug ergoss. Sven umklammerte Britneys Oberarm mit festem Griff und verlangte Auskunft darüber, was hier eigentlich gespielt wurde. Hugo rüttelte heftig an Victorias Schultern.

Obwohl männliche Verzweiflung die übliche Reaktion auf Schwägerinnen ist, war Erdrosseln doch zu viel des Guten. »Hugo, hör auf damit! Cal, er soll aufhören!« Cal sprang meinen Mann an. Das Piratenhafte seiner Kleidung, das zerfetzte T-Shirt, die fadenscheinigen Jeans und die abgetretenen Lederstiefel ließen ihn ziemlich bedrohlich wirken – und veranlassten Handkante und Sven, die Ärmel hochzukrempeln und mit geballten Fäusten lauernd abzuwarten. Wäre das Leben nicht viel einfacher, wenn Männer Geweihe hätten – was meinen Sie?

Da den Leuten so viel Qualm aus den Ohren quoll, dauerte es ein Weilchen, bis ich bemerkte, dass er auch aus der Küche drang. Scheiße! Das Öl! Für das Huhn! Ich hatte den Herd angelassen. Ich bezweifle, dass die Hausfrau des Jahres ihren Rauchmelder als Küchenuhr benutzt. *Menü des Tages – Göttin des Herdes auf dem Opferaltar aufgespießt und angerichtet.*

Als der Rauchalarm heulte und Hugo den Feuerlöscher versehentlich auf unsere Gäste richtete, setzte abruptes Stühlerücken und ein Massenexodus Richtung Tür ein. Die Gäste verabschiedeten sich nun so überstürzt, wie sie ruhig und zivilisiert eingetroffen waren. Taschen, Mäntel, Autoschlüssel, Handys – es folgte ein hektisches Wühlen nach Zubehör, dann schoben sie sich hastig zur Tür hinaus, allen voran Milano mitsamt seiner Rolex an der Handkante. Ich hatte das ungute Gefühl, dass Londons jüngstem »Powerpaar« gerade die Sicherung durchgebrannt war, und zwar hallo.

Erst die Untreue meines Mannes, dann der Rausschmiss bei der Arbeit, und jetzt brannte auch noch meine Küche nieder bei dem Versuch, eine neue Geschmacksrichtung zu kreieren – Cordon noir ... Ich glaube, man kann mit Fug und Recht behaupten, dass ich einer der größten weiblichen Pechvögel der Welt geworden war. Herrgott noch mal, wenn ich in einen Sack voller Pimmel fallen würde, würde ich wahrscheinlich wieder herauskommen und am Daumen lutschen.

9.

Es kam schlimmer, als es kommen konnte

»Wann genau wolltest du mir eigentlich mitteilen, dass du beabsichtigst, dein kostbares medizinisches Können in Zukunft dem Einsatz von Sexpolstern an der Busenfront zu widmen?«, fragte ich Hugo, sobald er Victoria nach Hause gefahren hatte. (Sie tat brav, wie ihre Schwester ihr geheißen: Ich hatte darauf bestanden, dass die beiden sich wieder vertragen. Schließlich ist Blut dicker als Beaujolais.)

»Ich wollte erst einmal alle Beteiligten kennen lernen«, sagte er und warf sein Jackett ab. »Danach wollte ich das Ganze mit dir besprechen. Wie ungemein rücksichtsvoll, ausgerechnet diesen Zeitpunkt zu wählen, mich in der Öffentlichkeit zu demütigen, Elisabeth, vor unserem einzigen Geldgeber.«

»Man nennt ihn die Handkante. Was sagt uns das? Dass er erst zuschlägt und dann in die Tasche greift. Hugo, es gibt keine größere Verschwendung menschlichen Potenzials als die Schönheitschirurgie außer, na ja, außer Modeln vielleicht.«

»Herrgott noch mal, Lizzie, ich will als Schönheitschirurg arbeiten, nicht als KZ-Arzt, der irgendwelche bösen medizinischen Experimente durchführt! Es ist ein aufregendes Feld. Große Fortschritte werden im Moment erzielt, da die

Gemeinde der Mediziner zunehmend darauf aufmerksam wird, wie groß die Vorzüge des –«

»Reichwerdens sind? Mach mal eine Pause, Hugo. Du bist ein fantastischer Arzt.« Ich ergriff seine Hand. »Du solltest irgendwo im fernen Tse-Tse-Fliegenland Menschenleben retten. Als wir uns kennen lernten, hattest du Prinzipien. Du warst …«, mein Ehemann verschwamm unter meinem sengend prüfenden Blick. In einer kurzen Rückblende sah ich ihn die Flure der Krankenhäuser wie ein Conquistador entlangschreiten, getrieben von seiner Mission, die Menschen vom Schmerz zu befreien. In wehmütiger Nostalgie entsann ich mich der Zeiten, bevor wir noch Champagner tranken und als wir die wenigen Abende, an denen er nicht Bereitschaftsdienst hatte, mit unveröffentlichten Dichtern verbrachten, die zu Philosophen mit dreifacher Nomenklatur neigten, sowie abgebrannten Musikern, die vor allem dazu neigten, uns anzupumpen. Heute musste ich seine gynäkologischen Golfkumpane ertragen, die sich ach so geistreich damit brüsteten, bis zum Lunch »schon achtzehn Löcher geschafft« zu haben.

»Wir brauchen nicht mehr Geld. Das Haus ist abbezahlt. Ich meine, ehrlich. Was ist schon der Unterschied zwischen einer Million Pfund und zwanzig Millionen Pfund?«

»Na ja … ein Lear-Jet, eine Insel, ein paar Hubschrauberlandeplätze. Hör mal, mir steht das ganze staatliche Gesundheitswesen bis hier. Ich habe mein halbes Leben mit Patienten zugebracht, deren Krankheiten ich kaum aussprechen kann – und genau genommen will ich es auch gar nicht.« Er verzog das Gesicht.

»Nein. Lieber willst du eine Geschäftsverbindung mit einem Mann eingehen, der sich Videos mit Titeln wie *Rasierte Luder* anguckt. Mein Gott, er ist ja sogar mit einem verlobt.«

»Im Grunde geht's hier nur um Britney, stimmt's? Weil es ihre Idee war. Ich sage dir doch, ich bin nicht im Geringsten an ihr interessiert.«

»Ach so, dann war das also nur eine aus dem Zoo ausgebrochene Python, die sich den ganzen Abend in deiner Hose gewunden hat, ja?«

»Lizzie, Sven bietet mir eine Aufgabe, an der ich wachsen kann, professionell, intellektuell und …«

»Hallo, Hugo, ich bin's. Deine Frau. Das einzige Interesse hinsichtlich eines »persönlichen Wachstums« bezieht sich bei dir auf deine Morgenerektion.«

Die Tür knarrte. Ein verschlafener Jamie tapste in seinem Bart-Simpson-Leuchtpyjama herein. »Warum streitest du dich mit Daddy?«

»Wir streiten uns nicht, Liebling«, tröstete ich ihn und nahm ihn in den Arm. »Es ist nichts weiter als eine kleine, leicht hitzige Konfliktbewältigung«, sagte ich, mehr zu Hugo.

Unmittelbar darauf hörte man das gedämpfte Klatschen nackter Füße auf den Stiegen. Julia stand in der Tür, die Augen weit aufgerissen vor Verweiflung. »Ihr wollt euch doch nicht scheiden lassen, oder? Ich bin die Einzige in meiner Klasse, bei der die Eltern noch verheiratet sind.«

Hugo schnappte sich die Schlüssel seines BMW aus der Schale vom Flurtisch. »Das liegt ganz bei deiner Mutter. Was hat das Ganze noch für einen Sinn, wenn du mir nicht vertraust, Lizzie?«

»Wo willst du hin?« Ich spürte, wie mich Panik an der Gurgel packte.

»Weg.«

»Um ein Uhr nachts? Du geht zu *ihr*«, entfuhr es mir spontan.

»Mit deinem üblichen tadellosen Feingefühl bist du wahrscheinlich der Ansicht, dass dies genau die Unterhaltung ist, die man in Gegenwart der Kinder führten sollte.«

Hugo marschierte den Flur hinunter. Ich schleppte mich hinter ihm her, während sich die Kinder wie Ertrinkende an meine Beine klammerten. Warum sind Männer eigentlich wie Wimperntusche und laufen davon, sobald man anfängt zu heulen? Als ich jetzt sprach, hatte ich das Gefühl, eine Synchronrolle in einem schlechten Film übernommen zu haben. »Geh nicht.«

Aber nun saß er schon auf seinem hohen Ross, hatte sich in den Sattel geschwungen und galoppierte von dannen.

Und ich hockte hier, zwischen den Abfallbergen meiner Dinnerparty, und hielt meinen siebenjährigen Sohn und meine neunjährige Tochter tröstend im Arm. Verzweiflung schwappte über mich wie Meereswasser in ein geflutetes Schiff.

Später hatte ich die Kinder wieder in ihren Betten verstaut. Ich kippte alle Alkoholreste in ein Glas und leerte es in einem Zug. Während der Regen gegen die Fenster trommelte, hing ich weinend meinen trübseligen Gedanken nach. Als Hugo sich um zwei Uhr immer noch nicht blicken ließ, suchte ich Zuflucht in den Teddybärkeksen der Kinder, ich tunkte sie in ein Glas mit Whisky und biss ihnen dann die klitschigen Ohren ab. Er durfte mich nicht verlassen. Ich würde verrückt werden vor Kummer, wie Ophelia ... Herrgott noch mal, ich war ja selbst eine Schiffbrüchige auf jenem Wrack gewesen, das das Leben meiner Mutter ausmachte, und nun war ich drauf und dran, aus meinen eigenen süßen Kindern emotionales Treibholz zu machen. Um drei Uhr früh war ich reif für »Kann ich mein Leben gegen das eintauschen, was hinter Tor zwei ist?«. Wie wünschte ich mir jetzt, mich einfach in mein altes Leben zurückzukuscheln und einzuschlafen. Um vier sank ich vollständig bekleidet ins Bett. Die nächsten zwei Stunden wälzte ich mich hin und her, bis die Laken enger verschlungen waren als ein Ährenzopf. Wie war ich nur da hineingeraten? Wann? Und wo? Was hatte ich falsch gemacht? Mein Mann, der sein Leben damit verbrachte hatte, von Splitterbomben zerfetzte Leiber zusammenzuflicken, hatte mir einen sexuellen Sprengsatz direkt in den Weg gelegt. Britney Amore hatte mir meine alte vertraute Welt in die Luft gejagt. Ich fühlte mich verstümmelt. Und die Dinge würden nie wieder so sein, wie sie einmal gewesen waren.

Als er bei Morgengrauen immer noch nicht zurückgekehrt war, wusste ich, dass Victoria Recht hatte. Männer haben vorn am Schwanz so ein winziges Loch, um sich alle Möglichkeiten offen halten zu können.

10.

Das Ehemann-Unsicherheitssyndrom

Und so kam es, dass ich einen Kurs bei Dr. Liebe belegte – *aber mit einem Dr.-Crippen-Stipendium.*

Hugo kehrte am nächsten Tag ohne ein Wort der Erklärung zurück. Für den Rest des Juli und weit in den August hinein verfuhr er so: Herz ergreifen, in den Müllschredder werfen, Gerät anschalten. Traf er sich mit ihr? Oder traf er sich nicht mit ihr? Von diesen beiden Fragen war ich besessen. Jeder Frohsinn war aus meinem Leben gewichen. Die Abendnachrichten bekamen mehr Lacher als ich. Ich war so geistesabwesend, dass ich zu einem Vorstellungsgespräch losfuhr und dabei meine Aktentasche auf dem Dach meines zerdellten Personentransporters liegen ließ; stundenlang suchte ich meine Sonnenbrille, bevor ich sie auf meinem benebelten Kopf wiederfand. Ich hatte es mir zur Gewohnheit gemacht, diese Sonnenbrille bis weit nach Einbruch der Dunkelheit zu tragen, denn meine Augen waren ewig rot gerändert und wässrig wie die eines Versuchskaninchens. Ich vergaß die Namen meiner Kinder, und wenn sie mir wieder einfielen, wusste ich nicht mehr, weshalb ich sie gerufen hatte.

Ich nannte mich nur noch »die Patientin«. *Die Patientin hat einen herumschäkernden Doktor-Gatten, zeigt aber sonst keine Auffälligkeiten.*

Ich versuchte, mich zu beschäftigen. Ich ordnete meine

Schuhe in alphabetischer Reihenfolge. Ich räumte das Gemüsefach meines Kühlschranks auf und warf alles weg, was sich von selbst bewegte. Ich verfasste meine *Liste für die einsame Insel.* Ich schlug Synonyme für »Depression« nach. Obwohl ich mich dagegen wehrte, zu einem wandelnden Klischee der betrogenen Ehefrau zu verkommen, gab ich irgendwann dem Impuls nach, Hugos Kontoauszüge mit Adleraugen zu prüfen, und verschliss einen wertvollen Fingerabdruck, als ich stundenlang auf »Wahlwiederholung« drückte. Bald verbrachte ich meine gesamte Zeit damit, in Brieftaschen und an Unterhosen zu schnüffeln. Ganz zu schweigen von meinem ständigen Genörgel: »Du triffst dich immer noch mit ihr, stimmt's? Na, dann hau doch ab! Hol dir die antibiotikaresistente Virus-Version deiner Wahl und steck mich dann noch damit an. Warum nicht?«

Er machte dann normalerweise ein paar spitze Bemerkungen über meine Paranoia und andere Peinlichkeiten. Innerhalb weniger Wochen hatten wir uns in die Sorte Ehepartner verwandelt, die das Glück ihrer Verbindung bekunden, indem sie sich gegenseitig Kopfverletzungen mit dem nächstbesten Haushaltsgerät zufügen. Insgeheim beneidete ich seine Patienten, die er so sanft berührte. Ich begann mir zu wünschen, auf eine verfluchte Landmine zu treten. Aber im Grunde war es schon geschehen: Meine Gedanken waren in alle Richtungen versprengt.

Im September hatte dann unsere Ehe jene schwere, zerschlagene Mattheit einer Vollnarkose angenommen. Die Gefühle meines Mannes für mich schienen mal zu verblassen, mal wieder aufzuflackern, wie ein Radiosender zu Kriegszeiten. Und ich saß zusammengekauert vor meinem Empfänger, drehte an den Knöpfen und versuchte verzweifelt, ein Signal anzupeilen: »Bitte kommen, *over and out.*«

Ich versuchte, mit ihm zu reden.

Ich: »Wir reden überhaupt nicht mehr miteinander.«

Er: »Worüber möchtest du denn reden?«

Ich: »Über die Tatsache, dass du nicht mehr mit mir reden willst. Siehst du? Nicht mal jetzt hörst du mir zu.«

Er: »Ich hasse es, wenn du sagst, ich höre nicht zu. Ich habe immerhin gehört, dass du mir vorgeworfen hast, nicht zuzuhören, oder?«

Ich versuchte, *nicht* mit ihm zu reden – ihm im Bett den Rücken zuzudrehen, ihm stumm das Essen vorzusetzen. Aber nach einer Woche hielt ich es nicht mehr aus und flehte ihn an, sich wieder zu vertragen.

Er starrte mich nur abwesend an. »Wieso?«, fragte er verblüfft. Er hatte es nicht einmal bemerkt.

In dieser Ehewüste wurde ich zu einem emotionalen Kamel, das in der Lage war, tagelang von nur einem freundlichen Wort zu zehren. Als wir eines Abends die Kinder aus dem Fernsehzimmer trugen und ins Bett brachten, während Träume über ihre Gesichter flimmerten wie Sonnenstrahlen, nahm ich die Hand meines Mannes in die meine, und er drückte sie. Seine Züge entspannten sich und ein Lächeln begann sich über sein Gesicht zu breiten, sodass die Hoffnung einen Stabhochsprung in mein Herz hinein vollführte – bis er ausgiebig gähnte. Was ich als Zärtlichkeit interpretiert hatte, war nur Müdigkeit gewesen.

Ich versuchte, gefühlsmäßig nicht völlig aus dem Häuschen zu geraten. Ich mied mit Rücksicht auf meine emotionale Verfassung wie auch aus Geschmacksgründen sämtliche Nora-Ephron-Filme. Ich versuchte damit aufzuhören, mir wegen meiner Busengröße ins Hemd zu machen – überraschte mich aber dabei, wie ich beim Kauf eines Brotkorbs Größe D verlangte. Wenn ich nicht gerade Hugos Privatleben ausspionierte (und glauben Sie mir, die Jungs von der Spurensicherung könnten noch einiges von mir lernen), saß ich herum und las eins der vielen Selbsthilfebücher, die Titel hatten wie *Warum Ehemänner ihre Frauen hassen und sie verlassen und warum alles Ihre eigene Schuld ist, Sie fette alte Spinatwachtel,* Band 26.

Als Victoria eines Morgens anrief und mich fragte, wozu

ich gerade Lust hätte, sagte ich, dass ich mich mit einem Martini-Shaker in einen Schrank verkriechen wollte. Ich trank Unmengen von Alkohol, und hätte ich eine Urinprobe abgeben müssen, wäre wahrscheinlich ein Sektquirl darin gewesen. Wirklich, den Umständen entsprechend kam ich ziemlich gut damit klar – jetzt mal abgesehen von meinem permanenten Sodbrennen lief alles prima. Aber mich beherrschte ein einziger Gedanke: Hugos mögliche Untreue. Es gab für mich kein anderes Gesprächsthema mehr, selbst als Cal mir anvertraute, dass es nun endlich eine Frau für ihn gebe, die er leidenschaftlich begehrte. »Wo wir gerade davon reden, dass du deine große Liebe gefunden hast ... meinst du, Britney ist besser im Bett als ich?«

»Hörst du mal auf mit dem Scheiß?«, sagte Cal. »Ich glaube wirklich, dass ich sie liebe, Lizzie ... Mann, ich liebe sie so, dass ich ihre abgeschnittenen Fußnägel essen würde.«

»Schon gut ... aber apropos Pediküre, vielleicht ist es ja die Elastizität von Britneys Beckenboden? Ich wette, dass er da nur so abfedert. Schließlich hat sie sich nicht ihren Körper ruiniert, indem sie ihm seine Kinder geboren hat.«

Obwohl Hugo beteuerte, dass er sich nicht mit Britney traf und ich mich bemühte, ihm zu glauben, schlichen sich immer wieder Zweifel bei mir ein, wie ein nerviger Verwandter, der bei jedem Familienfoto im Hintergrund lauert.

Wenn ich nachts aufwachte und seine Seite des Bettes abtastete, in der Erwartung der warmen Krümmung seines breiten Rückens – ruhte meine Hand auf einer arktischen Ausdehnung von Laken. Ich weiß, es ist üblich, dass sich schlafgestörte Partner in ein anderes Zimmer zurückziehen, aber nicht gleich in ein anderes Haus. (Hugo erklärte dann mit leidender Stimme, er habe Überstunden beim Aufbau der Langlebigkeits-Klinik machen müssen.) Ich warf mich so oft und so heftig im Bett hin und her, dass ich ein Schleudertrauma bekam. Als mich eines Nachts meine Unruhe wieder einmal in einen totalen Wachzustand katapultierte, rief ich Victoria an – die immer drei Stunden länger aufblieb als normale Sterbliche, weil »Kalorien, die man kurz vor dem Schlafengehen zu sich nimmt, doppelt zählen und verbrannt werden müssen«. Ihr Rat lautete, wenn ich Hugos Interesse an mir aufrechterhalten wollte, müsse ich »Striegelstunden« einlegen. Sie versprach, gleich morgen früh vorbeizukommen, um mit der Unterweisung zu beginnen.

Cal war der festen Ansicht, dass Hugo gestriegelt werden musste, da *er* es war, der sich wie ein Tier benahm. »Der Mann könnte doch gar nicht in die Staaten reisen, ohne vorher in Quarantäne zu müssen ... wie geht's ihm überhaupt?« Die beiden waren sich aus dem Weg gegangen, seit Cal ihm bei der Horror-Dinnerparty eins verpasst hatte. »Ich schätze mal, die lebensbedrohliche Komik des Ganzen ist ihm entgangen, was?«, fragte er und grinste schelmisch.

Cal war bei mir zu Hause und reparierte Jamies Nintendo. »Diese Gebrauchsanweisungen sind die Rache der Japsen für ihre Niederlage im Zweiten Weltkrieg«, stöhnte er. »Aber was ist mit dir, Lizzie? Kann ich wenigstens *dich* wieder zusammensetzen? Kommst du klar, Puppe?«

»Mir geht's gut«, sagte ich, »abgesehen von meinem chronischen Ehemann-Unsicherheitssyndrom.«

»Wieso verlässt du ihn nicht?«

»Nicht mal darauf ist bei mir Verlass«, entgegnete ich sarkastisch. Mein weinerlicher Tonfall wurde vom Greinen der Kaffeemühle akzentuiert. »Warum um Himmels willen sollte ich ihn verlassen? Ich habe sogar eine Karriere als Auslandskorrespondentin für ihn aufgegeben. Hugo bedeutet mir alles.«

Cal, dem das Ganze sichtlich peinlich war, trat in seinen durchgetretenen Turnschuhen auf den Fliesen meiner neu renovierten Küche hin und her. »Hey, also genau diese scharfe Beobachtungsgabe ist es doch, die den kleinen Schreiberling vom Pulitzer-Preisträger unterscheidet«, sagte er wegwerfend und harkte mit den Händen durch die drahtigen Locken, die sich chaotisch auf seinem Kopf kringelten.

Die gemahlenen Kaffeebohnen zischten, als ich heißes Wasser über sie goss. Verärgert drückte ich ihm die Kaffeekanne in die Hand. Die Kinder flitzten auf ihren Alurollern durch die Küche. Cal schielte und tat so, als würde er sich selbst erwürgen, was ihnen kreischendes Gelächter entlockte. »Ich sag dir doch andauernd, du sollst nicht auf mich hören. Ich bin total ungebildet, wie du weißt. Obwohl ich glaube, dass ich irgendwann in Metallurgie eine Fünf hatte.« Er hakte seine Daumen in die Ösen seiner Blue Jeans und beugte den Kopf nach hinten, bis er auf der Stuhllehne lag. »Nur eins weiß ich ganz sicher, wenn dieses Mädchen, nach dem ich verrückt bin –«

»Sag mir, wer sie ist, Cal. Nun tu nicht so geheimnisvoll.«

»Da gibt's nichts zu erzählen – außer«, hier ging er sich wieder an die eigene Gurgel, »wenn sie nicht bald mit mir schläft, kriege ich noch ein Karpaltunnelsyndrom vom Masturbieren.«

»Du musst dir einfach ein bisschen mehr Mühe geben«, sagte Victoria und versetzte meinem düsteren Hosenanzug einen missbilligenden Klaps. »Sieh's mal als modische Chance. Mit einer Ehekrise hast du *Carte blanche* für schwarz geränderte Augen und den strengen, aber sexy Kurzrock-Look. Und für eine Sonnenbrille, die dir dieses spezielle ›Vielleicht habe ich, vielleicht habe ich nicht geweint‹-Image verleiht.« Sie war endlich am Nachmittag aufgekreuzt (Männer haben ihre Diplomarbeit geschrieben, während sie darauf warteten, dass Vicky zum Ausgehen fertig wurde.) »Liebling, muss sich dein Geschmack wirklich so sklavisch an den Uniformen von Gestapo-Aufseherinnen orientieren?«

Betreten knöpfte ich meine gestärkte weiße Bluse zu. Während meine Schwester mehr der Federboa und Manolo-Blahnik-Typ war, bevorzugte ich das Minimalistisch-Monochromatische. »Ich bin nicht modisch behindert, vielen Dank auch.«

»Elisabeth, guck dich doch an. Dein Anzug hat die Farbe verwesender Blätter. Wenn du im Park hinfällst, halten dich die Leute für Kompost. Deine Kleidung ist ein einziger Hilferuf, Schätzchen.«

»Ach ja? Dafür bist du permanent overdressed, in den unzähligen Schichten deines Egos!«

Aber an dem Abend, als die Kids und ich beschlossen, Hugo zu überraschen und ihn zum Schlittschuhlaufen von der Arbeit abzuholen, waren wir die Überraschten. Britney Amore stand in seinem Büro. »Nur für einen Check-up, Schatz.« Sie zog ein Schnütchen und sah in ihrem Fetzen schenkelhoher schwarzer Seide und den roten Slingpumps aus Samt ausgesprochen scharf aus.

»Tatsächlich? Nach Dienstschluss?« Mein Herz bummerte ängstlich gegen meinen Brustkorb. War sie untersucht, für nicht jugendfrei befunden und dann doch nicht Hause geschickt worden?

Sie starrte fassungslos auf meinen Denim-Overall, das löcherige T-Shirt und meine Wanderstiefel. »Oh, was haben wir denn da? Den Trapper-Look? Was auch immer das darstellen soll, Süße, es ist voll in die Hose gegangen!«

So begann meine bunte Phase der Selbsterneuerung.

Trotz meiner Beteuerungen gegenüber Victoria, dass ich es mir nie erlauben würde, mich mehr als nur ernährungstechnisch für Peelings mit dreifach gesättigten Fruchtsäuren zu begeistern, obwohl ich ihr ewig predigte, dass die Menschheit einhundertfünfzig Millionen Kilometer von der Sonne entfernt war und zu sechs Milliarden auf diesem knubbeligen kleinen Kiesel lebten, dass wir uns mit einer Geschwindigkeit von tausendsechshundert Kilometer die Stunde fortbewegten und eifrig damit beschäftigt waren, einen Vorrat an Plutonium anzuhäufen, mit dem wir uns vollends in eine andere Galaxie sprengen könnten, während alles, worüber *sie* sich Sorgen machte, verstopfte Poren seien – trotz alledem –, hatte mich die Anwesenheit von Britney Amore am heterosexuellen Horizont wachgerüttelt und mir zu folgender Einsicht verholfen:

Ich war schon reichlich spät dran für meine Jahreskonferenz der jämmerlichen Versagerinnen.

11.

Wenn die Avon-Lady zweimal klingelt

Die Demütigungen saßen wie maßgeschneidert.

»Haben Sie irgendwas in meiner Größe?«, fragte ich schüchtern die verschlagen wirkende junge Frau im Klamotten-Emporium von Harvey Nichols.

Sie musterte mich einmal von oben bis unten und stieß dann einen Seufzer aus, der irgendwas zwischen Verachtung und Abscheu zum Ausdruck brachte, da sie zweifellos so etwas Ekel Erregendes in ihrer Abteilung noch nie gesehen hatte – jedenfalls nicht im lebendigen Zustand. Ich war versucht, mich vor ihrer makellosen Erscheinung zu verneigen und sie anzuflehen, mich für modisch genug zu erachten und mir gnädigerweise zu erlauben, ein paar von ihren kostbaren, maßlos überteuerten Gewändern über meine unwürdige Haut zu streifen. Aber bevor sie den Kammerjäger rufen konnte, schwebte meine Schwester ins Blickfeld. Sofort hellte sich die Miene der Verkäuferin auf, und sie drückte mir einen Stapel paillettenbesetzter Taschentücher (oh, Entschuldigung, das waren ja *Kleider*) in meine durchhängenden Arme.

»Wieso dürfen diese Designer eigentlich *ihre* Namen auf *unsere* Kleider setzen?«, nörgelte ich. »Wieso schreiben wir nicht unsere Namen auf deren Sachen?«

Victoria schleifte mich zu einer Kabine und pellte mir die

Hose vom Leib. Die verhaltene Schadenfreude der Verkäuferin wich erst einem ungläubigen Staunen und ging dann schließlich in regelrechtes Mitleid über, als sie mit grimmiger Entschlossenheit versuchte, meine 40er-Körpermaße in einen Fummel Größe 36 zu pressen. Ich schloss die Augen. Als ich sie nach etwa zehn Jahren wieder zu öffnen wagte, stellte ich fest, dass man mir den Nymphchen-Look, bestehend aus kariertem Minirock und Kniestrümpfen, für eine Dreizehnjährige, verpasst hatte, fehlte nur noch die Schulmappe: Eine seltsame Wahl für eine Neununddreißigjährige.

Die Augen der Verkäuferin weiteten sich vor Entsetzen. Dass jemand wie ich Christian Lacroix trug, war offensichtlich ein ähnlicher Fauxpas, wie einen Hamburger mit Kaviar zu belegen.

Als Nächstes folgte ein glitzerndes Cocktailkleid mit einem Schlitz vom Hintern bis an die Knöchel und einem freizügigen Rückenausschnitt, ansonsten eher als »Bauarbeiter-Arsch« bekannt.

Ich fröstelte. »Es ist Oktober. Wie soll ich mich warm halten? Vielleicht mit einem Flanell-Tampon?«

Die Verkäuferin wandte nun ihren mitleidvollen Blick meiner Schwester zu.

»Du hast Recht«, entschied Victoria. »Das bist auf keinen Fall du.«

Aber ein Lederbikini-Ensemble mit Fransen *war* es offenbar. Die blasse, dickliche Frau im Spiegel sah mir irgendwie ähnlich, wirkte nur viel trauriger. Das sadistische Neonlicht akzentuierte jeden Makel. Die praktischen Schlüpfer, die ich hatte anbehalten müssen, schauten unter dem Bikiniunterteil hervor – was mich nicht gerade verführerischer machte. Auch nicht die Tatsache, dass der Plastik-Hygienestreifen im Schritt irgendwie am Hinterteil meiner Hosen festklebte, nachdem ich mich wieder angezogen hatte und aus der Kabine gestürzt war (was mir erst ein paar Stunden später während eines Vorstellungsgespräches beim Fernsehkanal Sky News auffiel.)

Ich durchsuchte meine Taschen hektisch nach einem Bounty und verschlang es am Stück.

»Wäre es nicht toll«, sagte meine Schwester, die mich auf der abwärts fahrenden Rolltreppe einholte, »wenn es sich mit dem Gewicht so verhalten würde wie mit der Größe und man einfach irgendwann ausgewachsen ist. Und so bleibt. Auf ewig. Aber so ist es nun mal nicht. Du wirst abnehmen müssen, Schätzchen. Also, welche soll's sein? Die Grapefruit-Diät? Die ›Nur Proteine‹ oder Nulldiät?«

»Such mir eine raus, wo's nicht grundsätzlich darum geht, weniger zu essen, und dann reden wir weiter, okay?«

Ich hatte mich immer geweigert, wie meine Schwester zu werden, ständig auf der Waage zu stehen und mir den Tag dadurch zu versauen, dass die falsche Zahl aufgerufen wurde. Aber an jenem Abend, als wir von der Schulaufführung nach Hause kamen und uns auszogen, um ins Bett zu gehen, bemerkte ich einen blauen Fleck an der Innenseite von Hugos Schenkel, der sich nicht als irgendein Golfunfall verharmlosen ließ. Und als wir später miteinander schliefen, bestand er darauf, das Licht auszumachen. Da wusste ich, während wir es mechanisch miteinander trieben, dass Hugo sich in diesem Moment vorstellte, ich sei Britney Amore ... Und die hatte sowieso schon viel mehr Orgasmen als ich! Gleich am nächsten Tag begann ich mit den Hungerrationen.

12.

Danke für Backobst

Das Restaurant, in das mich Victoria zum Lunch ausführte, war äthiopisch. »Ich habe ein viel zu schlechtes Gewissen, um hier was zu essen! Ich möchte bitte nur ein Reiskorn aus dem Verpflegungssatz der Vereinten Nationen und eine gegrillte Obstfliege.«

»Das *ist* es doch gerade, Schätzchen. Wenn's um Schuldgefühle geht, kannst du dich ganz auf mich verlassen. Der Linsensalat ist ausgezeichnet.«

Ich schaute hasserfüllt auf die Speisekarte, während mein Magen irritiert grummelte. »Victoria, nur Yogis, die seit fünf Jahren fasten, können beim Anblick einer Linse so was wie Appetit empfinden.«

»Wie wär's dann mit einer Sojabohne und einem Tofuröllchen?«

»Ähm ... nein, danke. Und nicht, weil es wie ein vergammeltes Stück Hundescheiße aussieht, denk das ja nicht.«

Victoria bestellte für uns beide. Es dauerte nicht lange, und die fettfreien Tofu-Burger wurden serviert. Sie besaßen das Aussehen und die Konsistenz geschmolzener Bowlingkugeln. Die Beilage bestand aus einem biodynamischen Salat. Nach zwei Happen war mir klar, dass »biodynamisch« ein wissenschaftliches Synonym für »heftig von Viechern mit vielen Beinen durchgekaut« bedeutet, wobei sich einige –

vom knackigen Biss des Gerichts zu urteilen – darin eingenistet hatten.

»Eine schlanke, attraktive Frau bedeutet einen glücklichen Ehemann ...«

»Das Problem ist«, bellte ich sie an, »dass ich, genau wie die meisten Frauen, die ich kenne, eine handfeste 40 bin, es aber nichts Tragenswertes über Größe 34 gibt.«

»Na ja, weißt du, wenn du eine Woche lang viermal am Tag kotzt, passt du schnell in 36. Und wenn du dich nur zweimal am Tag übergibst, dann schaffst du's immerhin noch auf 38«, belehrte mich meine Schwester allen Ernstes. »Es ist dringend notwendig, dass du abnimmst, Lizzie ... Ich könnte dir einiges dazu erzählen ...«

»Tust du übrigens«, sagte ich, kramte einen Mars-Riegel aus meiner Tasche heraus und schnupperte sehnsüchtig daran.

»Wenn du partout nicht vernünftig essen willst, dann ist es höchste Zeit fürs Fitness Center. Um ihn nicht zu verlieren, musst du wenigstens dein Kampfgewicht erreichen.«

»Sportliche Ertüchtigung!«, sagte ich verächtlich. »Die einzige Disziplin, die du perfekt beherrschst, ist doch das Überspringen von Frühstück, Mittag- und Abendessen.«

»Du musst mit deinem Körper kommunizieren.«

»Meiner ist aber nicht besonders mitteilungsbedürftig. Falls ich was von ihm höre, sage ich dir Bescheid, okay?«

»Du sollst doch nur ein paar Runden auf dem Heimtrainer drehen.«

»Heimtrainer? Wofür hältst du mich? Eine Riesenrennmaus?«

»Nur nicht so hochnäsig, Lizzie«, sagte meine Schwester von oben herab. »Ich besteige meinen Schenkelknecht lieber als so manchen Mann.«

»Männer wußten doch gar nicht, was Cellulite überhaupt ist, bevor wir anfingen, deswegen herumzujammern. Ich hasse Sport. Meine Schenkel laufen vielleicht aus dem Ruder, aber deswegen fange ich noch lange nicht an zu paddeln.«

Aber an diesem Abend kam Hugo vier Stunden zu spät nach Hause. Was noch schlimmer war: Er kam sauberer heim, als er gegangen war. Ich musste mir ein paar unbequeme Fragen stellen, zum Beispiel: Wie kam einer dazu, sich während einer Konferenz über Erkrankungen der Atemwege zu rasieren und zu duschen? Noch beunruhigender war diese neue rote Stelle an seinem Hintern, wurde so was nicht von scheuernden Laken verursacht? Beim Liebesakt auf minderwertiger Baumwolle? Machen wir uns doch nichts vor: auf billigen Motel-Laken.

Es war an der Zeit, die Lycra-Leggings überzustreifen.

13.

Was bin ich denn? Ein Hamster?

Victoria verordnete mir sofort ein strenges Trainingsprogramm, gegen das sich der »Iron Man«-Triathlon wie ein Spaziergang im Park ausnahm.

»Prima! Also, wie weit bist du gerannt, Süße?« Meine Schwester drückte die Stoppuhr, als ich nach einem Lauf durch Hampstead Heath, der Parklandschaft vor unserer Haustür, asthmatisch vor ihren Füßen zusammenbrach.

»Ich – glaube – irgendwann – bin – ich – an – Grönland – vorbeigekommen.«

Gegen Ende Oktober wurde das Joggen auf dem glitschigen Herbstlaub im Park zu gefährlich. Stattdessen zwang sie mich nun, die Straßen der Umgebung hinauf- und hinunterzutraben. Nach ein paar Tagen hatte ich die Nase voll. »Wenn Gott gewollt hätte, dass wir über Straßen düsen, hätte er uns Räder statt Zehen verpasst«, sagte ich vorwurfsvoll zu meiner Schwester.

Als der Winter kam, verzogen wir uns nach drinnen. Die Frauen im Fitness Center der Finchley Road schienen eine Art internen Wettkampf um das coolste Sportdress zu führen: strapazierte Tangas quetschten ihre Pobacken, drückten sie auseinander und formten sie zu verblüffenden neuen Konturen. Ich sah meiner Schwester zu, wie sie Scherenübungen mit den Beinen vollführte und auf dem Langlaufski-Gerät Arm-Aerobics machte, während ihr bleicher Pferdeschwanz mit jedem beschwingten Schritt munter auf und ab hüpfte. Anscheinend war sie blind gegen die beängstigenden Warnungen, die überall auf dem Gerät angebracht waren. »WICHTIG – Sprechen Sie unbedingt mit Ihrem Arzt, bevor Sie zum ersten Mal diese Maschine betreten«; »Benutzung auf eigene Gefahr«; »Brechen Sie das Programm sofort ab, wenn Sie einen Schwächeanfall bekommen!!!«

»Wenn du an allen vier Gliedmaßen gelähmt bist, werde ich dich nicht den Rest deines Lebens mit dem Löffel füttern. Ist das klar, Victoria?«

Ich bevorzugte die Arschmeisterklasse. Die Kunst bestand darin, sich den Kurs mit dem größten Zulauf auszusuchen, sich zwischen zwei Athletinnen zu quetschen und sich einfach mittragen zu lassen, während sie das ganze Hüpfen und Springen für einen besorgten.

Auch Yoga hatte seinen Reiz – vor allem, weil ich grundsätzlich für jede Übung zu haben bin, die einem erlaubt, sich flach auf den Boden zu legen und einzuschlafen.

Am Ende dieser ersten Woche hatte ich einen brennenden Lycra-Hautausschlag an allen Körperteilen, die bisher der Geburt meiner Kinder vorbehalten waren. Meine Brüste waren von dem ganzen Gerüttel wund gescheuert und schmerzten. Ich war so oft ins Nichts geradelt, gerudert und gerannt, dass Sisyphus mit seinem lächerlichen Stein-den-Berg-Hochgerolle à la *Täglich grüßt das Murmeltier* ein Waisenknabe gegen mich war. Nach all diesen Torturen stieg ich endlich auf die Waage, während mir Victoria erwartungsvoll über die Schulter schaute. Wir starrten beide aufgeregt, dann wie vom Blitz getroffen auf die grünen Leuchtziffern.

»Du bist der einzige Mensch auf der Welt, der beim Training zunimmt«, sagte sie schließlich. »Komm Schätzchen! Jetzt nicht aufgeben!«, machte sie mir Mut und rannte hinter mir her, als ich aus dem Fitness Center stürmte.

Ich war so sehr damit beschäftigt, meine Verfolgerin anzuschreien, sie solle mich in Ruhe lassen, dass ich Cal nicht kommen sah und frontal mit ihm zusammenstieß, als er gerade aus Books Etc. auf die Straße trat. Er richtete mich auf und hielt mich an den Armen fest. »Hey«, hänselte er meine Schwester, »bin ich nicht schon mal irgendwo vor dir im Dreck gekrochen?«

Aber meine Schwester schaute durch Cal hindurch, als würde sie ihn nicht kennen. »Dann sei ein verdammter Idiot und verlier deinen Ehemann, Lizzie. Mir doch egal.« Jetzt war sie an der Reihe, wütend davonzustampfen.

»Vicky!« Cal gab keine Ruhe. »Ich hab was von diesem echt gefährlichen Zeugs genommen, Rohypnol, damit ich dir ganz zu Willen bin, okay?« Er warf dramatisch die Arme nach hinten, schloss die Augen und machte einen Kussmund.

Aber meine Schwester schaute sich nicht mehr um. Und selbst ich war zu niedergeschlagen, um lachen zu können. Verführerische Düfte drangen aus dem Buchladen-Café. Das Blöde an Sport ist ja, dass er so wahnsinnig hungrig macht. Ich schob Cal hinein und drückte ihn auf einen Stuhl. »Ich möchte mit dir über Hugo reden.« Calim wirkte plötzlich verwelkt wie ein neben der Autobahn wachsendes Salatblatt. »Aber vorher möchte ich eine fetttriefende, Natriummonokarbonat-gesättigte, dicke, runde, ungesunde klebrige schmierige Herrlichkeit, weil mir scheißegal ist, was ich esse, denn ich bin eine emanzipierte Frau. Bitte mit Pestizidumhüllten Körnern, die von unterdrückten illegalen Einwanderern geerntet wurden«, sagte ich zur Kellnerin. »Für dich dasselbe, Calim?«

Das welke Straßenrand-Salatblatt zuckte die Achseln. »Mit dem Gütesiegel der albanischen Lebensmittelaufsichtsbehörde«, fügte ich hinzu, in dem Versuch, ihn aufzuheitern. »Und? Wo bleibt dein sprühender Witz? Deine lustige Erwiderung? Das Wortspiel?«

»Ist doch alles Scheiße, dass Humor angeblich die Eigenschaft ist, die Frauen bei einem Mann am meisten schätzen«, sagte er verbittert und melancholisch. »Ich habe ge*bon*t. Ich habe ge*mot*. Aber nichts. Gar nichts! Nicht mal ein Küsschen auf die Wange habe ich dafür gekriegt. Ich meine, mein Mund ist schon ganz fusselig von der ewigen Anbiederei.«

Mir gefiel die Tatsache überhaupt nicht, dass es offenbar Victoria gewesen war, die den jähen Launen-Crash verursacht hatte. Mein Bein zuckte wie von einem mysteriösen Nervenarzt-Hämmerchen angetippt. »Deine Madame X«, sondierte ich vorsichtig, und versuchte, das Ensetzen in meiner Stimme zu unterdrücken. »Sie will sich wohl nicht mit dir verabreden?«

»Ich existiere überhaupt nicht für sie. Ich bin zu langweilig, ist doch klar. Vielleicht sollte ich ein Kind im Manne adoptieren. Solange es gute Referenzen hat. Ich muss ja schließlich wissen, ob es sein Zimmer aufräumt.«

Das Kind in mir war drauf und dran, sich zu übergeben. Ich hatte Cal ermutigt, meine Schwester zu bitten, mit ihm auszugehen, aber wie konnte ich ahnen, dass für ihn etwas Ernstes daraus werden würde. »Weißt du, das Schwerste bei einer Sucht ist, erst einmal einzusehen, dass man ein Problem hat.«

»Ich bin süchtig nach dieser Frau, das stimmt. Sie ist fantastisch. Ich möchte, dass wir uns in der Öffentlichkeit mit den bescheuertsten Kosenamen anreden. Ich möchte, dass wir in der peinlichsten Babysprache miteinander plappern. Ich möchte, dass die Leute genervt die Augen verdrehen, sobald sie uns kommen sehen.«

»Ähm, kann ich dir irgendwas bestellen? Ein Bier? Ein Glas Wein? Einen Psychiater?«

»Aber welche Frau würde mich auch wollen? Ich bin pleite. Die einzige lukrative Art, mit Schreiben Geld zu verdienen, ist das Verfassen von Lösegeldforderungen. Vielleicht sollte ich langsam aufhören zu onanieren und wieder auf dem Bau arbeiten.«

»Ja, aber weißt du noch, weshalb du Schriftsteller wurdest? Weil man da keine schweren Sachen heben muss?«

»Stimmt, aber Geld überzeugt. Und ich möchte gern überzeugend sagen können, ›Hallo, ich bin von einem Planeten, auf dem auch gevögelt wird‹.«

»Entschuldigen Sie bitte.« Ich zupfte eine vorbeigehende Buchhändlerin am Ärmel und deutete auf die benachbarte Schreibwarenabteilung. »Bei diesem Mann wurde gerade schwer depressiver Masochismus diagnostiziert, am selben Tag, als seine beste Freundin beschlossen hat, ihn zu töten, weil er aufgehört hat, an sich zu glauben – haben Sie eine entsprechende Anlasskarte für diese Situation?«

»Bei einem Ehemann zu bleiben, der einen nach Strich und Faden betrügt – also ich finde, *das* ist schwer depressiv«, sagte Cal, stopfte sich die Hände in die Hosentaschen und stolzierte mit langen Schritten aus dem Laden.

»Glaubst du, bei einem Ehemann zu bleiben, der einen nach Strich und Faden betrügt, bedeutet, dass man schwer depressiv ist? Ich habe keine Lust, so zu werden wie Mama«, vertraute ich später am Tag meiner Schwester in ihrer minimalistischen Conran-Küche an, einem vollkommen überflüssigen Raum in ihrem Apartment am Regent's Park. Meine Schwester schaute mich ausdruckslos an. »Na gut, ich weiß, so schwer war unsere Kindheit nun auch wieder nicht. Jedenfalls nicht von der Art, dass wir unsere eigene Butter schlagen und zwanzig Kilometer barfuß zur Schule laufen mussten, während wir am Wegesrand nach Wurzeln suchten.« Ich versuchte es noch einmal. »Aber auf eine verbitterte und jämmerliche und irgendwie beschissene Art war sie doch schwer. Findest du nicht?« Ich lief jetzt aufgebracht auf und ab. »Weil uns ein paar Väter fehlten. Ich möchte nicht, dass Jamie und Julia das erleben müssen.« Von Victoria kam ein fast unmerkliches Nicken. »Hallo, ist da jemand?« Meine Schwester wirkte so seltsam brav und angepasst. »Was ist bloß heute los mit dir?«

»Botulismus«, sagte sie mechanisch, ohne dabei merklich

die Lippen zu bewegen. »In die … Gesichts…muskeln … injiziert.

Gegen … Falten…bildung.«

Ich zermarterte mir mein Hirn. »Ist das nicht eine Art Lebensmittelvergiftung, vor der uns die Hauswirtschaftslehrerin immer gewarnt hat, sie würde häufig durch Konservenkost vorursacht? Schnell!« Ich zog sie Richtung Herd. »Das einzige Gegenmittel ist, dich eine Viertelstunde auf höchster Hitze zu kochen.«

»Lähmung vorübergehend«, sagte sie monoton. »Du … solltest buchen … in meiner Schönheitsfarm«, bauchredete die Androide. »Behandlung nur … bis Gesundheits…ministerium Wind … kriegt und sie … wieder … dicht macht.«

»Ist dir klar, dass eine Statue auf den Osterinseln gegen dich lebendig wirkt?«

Ihre gestelzte Stimme presste sich durch ihre festzementierten Lippen. »Schätzchen, ich wünschte nur, dass es das schon gegeben hätte, als ich zum ersten Mal vierzig wurde.«

Ich schaute sie entgeistert an. »Aber Botox ist ein Gift! Saddam Hussein hat im Golfkrieg die iranischen Truppen damit besprüht! Und gegen die Kurden hat er es auch eingesetzt.«

»… Wenigstens hätten sie hinreißend ausgesehen.«

»Victoria!« Ich knallte ihr eine. »Nenn mich altmodisch, aber ich habe noch nie viel Sinn darin gesehen, schön zu sein, wenn man, na ja, tot ist.«

»Wenn … du … Mann … sexuell … bei der Stange … halten willst … musst du … für … körperliche … Instandhaltung … sorgen.«

»Ach ja?«, entgegnete ich ungerührt. »Mir ist noch nie aufgefallen, dass es sonderlich schwer ist, Männer zum Sex zu bewegen. Egal, womit.«

»Zum … Glück … für … dich. Ich habe deine Achselhöhlen … gesehen … Du bist … keine … Frau … sondern Yeti.«

»Victoria, es gab eine Phase in meinem Leben, da hatte

ich weder Cellulite, Krampfadern noch unschöne Körperbehaarung. Natürlich war ich damals acht.« Ich deutete auf all die Ausbuchtungen, Knitter und Schwangerschaftsstreifen meines Körpers. »*So* sehen Frauen aus ... richtige Frauen. Ich meine fünfzehneinhalb Millionen Engländerinnen Größe 40 können nicht irren. Ich werde morgen mit dem Wachs anfangen«, versprach ich ihr. »Oder vielleicht doch erst nächsten Sommer.«

Wäre meine Schwester in der Lage gewesen, pikiert die Augenbrauen hochzuziehen, sie hätte es getan. Stattdessen hielt sie mir ein dickes Stück Karton unter die Nase. Es war eine Einladung zu Svens Party anlässlich der Kür zum Jungen Model des Jahres. »Hugo wird ... Geldgeber beeindrucken«, sagte sie mit enormem Kraftaufwand. »Britney auch ... also solltest du ... umwerfend aussehen.« Als sie sah, wie ich schwankte, griff sie zum Telefonhörer. »Sofort anmelden ... bevor du Nerven verlierst.«

»Bei dir ist das ja schon geschehen. In deinem dämlichen Gesicht.« Ich schnappte mir meine Tasche. »Ich denke ja gar nicht dran, mit dir in irgendeine Schönheitsfarm zu gehen. Ist das klar?«

Selbstverständlich traf sich Hugo nicht mit Britney Amore. Ihre Begegnung war eine bedeutungslose Geschmacksverirrung gewesen, beschloss ich, als mein Auto zusammen mit dem Hampstead-Verkehr den Berg hinaufkrauchte. Während wir einander zugetan waren, dauerhaft.

Besaßen wir nicht eine gemeinsame Rentenversicherung? Hatten wir nicht zusammen Bonsai-Gingkos gepflanzt? Hatten wir uns nicht vorgenommen, unsere letzten Jahre auf einem Kreuzschiff in der Karibik zu verbringen, mit einer zweitklassigen Combo an Bord und immer der Wintersonne hinterher?

Aber am selben Abend bestand Hugo darauf, in unser jugendfreies Beischlafprogramm neue Stellungen einzuführen. Nachem sich meine Innenschenkel von einer Übung erholt hatten, die er, wie ich schwören könnte, insgeheim »rotierender Hubschrauber« nannte, schlug er eine Sache namens »Erste Sahne« vor. Als er mich dann auf sich stemmte und ich mit geschlossenen Beinen die Decke anstarrte, während Hugos Hüften gegen meinen Hintern wogten und seine Hände nippelzwirbelten und kitzlerzwickten, überkam mich dann doch dieses ungute Gefühl: Wer hat auf meinem Stühlchen gesessen, in meinem Bettchen geschlafen und mit meinen Mann gevögelt?

Als ich am nächsten Tag bei McDonald's nach der Kindertüte für die lieben Kleinen anstand, schaute ich auf den Bildschirm der Überwachungskamera, um meine Körperhaltung auf bleibende Haltungsschäden zu überprüfen. Und ich war schockiert über den Anblick, der sich mir bot. Seinen Mann an eine andere Frau zu verlieren kann zu stumpfem Haar, schlechter Laune und einem Hammel-im-Schafspelz-Look führen, ganz zu schweigen von zu engen Jeans und zu viel Eyeliner. In diesem Augenblick beschloss ich, Victoria in ihr Maharishi-Kurhotel zur Stillen Einkehr zu folgen um mich einer »harmonisierenden Verschönerung« zu unterziehen. Im besten Fall würde ich meine Mitesser loswerden. Im schlimmsten in einen schrägen Kult eingeführt und irgendeinem Rachegott als Menschenopfer dargebracht werden.

Na und, was hatte ich zu verlieren?

Meine Kapitulation war vielleicht auch ein bisschen darauf zurückzuführen, dass ich am selben Nachmittag eine häusliche Wachsenthaarung von Beinen und Achselhöhlen vorgenommen hatte, weil es billiger war als der Besuch eines Schönheitssalons.

Dachte ich jedenfalls.

Kosten einer Salon-Enthaarung: £ 25.

Kosten einer häuslichen Enthaarung: £ 865.

Im Einzelnen –

Verbrannter Tontopf: £ 45

Hydraulischer Schlauch für Entfernung von Wachs aus Küchentischritzen, nachdem Tontopf explodierte: £ 75 (Anmerkung für Amateure: Das Wachs nicht mit geschlossenem Deckel im Topf auf den Herd sieden lassen.)

Taxi zur Notaufnahme: £ 25

Psychiatrische Trauma-Therapie: £ 720

Es wurde Zeit, mit der Brieftasche in mir Kontakt aufzunehmen.

14.

Ist das eine Brieftasche in deiner Hose oder freust du dich bloß, mich zu sehen?

Zwischen Schönheitswahn und Geisteskrankheit verläuft ein ganz schmaler Grat. Im Gegensatz zu einer Schlange brauche ich nicht das sinnliche Kribbeln, das beim Hautabstreifen entsteht. Aber nach all den Peelings, Graftings und Fettabsaugungen in Victorias Schönheitsfarm hatte ich am Ende des zweiten Tages eindeutig reptilische Gefühle.

Das Kurhotel zur Stillen Einkehr war ein mit Palmen nur unbeholfen getarnter Sicherheitstrakt. Die abbröckelnde Fassade der großen Villa spielte grausam auf das epidermische Äußere der Damenwelt an, die scharenweise durch das ominöse Portal strömte. Das Haus befand sich in der manikürten Landschaft der Chiltern-Hügel. Im Inneren ergoss sich heiter klimpernde Harfenmusik vor samtgepolsterten Wänden. Pralle, gehätschelte kuwaitische Prinzessinen tobten im beheizten Pool herum, während ihre wabbelnden und puckernden Schenkel rund um die Uhr von spindeldürren Bodyguards bewacht wurden.

An den Wänden der antiseptischen Behandlungsräume hingen überall Poster von Frauen wie du und ich – nur dass sie *gigantische* Titten hatten, dafür weder Hüften noch Cellulite noch Körperhaar. Glauben Sie mir, nur Chemotherapie-Patienten haben weniger Körperbehaarung als Models. In diesen Folterkammern verbrachte ich meinen ersten Tag.

Ein Schwede namens Igor walkte meine Pobacken, während eine Hohepriesterin – dem weißen Kittel, dem herben Lächeln und dem weltabgewandten Blick nach zu schließen –, eine Lymphdrainage bei mir durchführte. Sie zog sich entschlossen Gummihandschuhe über und fragte mich, ob ich jemals wirklich mit meinem Lip-Liner harmoniert habe?

Als ich mir am zweiten Tag absolut sicher war, dass ich keine einzige Pore mehr besaß, in der nicht herumgewühlt worden war, schob mich Victoria geschäftig zu einer »Ruhe-Suite«, wo ich andächtig staunend Reihen mit endlosen, in gläsernen Sarkophagen glänzenden Einbalsamierungsflüssigkeiten gegenüberstand. So viel Haut gab es doch gar nicht auf der Welt, um all diese Feuchtigkeitskügelchen zu absorbieren. Dieser Ort bot mehr Möglichkeiten, die Zeit zurückzudrehen, als jede Zeitmaschine.

Eine weitere Hohepriesterin trug sodann ein Blendwerk an Gesichtswässerchen bei mir auf, die mich mehr kosten würden als meine Hochzeitsfeier. Abgesehen davon brannten sie höllisch.

»Verdammt noch mal!«, keuchte ich und schlug ihr auf die Hand. »Ist das ein Moisturizer oder eine feuerfeste Möbelpolitur?«

Sie konterte, indem sie mechanisch ihr Sprüchlein voller Seifenblasen und unverständlichem pseudowissenschaftlichem Jargon herunterleierte – über »Peptide« und »Peroxidation«, »Ritinolsäure« und »gutartige Solar-Keratone« –, bevor sie mich hochmütig belehrte, die Behandlung biete außerdem ein Schutzschild gegen »Irritationsstoffe«.

»Was für welche? Gegen die Verarsche durch das Personal von Schönheitskliniken?«, brummte ich.

Victoria, die soeben in meine Suite hereingeweht kam, blickte mich warnend aus Schlitzaugen an. Die pharmazeutische Klinikangestellte, die ihr folgte, riss mir deprimiert das Laken vom Leib. Während ich mit nichts als einem Papierslip bekleidet allen Blicken ausgesetzt war, piekste sie lustlos in mein blasses Fleisch. Dann ließ sie ihre langen, gespenstisch weißen Fingernägel über die Regale mit den bunten Fläschchen laufen, als würde sie eine Alphabettafel für spiritistische Sitzungen konsultieren. Schließlich verfügte sie, dass in meinem ziemlich tragischen Fall eine »Intensive Schenkelkur« mit Skin Caviar (echt Beluga) vonnöten sei. Kostenpunkt? Zweihundertfünfzig Pfund.

Victoria bestätigte mit einem ernsten Kopfnicken die Ratsamkeit dieses Verfahrens.

Mein Kinn klappte herunter. Offensichtlich ging es im Kurhotel zur Stillen Einkehr weniger darum, mit seinem innersten Ich zu harmonieren als vielmehr mit seinem äußersten Überziehungskredit.

»Warum erst umständlich die Produkte kaufen und sich der Prozedur unterziehen?«, beklagte ich mich bei meiner missbilligenden Schwester. »Ich meine, man könnte doch genauso gut den Klang einer sich öffnenden und schließenden Registrierkasse aufnehmen und immer wieder abspielen.«

»So teuer ist es gar nicht«, tadelte mich Victoria schroff und warf gleichzeitig den Hohepriesterinnen ein bedauerndes Lächeln zu. Mit beiden Händen bugsierte sie mich wieder auf den Behandlungstisch und rückte mich in Gebärhaltung zurecht.

»Ja, das stimmt natürlich. Nicht teurer, sagen wir mal, als der Etat für das nationale Raumfahrtprogramm.«

»Und könnten Sie bitte irgendwas gegen ihre Bikinilinie unternehmen.« Sie deutete auf mein stacheliges Borsten-Schamhaar. Der willkürliche Nachwuchs ähnelte dem Pelz eines kahl werdenden Frettchens. »Man staunt, dass Hugo sich keine Verletzungen bei dir zuzieht.«

»Bitte kein Wachs!«, piepste ich verängstigt. Die Verbrennungen dritten Grades von jener schrecklichen Selbstbehandlung waren noch nicht verheilt. »Wachs ist was für Autos.«

»Wachs? Wie ungemein ›letztes Jahrhundert‹, Madame«, verkündete hochnäsig die Kosmetikerin und streifte sich schon emsig eine Schweißerschutzbrille über den Kopf. Bevor ich protestieren konnte, wurde ich mit einer Art taktischem Anti-Schamhaar-Napalm bombardiert. In diesem qualvollen Moment lernte ich, dass Haarentfernung per Laser die von Mutter Natur bevorzugte Methode ist, uns den »natürlichen Look« zu verpassen.

Das Problem ist nur, dass man so schwer wegrennen kann, wenn man bloß ein Papierhöschen anhat und einem deshalb die sofortige Verhaftung wegen Erregung öffentlichen Ärgernisses droht.

»Victoria! Victoria! Hilfe!« Erfolglos versuchte ich mich aus meiner Rückenlage herauszuwinden. »Wo ist meine Schwester?«

Die Kosmetikerin wedelte mit ihrer Harpune vage in Richtung von einer der angrenzenden Zellen. »Sie bekommt gerade eine Dermabrasion – ein sehr einfaches und effektives Schönheitsverfahren. Hören Sie endlich auf, sich wie ein Baby zu benehmen. Es ist doch nur ein Laser.«

»Erzählen Sie das Luke Skywalker.« Mein Protest ging im Dröhnen ihrer Maschine unter, als sie ihre marternde Einäscherung der Haare in meiner Leistengegend fortsetzte, mittels eines Lichtstrahls, der stark genug war, einen Bulldozer zu zerbröseln.

Als sie sich endlich ihre Schutzbrille von der Stirn schob (nachdem sie meinem Organismus zweifellos eine endlose Zahl inoperabler Krebsleiden zugefügt hatte), meine in der Stillen Einkehr so unpassend schrillen Schreie endlich verhallt waren und sich meine Zehen gerade wieder zu entkräuseln begannen, hörte ich, wie meine Schwester einen anhaltenden Kreischton von sich gab, ähnlich einem in den Wehen liegenden Walross.

»Was zum Teufel macht ihr da mit ihr?«, keuchte ich, bereit, zu ihrer Rettung zu eilen.

»Eine Oberflächenerneuerung.«

»Was soll das werden? Sind wir hier beim Straßenbau?« Wie sich herausstellte, war meine Schwester in ein Gesichtsausbesserungsprojekt involviert, das breiter angelegt war als die Umgehungsstraße von Birmingham.

»Sie sind die Nächste«, sagte die grell geschminkte Kosmetikerin in ihrem unechten Laborkittel. »Also, bevorzugen Sie chemisches Peeling gegen diese talgige T-Zone? Oder wollen wir den äußeren Schichten dieses schlaffen Teints lieber mit einer Laser-Partialverdampfung den Garaus machen?«

Talgig? Schlaff? Eine Schönheitskosmetikerin bewirkt zweifellos die gründliche Dermabrasion des Selbstwertgefühls. Plötzlich öffnete sich die Verbindungstür zwischen unseren Suiten und meine Schwester wankte herein. Mir blieb die Spucke weg. Das »einfache und effektive Schönheitsverfahren« beinhaltete offensichtlich ein ordentliches Abschrubben mit Stahlwolle und ein anschließendes Säurebad. Ihr Gesicht war rot geschwollen und voller klebriger Klumpen, bei denen es sich um versengte Haut handeln musste, wie ich angeekelt schloss. Was Kosmetikerinnen »Dermabrasion« nennen, ist den meisten von uns unter seiner ursprünglichen Bezeichnung »mittelalterliche Folter« bekannt.

»Oh, Victoria, was haben sie bloß mit dir gemacht?«, schrie ich verzweifelt.

»Sehen wir den Dingen ins Auge.« Die Stimme meiner Schwester klang gnadenlos schrill. »Wir leben in perversen, weichgezeichneten Zeiten. Keine Frau kann es sich leisten, danebenzustehen und auszusehen, wie Gott sie geschaffen hat!«

»Aber warum sollen wir uns die Jahre des guten Aussehens, die uns noch gegeben sind, zerstören, indem wir uns Sorgen darüber machen, ob wir unser gutes Aussehen behalten?« Ich blickte von meiner Schwester, deren Gesicht dem einer verbrannten Pizza glich, auf meine klägliche Vulva – die nun vollends aussah wie eine haarlose Laborratte. »Hast Du je darüber nachgedacht, was du mit den vielen Stunden anfangen könntest, die du darauf verschwendest, Körperhaar auszurotten?« Ich griff mir Pulli, Jeans und Schuhe. »Weibliche Entlaubung ist ein vergeblicher Kampf gegen die Gesetze der Natur.«

Die Kosmetikerin zuckte zusammen. »Körperhaare sind bestialisch.«

»Na, dann werden Sie mich sicherlich alle entschuldigen, wenn ich wieder in meine Raubtierhöhle krieche.«

Mein Gott! Wir hatte ich mich nur von Victoria bequatschen lassen können, mich in Bernstein konservieren zu wollen? Was war ich denn? Ein Insekt? Ich setzte mich gerade in mein Auto, als sie aus dem Herrenhaus auf mich zustürzte. Zumindest glaubte, ich, dass es Victoria war. Trotz des eisigen Regens waren die Augen von einer Sonnenbrille verdeckt, das Gesicht wurde von einem sombreroartigen Hut und einer Operationsmaske verfinstert – genauso gut hätte es sich um Michael Jackson handeln können.

Ich warf den Motor an. Das monströse Jacko-Double zerrte so heftig an der Tür, dass ich glaubte, sie würde herausbrechen.

»So, wie du jetzt aussiehst, kannst du doch nicht zur Model-des-Jahres-Party gehen. Willst du unbedingt deinen Mann verlieren?« Ich erhaschte einen kurzen Blick auf das blubbernde, Blasen werfende Gesichtsfleisch meiner Schwester unter der Maske. »Möchtest du ihn der männermordenden texanischen Tussi auf einem Silbertablett servieren?«

»Hugo hat gesagt, dass er sich nicht mit Britney Amore trifft. Ich habe es nicht nötig, ihm nachzuspionieren.« Dann entriss ich ihr mit aller Macht die Autotür, schloss sie und legte den Gang ein.

»Ach ja?«, kreischte Victoria und presste das, was von ihrem Gesicht noch übrig war, gegen die Scheibe. »Trotzdem solltest du heute abend seinen MSA überprüfen.«

Ich starrte sie verständnislos an und kam mit knirschenden Reifen auf der Schotterauffahrt zum Stehen.

»Maximaler Sperma-Aufbau«, dechiffrierte sie, abermals

die Autotür aufreißend. »Du warst drei Tage weg. Wenn er dir treu war, sollte eigentlich literweise Samenflüssigkeit vorhanden sein, Schatz. Ganze Fontänen von dem verdammten Zeugs ...«

Ihre Stimme verlor sich im Nichts, als ich auf der nassen Ausfahrt mit flügelschlagender Tür davonfuhr. Ich hatte genug von diesem Verfolgungswahn. Es war an der Zeit, sich endlich zusammenzureißen. Und war Hugo nicht ein guter Ehemann und Vater? Hatte er sich nicht bereit erklärt, mit Julia und Jamie in den Thorpe Park zu gehen und ein paar Runden auf diesem »Durch die Luft wirbeln und gezielt kotzen«-Dingsda zu drehen, damit ich mit meiner großen Schwester ein paar unvergessliche gemeinsame Stunden in der Kurklinik verbringen konnte?

Als das Einerlei der Alleebäume den baufälligen Fabriken der Londoner Vororte wich, verwarf ich meinen Plan, Svens Party beizuwohnen, nur um die ganze Zeit gebannt auf die Signale meines Affären-Radargeräts zu starren. Und als ich nach Hause kam, bedurfte es keiner großen Überredungskünste, Hugo für den Oralsex zu gewinnen.

»Das war himmlisch«, seufzte mein Gatte und ließ sich nach einer letzten Konvulsion aufs Kissen fallen.

Ich nickte stumm, zuversichtlich den Spermagehalt in meinem Mund abschätzend. Ich war nicht im Entferntesten besorgt. Das machte einen überaus guten Eindruck. Da biss die Maus keinen Samenfaden ab.

»Richtig leidenschaftlich und romantisch«, fügte er hinzu und strich mir übers Haar.

»Hhmm«, murmelte ich, während ich ach so romantisch überlegte, wie ich mich diskret Richtung Bad manövrieren und sein Ejakulat ins Waschbecken spucken konnte, um die spermatische Fördermenge genauer zu kalkulieren. »Ech oman'isch. Mu ma inkeln.« Ich schoss ins Bad.

»Was ist los?«, rief er mir hinterher, als ich bereits ins Becken spuckte. »Ich muß mal pinkeln«, widerholte ich und starrte entgeistert auf das weiße Porzellan. Denn da war nicht der Springbrunnen, den ich erwartet hatte. Sondern nur ein winziges kleines Rinnsal.

Öfter mal was Neues.

»Weißt du, was, Hugo, ich glaube, ich komme morgen doch mit auf Svens Party.«

»Hältst du das wirklich für eine gute Idee, Liebling?«

Eine Vision meines Mannes zwischen den Beinen von Britney Amore rammte mich mittschiffs. »Durchaus.«

»Aber es kommen lauter Prominente. Madonna, Jeffrey Archer, Al Pacino ... Der Ärmste leidet unter Haarausfall, du weißt schon. Alopecia.« Er lehnte sich gegen die Badezimmertür, während ich mit der Zahnbürste über meine wütend zusammengebissenen Zähne fuhr. »Wir versuchen, Spenden für die Klinik lockerzumachen, darum ist es wichtig, dass ich diese Leute ordentlich beeindrucke, und na ja, du sagst doch bestimmt wieder irgendwas Respektloses, was dann einiges Stirnrunzeln hervorrufen könnte.«

»Na und? Du bist doch jetzt Schönheitschirurg, das fällt doch voll in dein Ressort.«

»Jetzt mal ehrlich, Lizzie. Du weißt doch, dass du eine große Klappe hast.«

Apropos den Mund nicht halten können: »Hör mal, Hugo, ich muss dich etwas fragen ...«, beharrte ich, plötzlich ernst geworden. Es war an der Zeit, zu gestehen, dass er mit einer spermamordenden Irren verheiratet war.

»Ja, Lizzie?« Er wandte mir sein zufrieden lächelndes Gesicht zu – und wie auf Stichwort ging sein Pager los. Ein typischer Fall von Konversation interruptus, ein Notruf aus dem Krankenhaus.

Aber war es denn wirklich das Krankenhaus? Oder war sie es? Hugos Job war wie geschaffen dafür, dass er sich jederzeit aus dem Staub machen konnte. Während ich hörte, wie er in der Dunkelheit seinen Wagen startete, bewegte sich das Pendel des Zweifels unruhig hin und her. Ich kochte vor Eifersucht. Was für eine neue Hölle war das nun wieder? Was für eine alte? Denn es war ja immer wieder dieselbe Hölle. Das machte es ja so höllisch. Oh, wie schmachtete ich plötzlich nach dem Tiegelchen La Prairie Skin Caviar zu zweihundertundfünfzig Pfund ...

Letzter medizinischer Check-up – Patientin leidet unter Depressionen, seitdem der Arzt, den sie liebt, angefangen hat, in der Gegend herumzuschlafen, verdammt noch mal.

Die EU-Gesundheitsminister, so beschloss ich nach einer weiteren schlaflosen Nacht, sollten eine Warnung ergehen lassen: Die Ehe mit einem Doktor gefährdet Ihre Gesundheit.

15.

Ein langer harter Tag endet in der Scheiße

Was hat hundertundachtzig Brüste, möchte um seines Verstandes willen geliebt werden, hofft, eines Tages einen Hochschulabschluss in Sanskrit zu machen, sieht atemberaubend im Bikini aus und träumt davon, Rockstars kennen zu lernen und die Welt zu retten?

Eine Model-Agentur.

Welche Art Kleiderordnung konnte ich auf einer Party erwarten, die anlässlich der Preisverleihung für das »Junge Model des Jahres« stattfand? Latex? Leder? Nippelringe? ... Oder etwas weniger Formelles? Seitdem Hugo angedeutet hatte, dass ich nicht dorthin passen würde, war ich entschlossen, ihn eines Besseren zu belehren. Während ein verworfener Fummel nach dem anderen auf meinem Bett landete, schärfte ich mir noch einmal ein, Al Pacino gegenüber auf keinen Fall das Wort Alopecia zu erwähnen. Hugo hatte Recht. Hätte ich für jedes Mal, wenn ich ins Fettnäpfchen getreten war, ein Paar Schuhe bekommen, wäre ich jetzt die Imelda Marcos von Nordlondon. Heute Abend würde das anders sein. Ich war vorgewarnt.

Weil mein reizender Gatte ohne mich losgegangen war, musste ich mich allein in Svens Stadtvilla in Mayfair hineinquatschen. Es schien einen strengen Eintrittskodex zu geben, der von muskulösen Türstehern voller Steroide und

Testosteron verteidigt wurde und beinhaltete, dass keine Frau Einlass fand, die mehr als Lippenstift und eine Heftklammer trug. Der lederne Fransenrock mit Bikinitop, den zu kaufen Victoria mich gezwungen hatte, ging gerade noch durch die Modezensur. Geduckt schlich ich mich hinein und folgte dem Stimmengewirr über die marmorne Treppe zum römisch angehauchten Pool hinauf.

Svens fürstliche Villa war eine Beleidigung für das Auge und kam im Dschungel-Stil daher; alles war voller Tierfelle und erotischer Figurinen. Dort, wo Elch- und Hirschgeweihe und Rhinozeroshörner an der Wand hingen, hätten von Rechts wegen die Jagdtrophäen jener Models hingehört, die er so ruhmreich abgeschossen hatte. In Rumpf und Hintern umschlingende Ensembles gekleidet, wehten sie waghalsig vorbei, Hüftknochen voran auf Wolkenkratzer-Absätzen, die ihnen eine Schwindel erregende Schräglage verliehen. Man musste wirklich HIV-positiv sein oder eine Essstörung haben, um in solche Kleider zu passen, wurde mir klar, während ich zusah, wie ein Model nach dem anderen das dargereichte Essen mit einstudierter Nonchalance zurückgehen ließ.

Models geben selbst normalen Frauen das Gefühl, wie Sumo-Ringer auszusehen. Ich blieb unter einem falschen Bühnenbogen stehen und zog meinen Bauch so stark ein, dass er auf der Rückseite meines Brustkorbs wieder herausschaute. Ich drückte mein Becken vor, als würde ich an einer Limbo-Olympiade teilnehmen. Ich machte ein Schmollmündchen, schaute finster drein und setzte vorsichtig einen Fuß vor den anderen – und in weniger als zwei Sekunden erlitt ich einen Bandscheibenvorfall. Während sich die Models in einem schwebenden, graziösen Gang vorwärts bewegten, waren meine Gliedmaßen so schwer, dass ich das Gefühl hatte, gegen die Flut zu waten. Meine nagelspitzen Absätze, die scharf genug waren, ein Eichhörnchen auszuweiden, dröhnten ohrenbetäubend auf dem Marmorfußboden, wobei es mir nur zur Hälfte gelang, das Lied der Corrs

»We're So Young« zu übertönen, das wie zum Hohn aus eingebauten Lautsprechern wummerte. So viel zum »Dorthinpassen«. Ich fühlte mich ungefähr so unauffällig wie eine Oben-ohne-Tänzerin im Buckingham Palace.

Für Sven war die Preisverleihung ein Vorwand, um Investoren an Land zu ziehen; daher standen Firmenanwälte, reiche Steuerberater und *selfmade* Werbefuzzis auf der Gästeliste, die versuchten so auszusehen, als seien sie ihren eigenen TV-Spots entsprungen, Männer wie »Handkanten«-Milano, für die am Innenspiegel ihres Autos baumelnde Plüschwürfel keine demütigende Peinlichkeit waren. Die Party wimmelte von solchen Leuten – flüchtige Bekannte, die sich gegenseitig Küsschen zuwarfen und, wenn sie keine Prominente waren, aussahen, als müssten sie eigentlich welche sein.

Svens prustendes Wiehern – was er nur loslässt, wenn er über eine seiner blöden Bemerkungen lacht – zerschnitt die Luft. »Hübsche Beine – um wie viel Uhr haben sie geöffnet?«, baggerte er ein Model an. »Ist das da ein Spiegel in deinem Gürtel? Weil ich mich schon in deiner Wäsche sehe!«, belästigte er ein anderes. Seine schrotflintenartige Lachsalve erstarb beim Anblick von Marrakesch jäh. Er löste sich aus der Menschentraube, die ihn umgab, und schoss auf sie herab wie ein Aasgeier auf ein überfahrenes Tier. »Gib mir die Hand, ja? Dann kann ich allen erzählen, ein Engel hat mich berührt.« Er zwinkerte meiner Nichte neckisch zu und schenkte ihr sein strahlendstes Lächeln. Es war einfach sagenhaft, dieser Typ war öliger als der letzte Tankerunfall von Esso. »Weißt du, ich könnte dir die bestgehüteten Geheimnisse der Supermodels verraten ...«

»Das bestgehütete Geheimnis eines Supermodels ist doch, wie man mit einer Brezel pro Jahr am Leben bleibt, oder?«, höhnte ich zu einem ausgehungerten Mädchen im bleichen, abgerissenen Heroin-Chic-Look, das direkt mir gegenüber in einem gefährlichen Winkel auf einem Barhocker mit Zebrastreifen balancierte.

Heroin Chic gähnte überdeutlich. Offensichtlich ermüden Models leicht von der Anstrengung, interessant zu wirken. Was jedoch potenzielle Investoren nicht davon abhielt, voller Begeisterung ihre Schönheit zu bewundern. Auch ich staunte andächtig über die Reize der anwesenden Models – und hoffte inständig, dass sie nahe genug an mir vorbeischarwenzeln würden, damit ich sie über meine Handtasche stolpern lassen könnte. »We're So Young« ging in »Maggie May« über – wenn ich mal raten durfte, handelte es sich um eine Zusammenstellung unter dem Motto: *Top Hits, bei denen sich jede Frau über fünfundzwanzig so richtig alt und hässlich fühlt*.

Voller Inbrunst sandte ich unsichtbare, aber tödliche Akne- und Fettstrahlen an alle vorbeiflanierenden Mädchen aus, bis meine Schwester mit einer Entourage von »Blondinen« die Szene für sich beanspruchte. Es bereitete ihr großes Vergnügen, ihnen ihre Aussichten zu verhageln, jemals als Model berühmt zu werden, indem sie ihnen Perlen der Weisheit vorsetzte, die nichts als dick aufgetragener Bullshit waren. »Ja, eine Gesichtspackung mit Katzenstreu gemischt, besonders, wenn Miezchen schon mal draufgekackt hat, das *frisst* nur so die abgestorbene Haut. Mein echtes Geheimnis, ihr Schätzchen, ist allerdings Hämorrhoidencreme um die Augen – besonders, wenn sie vorher schon an irgendeinem Hintern geklebt hat.«

Ich riss beinahe den Ärmel ihres spitzenbesetzten Moschino-Cocktailkleidchens ab, als ich mit meinem kleinen Finger daran zupfte. »Bring deine Töchter, Hunde und alle Zimmerpflanzen in Sicherheit. Sven ist wieder in der Stadt.«

»Und was willst du auf deine feindselige, hasserfüllte Weise damit andeuten?«, erwiderte meine Schwester schroff und wedelte eine lange blonde Strähne ihres Seidenhaars in mein Gesicht.

Ich zeigte mit dem Daumen zu Marrakesch hinüber. »Manche Männer lieben einfach den Geruch von Neuwagen, weißt du?«

»Sven liebt *mich*. Er hat keinen Sex mit minderjährigen Models«, fuhr sie mich an.

»Victoria, die Unterhosen dieses Mannes könnten in der Halle der Ruchlosigkeit ausgestellt werden. Tausende von Mädchen suchen bei ihm einen Job und finden lediglich eine neue Stellung.«

»Er versucht nur, meiner Tochter zu einer Karriere zu verhelfen ... Und deshalb bin ich auch sehr froh, dass Marrakesch mich heute abend begleiten wollte.«

»Victoria, kein Model kann bei ihm unterschreiben, bevor sie nicht zwei Probejahre in Bulimie absolviert hat.«

»Tatsächlich würde es Marrakesch ganz und gar nicht schaden, wenn sie ein paar Pfund abnimmt.«

»Hhm ... hätte Mutter Natur unser Skelett sichtbar machen wollen, dann vermute ich mal, dass sie es außerhalb unseres Körpers angebracht hätte. Guck sie dir doch an.« Ich zeigte auf den Raum voller griesgrämig dreinschauender, hohläugiger, hagerer, knabenhafter Gestalten mit Haltungsschäden. »Sie sind vor Unterernährung so geschwächt, dass man den Eindruck gewinnt, sie seien soeben einer Nervenheilanstalt für Supermodels entsprungen. Und da wir gerade von Geisteskranken reden, wieso bist du so sicher, dass er dich liebt und nicht Britney?«

»Er hat sich doch nur mit ihr verlobt, um Publicity für die Klinik zu bekommen. Das ist eine rein geschäftliche Kiste. Ein Publicity-Event.«

»Nur ein Publicity-Event, ja?« Dicke Zweifel begannen sich in meinem Unterbewusstsein breit zu machen.

»Wo ist überhaupt Hugo? Herrje, Britney kann ich ja auch nirgendwo entdecken«, fügte Victoria mit gespieltem Erstaunen hinzu.

Eine bange Vorahnung durchzuckte schmerzlich meine Schädeldecke, während meine Augen im Zickzackkurs die Partygäste durchleuchteten. »Hugo hat keine Affäre mit Britney Amore.«

Meine Schwester schaute mich mitleidig an. Sie wühlte in

ihrem tief ausgeschnittenen Kleid herum, fischte zwei Silikonstücke in Busenform heraus und warf sie mir in den Schoß. Dort vibrierten sie wie Wackelpudding aus unseren Kindertagen, die Nippel nach oben. »Das sind Dekolleté-Betoner. Du brauchst so etwas, Schatz. Auf diese Weise behältst du vielleicht deinen Mann und findest einen neuen Job.«

Es war ein wunder Punkt. Seit fünf Monaten war ich nun arbeitslos. Ich war auch nicht gerade wählerisch – da ich lediglich Strippen und Hühnerbefruchten als mögliche Karrieren ausgeschlagen hatte. Ich hob die wabbelnden Klumpen auf, als seien sie giftig und stopfte sie ihr angewidert wieder in den Ausschnitt. »Frauen wünschen sich immer einen größeren Busen, aber von Rechts wegen sollten sie sich eine größere Persönlichkeit wünschen. Oder vielleicht ein Leben.«

Meine Panikattacke wurde von zwei nackten schwulen Synchronschwimmern unterbrochen, die nun in den Swimmingpool glitten. Da die Augen aller Anwesenden in diese Richtung schauten, wählte Britney Amore diesen Augenblick, einem angrenzenden Jacuzzi zu entsteigen. Und wer scharwenzelte in unmittelbarer Nähe mit einem Handtuch um sie herum, wenn nicht mein Gatte, der große Chirurg, Dr. Hugo Frazer?

»Oh, das Miststück ist ja auch da«, zischte Victoria.

Wir sahen zu, wie sich Britneys Brüste durch den Schaum nach oben hievten. Sie schienen nachgewachsen zu sein. Anscheinend hatte sie gerade ein Ehebett aus einem Möbelgeschäft geklaut und hielt es noch in ihrem Bikini-Oberteil versteckt. »O mein Gott. Glaubst du, sie hat sie schon *wieder* vergrößern lassen?«, fragte ich entsetzt.

»Nicht doch«, sagte meine Schwester und verdrehte sarkastisch die Augen. »Sie ist offensichtlich eine Genmanipulation.«

Bis zu diesem Zeitpunkt hatten die potenziellen Investoren den professionellen Schein einer fröhlichen, leicht verschwitzten »Es wird überall nur mit Wasser gekocht«-Jovialität gewahrt. Aber angesichts Britneys kolossaler Kugeln gafften sie mit weit aufgerissenen Mäulern, aus denen der Sabber lief. Brustimplantate sind wie Erweckungsprediger im Fernsehen: Man weiß, dass sie unecht sind, trotzdem kann man sich von ihrem Anblick nicht losreißen.

Britney Amore fing meinen Blick auf. Sie lächelte aalglatt und zufrieden, bevor sie meinem Mann einen Kuss auf die Lippen drückte. Ehrlich gesagt, es war mehr als ein Kuss. Es war ein Unterlippen-Sandwich.

Ich spürte, wie sich eine Faust in meinem Bauch ballte. Vielleicht konnte ich sie ertränken, indem ich einen Spiegel auf dem Boden des Jacuzzi anbrachte? Meine zutiefst existenzielle Dekolleté-Krise wurde von Victoria unterbrochen, die nun mit Marrakesch im Schlepptau erneut angerauscht kam.

»Weißt du, was meine verdammte Tochter wieder angestellt hat? Sie schreibt sich mit irgendeinem Wahnsinnigen im Todestrakt. In Florida. Darum ist sie mitgekommen. Nicht, um sich als Model zu bewerben, sondern um die Reichen und Berühmten zu bequatschen, dass sie ihre Petition an den Gouverneur von Texas unterschreiben, damit er ...«, sie riss einem neben ihr stehenden Partygast die Zigarette aus der Hand und saugte sich einen Schlag Teer heraus, »... diesen *Insassen* begnadigt.«

»Tante Liz«, seufzte Marrakesch resigniert und befreite sich aus dem eisernen Griff ihrer Mutter, »glaubst du, es ist zu spät, mich selbst noch zur Adoption freizugeben? Mama, du bist doch nur sauer, weil ich nicht in deine Fußstapfen trete und den Laufsteg besteige.«

»Ich bin sauer, weil ich an die Todesstrafe glaube«, entgegnete meine wütende Schwester indigniert. »Wo wäre das Christentum heute, wenn Jesus sieben bis zehn Jahre mit Straferlass für gute Führung bekommen hätte?«

Sven, der gelauscht hatte, schlich näher heran und begutachtete das Firmenlabel an der Innenseite von Marrakeschs Rockbund. »Jawoll«, schleimte er. »Made in Paradise.«

»Meine Tochter ist eine Art Fliegenfänger für Freaks geworden«, erklärte Victoria Sven durch zusammengepresste Zähne. »Ich versuche verzweifelt, das charmant zu finden.«

Sven lächelte zu Marrakesch hinüber – so, wie eine Kobra lächeln würde, wenn eine Kobra lächeln könnte. »So ein Zufall! Ich nehme kein Mädchen bei mir auf, das nur ein ›Gesicht‹ sein möchte. Wir bestehen im Gegenteil darauf, dass alle unsere kleinen Mädchen das Bedürfnis entwickeln, sich für die Menschenrechte zu engagieren, beziehungsweise zumindest ein Interesse an ecuadorianischen Literaturprojekten oder an der Behindertenolympiade bekunden. Wir haben Tage für öffentliche Auftritte fest in unseren Verträgen verankert.«

»Ach ja?« Fasziniert lauschte Marrakesch seinen Worten.

»Es ist so leicht, sich von einem Model in ein *Rollen*modell zu verwandeln«, führte Sven aus, während ihm die aufrechte Gesinnung aus allen Poren troff. » Wir haben sechs Goodwill-Botschafterinnen der Vereinten Nationen unter unseren Mädchen. Erzähl mir von dem armen, unschuldigen Mann«, sagte er mitleidig und legte ihr fürsorglich einen Arm auf die Schulter.

»Ich habe einen Kampffonds für Bruce ›The Tooth‹ Jackson eingerichtet. Er sitzt im Hochsicherheitstrakt vom Gainsville-Gefängnis. Seit, na ja, neunzehn Jahren ist er jetzt schon in der Todeszelle. Wenn sein Urteil nicht revidiert wird, dann muss er auf den elektrischen Stuhl …« Marrakesch schauderte. »Aber ich verdiene ja nur, na ja, fünf Pfund die Stunde.«

»Herrje. Wo arbeitest du denn? Im Reisfeld?«

»Ähm … nein. Ich babysitte. Hauptsächlich für Tante Lizzie.«

»Ich könnte dir tausend in der Stunde bieten …« Er blickte meine Nichte an. Wieder dieser abschätzende Gesichtsausdruck – ein Raubvogel, der um seine Beute kreist, »… wenn du deine natürlichen Gaben dafür einsetzen würdest, um Geld für den unschuldigen Mr. Tooth zu sammeln.

Auf diese Weise könntest du wirklich etwas ›zurückgeben‹«, sagte er, und die derzeit gängige Floskel der Superreichen wie Bill Gates und Ted Turner ging ihm locker über die Lippen.

»Ja, es muß ein ungemein beruhigendes Gefühl sein zu wissen, dass Britneys Badegarderobe so vielen Männern in Hochsicherheitsgefängnissen Trost gespendet hat.« Aber meine zickige Bemerkung wurde von einem Melodram am Pool übertönt, bei dem es um die beiden, an gewissen Stellen großzügig ausgestatteten Synchronschwimmer ging. Die nackten Amphibien hatten eine Nummer, die eine nicht unerhebliche Anzahl von Rückenschwimmübungen vorsah, aber leider hatte Sven die Heizung im Pool abgestellt, aus Angst, die Luftfeuchtigkeit würde seine afrikanischen Kunstwerke angreifen. Der Schrumpffaktor Kälte brachte die beiden schmollenden nautischen Tausendsassas zur Verzweiflung. Ihr Duett enthielt plötzlich ein Maximum an nicht eingeplantem Vorwärtskraulen zum Beckenrand, von wo aus sie sich schlecht gelaunt in ihre Bademäntel warfen. Das ganze Spektakel genügte, dass ich erst nach fünf Minuten feststellte, dass Britney und mein Mann aus der Grotte verschwunden waren.

Ich tauchte meine Hand in die Tiefen des Büstenhalters meiner Schwester, entwendete ihr die Plastiktitten, schob sie mir in den eigenen BH und schoss dann auf der Suche nach Hugo von einem Zimmer ins nächste, so schnell, wie meine idiotischen Stöckelschuhe mich trugen. Ich riss eine Tür nach der anderen auf, während meine Schwester hinter mir herrannte und ich schließlich atemlos meinen Mann im reich verzierten oberen Salon fand. Überall waren ledergebundene Bücher (die garantiert niemand las) und auf Antik getrimmte säbelbeinige Schreibpulte (zweifellos aus dem Baumholz bedrohter Regenwälder geschnitzt), die auf dermaßen hoch aufragenden Beinen schwankten, dass sie aussahen, als würden sie jeden Moment über die Perserteppiche davon galoppieren.

Aber anstatt Hugo in flagranti zu erwischen, hatte ich ihn dabei ertappt, wie er sich auf eine völlig neue Art und Weise prostituierte.

Eine Traube gebannt lauschender, hagerer Models (alle Marke »Blondinenwitz«) und möglicher Investoren hatte sich respektvoll um meinen Ehemann versammelt.

»Seien wir doch ehrlich«, sagte Sven gerade, der auch schon angekommen war, »niemand wird euch engagieren, wenn er schon mal bessere Köpfe auf einem Pickel gesehen hat. Stimmt doch, Doc?«

Hugo runzelte angesichts meines Eintreffens die Stirn und wandte mir leicht den Rücken zu, wodurch er mich erst einmal ausschloss, bevor er sein schweres intellektuell-medizinisches Geschütz auffuhr. »Die äußere Erscheinung ist nun mal ein entscheidendes Kriterium bei Bewerbungsgesprächen. In unserer chronisch unsicheren Zukunft werden es sich die Menschen wahrscheinlich gar nicht leisten können, keine chirurgischen Verschönerungsmaßnahmen vornehmen zu lassen«, führte mein Gatte kenntnisreich aus.

Das Publikum hing an Hugos Lippen und geriet über sein Genie in Verzückung. Mein Mann leuchtete. Er strahlte. Er war eine Gottheit. Ein Doktokrat. Seit wann regierten Ärzte eigentlich die Welt auf diese Weise, fragte ich mich in meiner Verbannung außerhalb des Kreises. Ich hörte angeekelt zu, während er in Sachen schlechter Geschmack und Banalität unerschrocken neue Maßstäbe setzte.

»Das Älterwerden ist eine Uhr. Auch wir in der Klinik der Langlebigkeit können sie nicht einfach zurückdrehen, aber wir können verhindern, dass sie tickt.« Seine Grabesstimme troff vor intellektueller Wichtigkeit und Autorität.

»Und wann, äh, wissen Sie, also na ja, sollte man damit anfangen?« Trotz ihres automatisch abgerufenen Lächelns lag in den Augen von Heroin Chic ein entrückter, glasäugiger Ausdruck. Im Grunde hätte Sven sie lieber mit einem Nagel an der Wand befestigen sollen.

Sven berührte ihre blasse, zerbrechliche Wange. »Herzchen, zur Entfaltung von Schönheit gehört die Freiheit von Falten. Du bist wahnsinnig hübsch, Baby, aber Brustimplantate könnten wirklich die Frau in dir herausstreichen, weißt du. Vergrößerung ist keine große Sache. Nicht viel anders als Haarspliss zu beseitigen.«

Ich hatte eine massive Anwandlung von verächtlichem Sarkasmus. War mir doch bisher noch gar nicht bewusst gewesen, dass man eine Vollnarkose benötigt, um sich die Haare schneiden zu lassen, gefolgt von zwei Wochen Bettruhe. Aber angesichts der strengen Ermahnung, mich ›anzupassen‹, strahlte ich lediglich betäubtes Schweigen aus.

»Wisst ihr, warum die Stelle zwischen Titten und Hüften einer Frau reine Verschwendung ist? Weil da noch ein zweites Paar Möpse Platz hätte, darum!«, prustete Sven. »Das geht alles husch, husch. Am Morgen kommen Sie zu uns und abends sind Sie wieder zu Hause. Und es tut auch nicht weh. Nicht, wenn der berühmte Doktor Hugo Frazer das Skalpell schwenkt.«

Entgeistert gaffte ich Hugo an. Offensichtlich hatte er vergessen, seine Hirnrechnung zu zahlen. Es war höchste Zeit, daß mein Mann für unzurechnungsfähig erklärt wurde.

»Ich bemühe mich in der Tat um ein Minimum an Begleiterscheinungen.«

Minimum an Begleiterscheinungen, Maximum an Gesundheit, erhöhter Powerfaktor, Wellness-Technologie, Gesichtsverjüngung – angewidert hörte ich zu, wie Hugo und Sven die Menge mit dem schönfärberischen Jargon der Schönheitschirurgie beeindruckten.

»Doktor Frazer?«, brach es aus mir heraus. »Ist nicht ›Begleiterscheinungen‹ das Wort, das Plastische Chirurgen benutzen, wenn sie die unerträgliche Agonie umschreiben wollen, mit der man aufwacht und feststellt, dass die eigenen Titten ganz lila und eitrig sind?«

Oje, wann würde ich nur lernen, meine Zunge im Zaum zu halten? Ich brauchte einen maßgeschneiderten Maulkorb.

Die Augenbrauen meines Ehemannes schwangen sich in die

Höhe wie kopulierende Schmetterlinge. Der erlesene Kreis leichenblasser »Edelmodel-Schnitten« und potenzieller Investoren schaute mich streng und mürrisch an. Sven betrachtete mich so finster wie der Bösewicht in einem schlechten Film. Sie hätten mich nicht vorwurfsvoller ansehen können, wenn ich in einem von Haien wimmelnden Gewässer geschwommen wäre, während ich meine Tage hatte.

»Wenn Implantate bewirken, dass sich eine Frau in ihrem Körper wohler fühlt, warum nicht?«, predigte Hugo mit religiösem Eifer weiter. »Es geht doch darum, ein selbstbestimmtes Leben zu führen. Fordern das nicht die Feministinnen auch immer?«

»Ihr habt die Wahl, Mädels«, redete Sven ihnen zu. »Ihr könnt auf eine männerdominierte Welt schimpfen – oder ihr könnt euch ein fantastisches Paar Titten anschaffen. Also, was soll es sein?«

In dem Moment wurde mir klar, dass ich nicht die Models hasste (also wirklich, *modeln*, selbst ein mittelmäßig intelligentes Nagetier kann lernen, wie das geht), sondern ihren manipulativen Vampir-Meister.

»Ich werde euch mal was sagen. Hugo Frazer ist ein Künstler.« Britney, immer noch im Bikini, schlängelte sich zu Hugo durch und berührte seinen Arm in einer für meinen Geschmack viel zu vertraulichen Geste. »Dieser Doc hier, also der macht bessere Möpse als Gott!«

Ich spürte, wie irgendetwas in mir nachgab. Die extrem reizbare Wölfin war wieder da und versuchte, sich mit spitzen Klauen einen Weg aus meinem Bauch heraus durch meine Kehle zu bahnen. Ich verdrehte die Augen zur Decke. »Eigentlich stehst du ja gerade auf der Warteliste für die Heiligsprechung, nicht wahr, Hugo?«, lästerte ich.

(Oh, toll! Öffentliche Demütigung. Die beste Methode, seinen Mann zurückzugewinnen. Offenbar machte ich gerade irgendeinem armen Dorfirren seinen angestammten Platz abspenstig.)

Während Hugo sein Verkaufsgespräch zu Ende führte,

trat er auf mich zu und ergriff meinen Oberarm. Sein Mund war eng zusammengekniffen wie ein irritierter Anus. »Es ist nun mal so«, flüsterte er mit zusammengebissenen Zähnen, »da Frauen ohnehin über weniger Möglichkeiten als Männer verfügen, beruflich weiterzukommen, ist ein attraktiver Körper ein echtes Plus für sie.« Und dann versetzte mir mein Mann den Todesstoß. »Vielleicht hättest du dann auch nicht deinen Job verloren, Elisabeth.«

Es war ein Schlag unter die Gürtellinie, und ich taumelte. Er hatte mich nach allen Regeln der Kunst zusammengestaucht. Ich musste fliehen. Wo war der Schleudersitz, wenn man ihn brauchte? Unsicher auf meinem ungewohnten Schuhwerk über die tückischen antiken Läufer schwankend, stolperte und strauchelte ich, knickte in den Knien ein und plumpste mit gespreizten Beinen zu Boden. War das nicht ein großartiger Versuch, mich »anzupassen«, indem ich auf dem Teppich blieb?

Und um vollends deutlich zu machen, dass Britney Amore das eingewachsene Schamhaar in der Bikinizone meines Lebens war, konnte ich aus meiner Ruhestellung einen Blick auf sie werfen, als sie sich besitzergreifend bei meinem Mann einhakte. Wie ich niedergeschlagen feststellen musste, sahen die beiden aus wie der Inbegriff des Traumpaars.

Wut und Empörung loderten in mir auf. Okay, Models und Schauspielerinnen mochten vielleicht durchtrainiert und schlankgehungert sein – aber dafür brauchen sie einen Persönlichkeits-Coach, um ihre mentalen Muskeln in Form zu bringen. Vielleicht mochte mein Foto ja als Verhütungsmittel herhalten, aber ich besaß eine strahlende Persönlichkeit. Meine Persönlichkeit strahlte so sehr, dass ich einen Lichtschutzfaktor auftragen musste.

Ich brachte meine Plastik-Titten wieder in Position und richtete mich auf, verschmähte Victorias tröstend dargebotene Hand und marschierte wieder in die Mitte des Raumes, um meinen Gatten mit virtuosem Witz und aerobischem Wortspiel zu blenden.

Der erste, mit dem ich zusammenstieß, war Al Pacino.

»Hallo, Al Apecia«, sagte ich.

Das schrille Geschwätz von PR-Leuten voller Schampus verstummte. Es war der Moment, als mein Plastikbrustbeutel aus meinem befransten ledernen BH-Körbchen flutschte und vor den Füßen des Filmstars landete, wo er hilflos zappelte wie eine gestrandete Qualle.

Gezischeltes Kichern war zu hören, akzentuiert von einem grausamen Lachanfall Britneys. Nur Hugo war still. Seinem Gesichtsausdruck nach zu schließen dämmerte ihm allmählich, dass er die einzige Gehirnspenderin der Menschheitsgeschichte geheiratet hatte.

Offensichtlich hatte ich *Silvia Plaths Leitfaden über Liebe, Leben und Eheglück* gelesen.

Als ich später allein im Taxi nach Hause fuhr, riss ich mir das Haar aus, kaute meine Nägel und leerte eine Flasche Tequila ... Ich ließ kurz anhalten, um eine Machete zu kaufen und durchsuchte den Stadtplan des Fahrers nach *ihrer* Adresse ...

Wäre ich an jenem Abend nur nicht zu den *Vagina-Monologen* gegangen, schluchzte ich. Hätte ich bloß nicht Hugo mitgenommen. Wenn ich doch nur nicht dieses graue Schamhaar gefunden und meine Vulva kahl geschoren hätte. Ach, hätte ich doch nicht meine Küche in Brand gesteckt. Wäre ich bloß nicht zu Svens Preisverleihung gegangen. Hätte ich doch nur Schuhe ohne Absätze getragen, und keine Busenverstärker. Hätte, hätte, hätte ich doch nicht ...

In letzter Zeit hatte ich das Schicksal so oft herausgefordert und dabei jedes Mal den Kürzeren gezogen, dass ich schon Roulette-Ausschlag zu entwickeln begann.

Und was noch schlimmer war, ich bekam das ungute Gefühl, dass das Rad noch einen Haufen Umdrehungen für mich in petto hatte ...

16.

Mit einem Mann wie meinem braucht man kein Klistier

Abgesehen von der Tatsache, daß die Wetteransager im Fernsehen eine Bekleidungszulage bekommen und trotzdem aussehen, wie sie aussehen, ist eins der größten Rätsel der Menschheit, warum Frauen bei ihren Männern bleiben, obwohl sie von ihnen betrogen werden. Ich meine, Männer bleiben ja auch nicht in einer Beziehung, wenn sie das Gefühl haben, es klappt irgendwie nicht. Selbst Stephen Hawking ist seiner Frau davongelaufen, und der Mann kann seine Beine nicht benutzen.

Als ich in dieser Nacht im Bett lag, versuchte ich herauszubekommen, wann genau sich Hugo in einen Zeitgenossen verwandelt hatte, der darauf besteht, im Rettungsboot einen Platz in der Ersten Klasse zu bekommen. Kurz nachdem er mit Auszeichnung seinen Abschluss in Medizin gemacht hatte, lernten wir uns kennen. Damals hatte er sich leidenschaftlich dafür eingesetzt, die Welt zu einem besseren, menschlicheren Ort zu machen. Warum also war mein Medikamente verschreibender, Lyrik rezitierender Mann dazu übergegangen, Ausdrücke wie »Multitasking«, »Outsourcen« und andere Modewörter zu verwenden?

Wann war mir zum ersten Mal aufgefallen, dass er sich in die Sorte Kerl verwandelte, die Nadelstreifen-Kondome trägt? Ich glaube, das muss um die Zeit herum gewesen sein, als er berühmt wurde, weil er bei der Gesichtsrekonstruktion verwundeter Kinder aus Sierra Leone und Sri Lanka behilflich war. Sogar Prinzessin Diana kam und schaute ihm beim Operieren zu. Sie war so beeindruckt, dass eine ihrer Stiftungen sein schwimmendes Hospital finanzierte, das vor der westafrikanischen Küste vor Anker lag und wo er von Landminen und Macheten entstellte Opfer operierte. Durch den Erfolg lief er Gefahr, *sich selbst zu ernst zu nehmen*. Er war stets ein vorsichtiger Mann gewesen – der einem die Schere mit dem Griff zuerst reichte, niemals mit einem Glas in der Hand rannte und so lange angeschnallt sitzen blieb, bis das Flugzeug vollkommen zum Stillstand gekommen war. Mit den Aasgeiern von der Schönheitsklinik gemeinsame Sache zu machen, na ja, das war wie Großbritannien ohne eine Lebensmittelkrise oder, was weiß ich, Britney ohne ihr Jungfernhäutchen, also einfach völlig abwegig.

Um ein Uhr nachts hörte ich auf, so zu tun, als würde ich Seite 2789 von Cals neuem Manuskript lesen, griff zum Telefon, an dem immer noch Jamies Frühstücks-Nutella klebte, und wählte Hugos Handynummer. Er sei im Krankenhaus, hatte er gesagt – Notoperation eines Hirntumors. Ich hätte ihm gern geglaubt. Aber nachdem nur seine Mailbox ansprang, rief ich als Nächstes Calim an und bat ihn um einen Einsatz an der Babysitterfront.

Ein paar Minuten später stand ein sockenloser und zerknitterter Cal an der Hintertür und streifte sich ein T-Shirt über den zerzausten Kopf. »Willst du ihn wirklich verlassen?«, fragte er aufgeregt. Ich guckte ihn entgeistert an. »Verlassen? Nein! Ich will um ihn kämpfen.«

Sein schlaftrunkenes Gesicht sackte zusammen. »Oh, Lizzie«, sagte er resigniert. »Der Versuch, deine Ehe zu retten ist wie der Versuch, die *Titanic* wieder flottzukriegen.«

»Hugo ist der intelligenteste und hübscheste Mann, den ich je kennen gelernt habe. Was kann er dafür, dass sich ihm die Frauen zu Füßen werfen? Wenn er bei einer Frau Fieber misst, zieht die Schwester automatisch einen Grad ab, wegen der Hitzewallung, die seine Berührung auslöst!«

»Komm, Liz, gib's doch zu. Du hast Hugo nur geheiratet, weil du keinen Papa hast.«

»Du glaubst, Hugo ist eine ›Vaterfigur‹ für mich? Natürlich ist er eine Vaterfigur. Für meine Kinder«, sagte ich pikiert und schnappte mir die Autoschlüssel vom Schlüsselbrett.

Cal sah untröstlich aus. »Hey, oberflächliche, vorschnelle Urteile sind meine Spezialität. Es ist wichtig, dass du den Dingen, die ich sage, einfach keinerlei Beachtung schenkst«, rief er mir zerknirscht hinterher.

Mit weißen Knöcheln raste ich durch Camden und wich knatternden Minicabs aus, donnerte wie eine Verrückte durch den Kreisverkehr an der Old Street und bog auf zwei Reifen Richtung Shoreditch ab, tief hinein in die abscheulichen Abgründe des Londoner East End. Das London Hospital, ein verfallendes viktorianisches Mausoleum, kauerte erschöpft rechter Hand auf der Mile End Road. Ich vollführte einen halsbrecherischen Linksschwenk auf den dreckstarrenden Parkplatz und stellte verzagt fest, dass auf Hugos Privatplatz kein BMW stand.

In das überheizte Gebäude einzudringen kam der Öffnung einer Herdröhre gleich, wenn man nach dem Braten sieht. Eine Welle abgestandener Luft schlug mir entgegen. Der altersschwache Lift reagierte mit widerwilligem Knurren. Ich war zu ungeduldig, um zu warten, stürmte die Treppe hinauf und schlängelte mich zwischen vergammelten alten Handwagen durch, die auf den unebenen Fußböden der Flure laut klapperten. Nachdem ich ein alpines Gebirge aus Behältern mit extrem ansteckendem Abfall überwunden hatte, die seit dem letzten Weltkrieg nicht mehr entsorgt worden waren, rüttelte ich an der Klinke von Hugos Bürotür. Verschlossen. Mit klopfendem Herzen lugte ich durch das schmierige Glas. Seine Aktentasche stand nicht auf dem Schreibtisch. Wo zum Teufel war mein Mann?

Wegen ihrer 80-Stunden-Woche, ihres chronischen Schlafmangels, der Finanzkürzungen und Wartelisten, so lang wie die chinesische Mauer, sind britische Ärzte ein seltsam unkommunikativer Haufen.

»Haben Sie Hugo gesehen?«, fragte ich mehrere bekannte Gesichter. Sie grunzten, blickten mich aus ausdrucksleeren Augen an und schlurften zu ihrem nächsten Notfall.

So kam es, dass ich durch die abweisenden Korridore allein zur Station B tappste. Das klebrige Linoleum saugte an meinen Schuhsohlen, die beim Losmachen trotzig quietschten. Quietsch. Kleb. Quietsch. Kleb.

Ein Schild wies mich darauf hin, dass man sich *Staphylococcus* holen könnte, wenn man zu engen Kontakt zu kontaminierten Personen hatte; nun, es war ja nicht so, als sei man nicht gewarnt worden. Ich schreckte vor der juristischen Absicherung zurück. *Staphylococcus aureus* ist eine tödliche Bakterie, die einen so schnell vernichtet, dass man kaum Zeit hat zu sagen: »Hey, ich wünschte, ich hätte dem Warnschild mehr Aufmerksamkeit geschenkt.«

Heizkörper röchelten asthmatisch. Maschinen machten schabende Geräusche. Septisches Licht fiel von Neonröhren herab, die an abblätternden Decken befestigt waren, welche ihre Schuppen auf ausgeblichene Teppichböden warfen. Mein Gott, dachte ich. War es noch ein Wunder, dass Hugo an den Gitterstäben seines Gefängnisses rüttelte?

Als ich Station B betrat, zog ich die fadenscheinigen, ausgeblichenen Vorhänge zurück, mit denen man vergebens die alten Männer von den weiblichen Teenagern abzuschirmen hoffte. Seine Patienten waren wohl da, im Grau-in-Grau ihrer Krankenhaus-Pyjamas. Nur von Dr. Frazer fehlte jede Spur.

Ich stürzte die Feuertreppe hinauf. Sie war übersät mit Lumpen, einer Babyflasche und einer schmutzigen Monatsbinde. Ich nahm zwei Stufen auf einmal, in wachsender Panik, dass sich Hugo zwischen den Schenkeln meiner Nemesis befand. Als ich die schwingende Doppeltür zum

Operationssaal aufstieß und ihn beim Händewaschen an einem der urinalförmigen Waschbecken vorfand, dachte ich zunächst, ich litte unter eine von Hyperventilation hervorgerufenen Halluzination. Obwohl er in einem Listerin-grünen Operationsanzug steckte, sein Haar allerliebst unter einer blauen Duschhaube festgebunden steckte und sein halbes Gesicht von einer Operationsmaske verschleiert war, sah er immer noch attraktiv aus. Mir erschien er wie der Held eines Groschenromans. Endlose Erleichterung wallte in mir auf.

»Elisabeth!«, sprach mich mein Gatte formell an.

»Fickst du sie nun oder nicht?«, verlangte ich in meinem besten Bette-Davis-Akzent von ihm zu wissen. Ein durchdringender Geruch von Desinfektionsmitteln stach mir in die Nase.

»Oh.« Er stöhnte. »Gibt es nicht irgendwo ein Statut, das die Buße für ehebrecherisches Küssen auf ein Normalmaß reduziert? Britney Amore war eine Versuchung, der ich zwei Minuten erfolglos widerstanden habe. Mehr nicht.« Ein kitschrosa Klecks fiel schwerfällig aus dem Seifenspender in seine erwartungsvollen Handflächen.

»Und was ist mit MSA?«

»Hättest du die Güte, mir mitzuteilen, was MSA ist?«

»Maximaler Sperma-Aufbau. Als ich in dieser bescheuerten Schönheitsklinik war, da hättest du, na ja, eigentlich haufenweise Sperma aufstauen müssen, aber so war es nicht. Nur ein kleines Rinnsal.« Tränen traten mir in die Augen.

Hugo legte den Kopf in den Nacken und lachte schallend. »Oh, wie *wissenschaftlich*. Aus welcher Fachzeitschrift hast du das denn?«

»Diese Aussage basiert auf einer ausgiebigen wissenschaftlichen Dokumentation in Form von etwas, das mir meine Schwester erzählt hat.«

»Ah, deine *Schwester*. So was kann auch nur von deiner Schwester kommen. Diesem Superhirn. Sperma ist wie Brustmilch, Elisabeth. Je mehr man davon braucht, desto mehr hat man davon. Es ist eine Angebot-und-Nachfrage-Situation.« Wasser schoss aus den Hähnen, die er schroff mit den Ellbogen schloss.

»Oh.« Zuerst fühlte ich mich beruhigt und getröstet. Dann aber türmte sich eine Einkaufsliste von Beweisen in meinem Kopf auf – das Unterlippen-Sandwich, sein sich häufendes Fernbleiben von Heim und Herd, die Scheuermale und die unerklärlichen blauen Flecken an seinem Körper, das neue aerobische Stellungsrepertoire im Bett, Britneys mysteriöse medizinische Untersuchung – und abermals spürte ich, wie mich die Säure des Zweifels in die Haut stach. Ich stellte mir Britney Amore in seinen Armen vor, geschmeidig, rank und schlank, wie sie nun mal war. Im Vergleich zu ihr war ich klein und klobig, zusätzlich von Sorgen niedergedrückt. Mir entfuhr ein ersticktes Schluchzen und ich sagte mit krächzender Stimme: »Betrüg mich nicht, Hugo. Ich zweifle allmählich an meiner eigenen verdammten Zurechnungsfähigkeit.«

Mein Mann riss sich die Maske vom Gesicht, schloss mich in die Arme und drückte meinen Kopf an seine vertraute Brust. Er glättete streichelnd mein Haar, wie ein zerknülltes Bettlaken.

»Was findest du bloß an ihr?« Prüfend schaute ich ihm ins Gesicht. »Findest du es in Ordnung, gleich Doktorspiele mit ihr zu machen, bloß weil sie in einer Krankenhaus-Serie auftritt?«

Hugo lachte glucksend in meinen Hals. Ich atmete seinen sauberen, männlichen Geruch tief ein. Das Aroma erfüllte mich mit einem heißen, hohlen Begehren; ich schloss die Augen und hielt ihn so lange umklammert, wie seine Geduld es zuließ.

»Ist es ihr Körper?«, fragte ich, als er sich frei machte. »Aber um Himmels willen, Hugo, die Frau hat eine Doppelseite im *Playboy* gemacht. Das ist keine Vagina, die sie da zwischen den Beinen hat. Sondern ein Sperma-Jacuzzi.«

Hugo stubste mich liebevoll unter dem Kinn.

»Ich meine, ihr Verstand wird's ja wohl nicht gewesen sein. Wenn sie Autogramme gibt, muss sie innehalten und ihre Fans fragen: ›*Wie* hieß ich gleich noch mal?‹« Er lachte.

»War es …« Ich wollte es nicht sagen. »War es ihr Busen? Bist du ein Busen-Mann, Hugo?«

»Ein für alle Mal, ich bin kein Busen-Mann … ich bin eine Busen-*Person*«, hänselte mich mein Gatte.

Ich schaute hinauf in seine Augen und suchte nach einem Anhaltspunkt. Ich schaute ihm lange und genau ins Gesicht. Das Gesicht, das ich so gut kannte und so sehr bewunderte. »Also, wenn du sie noch mal anguckst, dann wasche ich dir die Augen mit Seife aus. Ist das klar?«

»Elisabeth, sie ist die zukünftige Frau meines neuen Geschäftspartners«, sagte er in einem quälend geduldigen Ton. »Ich kann sie nicht einfach ignorieren.«

»Dann steig da nicht ein.«

»Lizzie, guck dich doch um!« Er wies auf die baumelnden nackten Glühbirnen. Ihr wässrig graues Licht illuminierte den angeschlagenen Putz und die Blasen werfende Wandfarbe. »Das hier ist nicht *Emergency Room*. Hier gibt es keinen Glamour. Nur Erschöpfung. Mein Talent wird hier vergeudet. Und ich will nur operieren.« Seine Stimme klang sentimental und ernsthaft wie in einem Film-Trailer. »Aber für Operationen ist kein Geld da. Meine Krebspatienten sterben, bevor ich sie retten kann, und alles nur wegen der Ineffizienz des National Health Service.«

»Aber das ist die reinste intellektuelle Entmannung, Hugo. Sven und seine Freundin sind ganz miese Typen. Sie sind die Nouveau-Illiterati …«

»Ich habe genügend heroische Opfer gebracht. Und Viertagesschichten gemacht.« Er seufzte unzufrieden. »Ich habe dreißig Stunden am Stück operiert … Liebling, ist dir eigentlich klar, wie viel Geld da aus dem Quell der Jugend sprudelt?«

»Quell? Das ist kein Quell, Hugo. Das ist eine Kloake.« Ich entfernte meine Hände von seinen Schultern.

»Die beste Langlebigkeits-Klinik der Welt. Nicht nur für Schönheitschirurgie, sondern Eizellen-Einfrierung, um Frauen zu helfen, die biologische Uhr zu überlisten, Embryonenforschung über die Ursachen von Alzheimer ... nützlich wie lukrativ. Damit hätten wir fürs Leben ausgesorgt. Denn seien wir mal ehrlich, wie sollen wir noch die Schule der Kinder bezahlen, jetzt, wo du arbeitslos bist? Und die Putzfrau. Ganz zu schweigen von unserem jährlichen Skiurlaub. Wir können es uns nicht leisten, arm zu sein! Ich mach das doch auch für *dich*, weißt du. Geld ist nicht alles, aber es steht ziemlich weit oben auf meiner Prioritätenliste, etwa direkt hinter Sauerstoff!«

In der Gesprächspause konnte ich plötzlich das Gepolter der Krankenhaus-Wägelchen draußen im Korridor hören. Irgendwie schien es symbolisch für das übliche Chaos zu sein, das darauf wartete, hier über ihn hereinzubrechen.

»Und wenn ich diese Chance nicht ergreife, macht es irgendein anderer Chirurg.«

»Aber minderjährige Models operieren? Mädchen, die wir nicht einmal für alt genug halten, um zu wählen oder sich eine Cola zu bestellen? Und wozu das Ganze? Um irgendwelche kranken Männerfantasien zu befriedigen? Hugo – ich weiß einfach nicht mehr, wofür du noch eintrittst.«

»Im Moment trete ich für alles ein, worauf die breite Öffentlichkeit gerade reinfällt«, sagte er traurig, während die nackte Glühbirne über uns mit einem letzten Knall ihren Geist aufgab. »Und wenn du mich jetzt bitte entschuldigen würdest, ich muss mir noch mal die Hände waschen.«

Eine hauchdünne gespannte Stille trat ein.

»Ich werde die Putzfrau entlassen. Die Kinder können auf eine staatliche Schule gehen –«

Hugo hielt mich noch einmal fest. »Ich steige da ein, Lizzie.«

Ich machte mich steif in seinen Armen. »Warum reist du nicht mit leichtem Gepäck, Hugo, und lässt deine Heuchelei zu Hause?«

»Und ich erwarte, dass du mich dabei unterstützt«, fügte er streng hinzu.

»Dann wirst du wählen müssen«, erwiderte ich mit grimmiger Entschlossenheit und schüttelte ihn ab, »zwischen mir und Svens erbärmlicher Klinik.«

»Wie kannst du mir so eine Entscheidung abverlangen?«

Ich wandte mich forsch zum Gehen.

»Frag dich einfach, wie Doktor Jekyll gehandelt hätte.«

17.

Unglaublich, es riecht nach Ehe, sieht aus wie Ehe, fühlt sich an wie Ehe – aber es ist einfach keine Ehe!

Nicht nur die Handschrift von Ärzten ist absolut unleserlich. Ihre Sprache ist gleichermaßen kryptisch. Wenn einen der Onkel Doktor untersucht und dann zum Beispiel »Hhmm« sagt, bedeutet das lediglich, dass er keinen blassen Schimmer hat, was mit einem los ist, aber widerlich ist es allemal.

»Das ist wirklich ein sehr interessantes Hautleiden« heißt im Klartext: »Entschuldigen Sie mich bitte einen Moment, ich muss kotzen gehen.«

»Kein Grund zur Beunruhigung« bedeutet, dass man noch zwei Wochen zu leben hat.

Und der Klassiker mit der »guten und der schlechten Nachricht«? Nun, in Hugos Fall musste die gute wohl sein, dass er eine Affäre mit einer berühmten Vorabend-Soap-Diva hatte. (Jedenfalls deuteten alles Symptome auf diese düstere Diagnose hin.) Die schlechte Nachricht war, dass *ich* dafür bestraft wurde.

Weihnachten und Neujahr verbrachte ich, indem ich ganz frech nirgendwo hinging. Das Leben hatte mich auf Standby gesetzt. Ich weiß, dass ich mir fest vorgenommen hatte, Hugo ein bißchen emotionalen Freiraum zu gewähren. Von körperlichem Freiraum war jedoch nicht die Rede gewesen. Da »aus den Augen – aus dem Sinn« bedeuten kann, fand ich tausend Gründe, mit ihm über die Kinder zu reden, über die Hausratversicherung, neue Sturmfenster. Ich nahm mir vor, jede Begegnung mit ihm angenehm zu gestalten. (Valium war da eine große Hilfe.) Indem ich lächelte, über seine Witze lachte und so verführerisch wie möglich aussah (obwohl Sie mir glauben können: wer einen Wonderbra trägt, kann auch gleich als Unfallopfer kandidieren – das Ding würgt einem die Luft ab und quetscht einem den Brustkorb ein), hoffte ich, dass er nicht nur an unsere furchtbaren Momente denken würde – und sie zu meinen Ungunsten mit den fantastischen Augenblicken vergleichen würde, die er mit *ihr* hatte.

Ich war wie Doris Day auf Droge. Eines Morgens toastete ich meine Hand, schmierte Erdbeermarmelade darauf und legte sie auf Julias Teller. Meine entsetzte Neunjährige schlug vor, dass es vielleicht an der Zeit für mich sei, wieder arbeiten zu gehen.

»Oh, prima Idee, Julia«, sagte ich sarkastisch. »Sag mal, was meinst du, bin ich zu alt, um Zeitungen auszutragen?«

Es war Jamie, der nach reiflicher Überlegung antwortete: »Ja, ich glaub schon.«

»Möchtest du wirklich deine gesamte Kindheit in deinem Zimmer verbringen, nur gesundes Gemüse zu essen bekommen und ausschließlich pädagogisch wertvolles Fernsehen gucken dürfen?«, drohte ich ihm, als wollte ich mich gerade um den ersten Preis für die unfähigste Mutter des Jahres bewerben.

Aber als die Windstöße des Winters an unserem Heim in Hampstead rüttelten, bildete ich mir ein, dass wir den Britney-Sturm überstehen würden. Natürlich war die Klinik wichtig für Hugo, aber bald würde er merken, dass es sich nicht lohnte, deswegen seine Ehe kaputtzumachen.

Wenn ich niedergeschlagen war, schärfte ich mir ein, dass ich all diese Strapazen für eine gute Sache auf mich nahm – meinen Mann ins traute Heim zurückzuholen, wo er hingehörte. Ich machte eine Inventur aller Dinge, die ich an ihm liebte und rezitierte sie täglich in einer Art Mutter-Mantra. Gemeinsam hatten wir Windpocken, verlorene Gepäckstücke, den Tod naher Angehöriger, die Lungenentzündung des Meerschweinchens, Reifenpannen, eine Salmonellen-Phase und einen Bombenalarm überstanden. Ja, wir waren einander Bakterien gewesen, aber auch Penicillin.

Als Hugo den Heiligabend nicht mit uns verbringen konnte (wie üblich ein chirurgisches SOS), hielten mir Cal und Victoria stereophone Vorträge über die Freuden des Alleinlebens.

»Warum verlässt du ihn nicht, Lizzie? Ich meine, denk doch nur, wie viel Geld du allein bei den Antidepressiva sparen könntest«, beharrte Cal.

»Ich liebe ihn.«

»Aber woher weißt du das?« Cal plumpste neben mich auf die Holzbank im Flur, von wo aus wir die Kinder mit dem Babysitter im Würgegriff die Treppe hinauf verschwinden sahen.

»Na ja ... wenn er sich beim Trüffelreiben in den Finger schneidet, dann wünsche ich, dass es mir passiert wäre, verstehst du?«

»Oh, das muss Liebe sein«, mokierte sich Cal und steckte sich eine Zigarette an. »Der Punkt ist bloß, wenn dein Mann noch egoistischer wird, verfasst er bald Anmerkungen zu sich selber in seinem medizinischen Fachblättern.«

»Wir haben so viel zusammen durchgemacht ... Ich habe nicht einmal versucht, ihn wegen seiner Klappmöbel-Erektionen zu ermorden, als wir frisch verheiratet waren – ein anerkannter Grund für mildernde Umstände.« Ich versuchte, die Sache herunterzuspielen. »Und dann das Problem mit der Sonnencreme, die Stellen auf meinem Rücken, an die man einfach allein nicht rankommt ... Außerdem haben wir gerade den Garten neu gestalten lassen ...«

Victoria kam aus der Küche auf Krokodillederabsätzen, die auf unseren Kiefernholzdielen wie Kastagnetten klangen, und in einem streng geschnittenen, schillernden Hosenanzug aus Samt. »Also was ist, schmeißt du den Scheißtyp endlich raus?«

»Nein«, antwortete Cal für mich. »Sie bleiben zusammen, der Pflanzen wegen, wie es scheint.«

Sie schauten mich beide entgeistert an. Irgendwie hatte ich mich nicht richtig ausgedrückt. Liebe ist kompliziert. Selbst Einstein ist es nie gelungen, sie zu erklären. »Hört mal, ich habe mein Ehe gerettet. Wollt ihr nicht wenigstens so tun, als würdet ihr euch für mich freuen?«

»Sehe ich etwa nicht glücklich aus?« Meine Schwester tippte sich an ihre starre, Botox-betäubte Stirn.

»Hallo, ich bin deine Schwester.« Ich streckte ihr eine Hand entgegen. »Lizzie McPhee. Ich glaube nicht, dass wir uns schon mal begegnet sind. Wenn du dich noch weiteren ›Behandlungen‹ unterziehst, werde ich nicht mehr in der Lage sein, dich in einer Menge wiederzuerkennen!«

»Sven gefällt es ... wo bleibt er überhaupt?« Sie schaute auf ihre Uhr. »Er wollte mich schon vor Stunden abholen.«

»Warum bist du eigentlich so scharf auf ihn? Jede Frau, mit der er je zusammen war, ist in der Reha oder im Kloster gelandet.«

»Weil mein einziges Jobangebot diesen Monat darin besteht, Werbung für eine Salbe gegen Hefepilz-Infektionen im Vorabendfernsehen zu machen. Die Chance, dass sich aus dem Auftritt eine Leinwandkarriere basteln lässt, ist so schmal wie dieses stupide Streichholz Britney Amore. Kannst du dir eigentlich vorstellen, was man mir mittlerweise zumutet? Laufstege in Belgrad, wo mir irgend so eine um*nachtete* Modedesignerin mit einer von ›Negativräumen‹ und ›Flughäfen‹ inspirierten Kollektion sagt, ich solle ›männlich, ein Kerl, heiß sein, weil da draußen ein Dschungel ist – ein lesbischer‹. Am nächsten Tag trägt man mir auf, ein Drittel des Laufstegs entlangzulaufen und dann stehen zu bleiben. Zu wiehern. Alle anzustarren und dann wieder hinter die Bühne zu gehen. Verstehst du denn nicht, vor zehn Jahren bin ich mit Mick Jagger im Arm und der goldenen Leine eines

Panthers am anderen zu Premierenfeiern gegangen. Und jetzt guck bitte, wo ich gelandet bin!!!« Sie schüttelte heftig meine Schultern. »Wenn er mich nicht bald heiratet, werde ich mich erschießen, hast du das endlich kapiert?«

Meine Schwester ließ ihre blassen Arme ins erdbeerfarbene Seidenfutter ihrer Mantelärmel gleiten. »Da Sven uns offenbar nicht mit seiner Gegenwart zu beehren beabsichtigt, werde ich jetzt gehen. Das war ja wohl heute eine komplette Verschwendung von Make-up.« Sie seufzte theatralisch und schlängelte sich dann sinnlich an den Fahrrädern, Schlittschuhen und Rollern der Kinder vorbei zur Haustür.

Ich suchte Cals Gesicht nach einer verräterischen Gefühlsaufwallung ab. »Und wie sieht's mit *deinem* Liebesleben aus?«, tastete ich mich vor.

»An guten Tagen bete ich, sterben zu dürfen. Apropos, wie groß bist du eigentlich, Puppe? Ich will's nur wissen, damit ich schon mal deinen Sarg bestellen kann.« Cal drückte seine Kippe in einer Topfpflanze aus. »Denn diese Ehe wird dich umbringen.«

»Na, dann begrab mich irgendwo in einer Staudenrabatte. Und sorge bitte dafür, dass sie bei der Beerdigung auf keinen Fall ›My Heart Will Go On‹ von Céline Dion spielen.«

»Herrje, warum ist die Frau bloß nicht mit der *Titanic* untergegangen«, seufzte er.

Als mich Hugo am Neujahrstag über sein Handy anrief, um mir mitzuteilen, dass er nicht am Familienessen im Richoux-Restaurant teilnehmen könne, weil ihm eine weitere Notoperation dazwischengekommen sei, schwangen sich die bemalten Augenbrauen meiner Schwester so hoch wie die Peitsche einer Domina.

»Das beweist doch nur, was für ein edler und guter Mensch er ist«, sagte ich trotzig, »wenn er während der Feiertage andauernd operiert.«

»Ich habe noch nie gehört, daß ein Hängearsch ein Notfall gewesen wäre. Trotzdem ist es ein Segen, dass es all diese aufopfernden, humanen Ärzte in der Schönheitschirurgie gibt, die uns Frauen im Jahrzehnt unserer Not beistehen können.«

Ich blinzelte ungerührt. »Er will die Langlebigkeits-Klinik aufgeben.«

»Spinnst du, die Klinik ist ein Riesenerfolg. Was glaubst du, wo ich in jüngster Zeit all meine Behandlungen habe machen lassen?«, verkündete sie.

Mir drehte sich der Magen um. »Aber ... aber ich habe ihm doch gesagt, dass er zwischen mir und der Klinik wählen muss.« Ein Diadem aus Schweißperlen zierte meine Braue. »Natürlich bin ich davon ausgegangen, dass er sich für mich entscheidet.«

Ich schrie ja förmlich danach, bestraft zu werden. Ich sollte mich einer psychologischen Weight-Watcher-Gruppe anschließen, um meine überschüssigen Gefühle in den Griff zu kriegen – gestern zwei hysterische Ausbrüche, vorgestern drei Schmollanfälle und heute einen verdammten Nervenzusammenbruch.

Mit zitternden Händen zündete ich mir eine von Victorias Zigaretten an. Seit meiner Zeit als Auslandskorrespondentin hatte ich den Gieper aufs Rauchen nicht mehr verspürt. Mit Dr. Hugo Frazer verheiratet zu sein, weckte in mir in letzter Zeit jedoch immer öfter die Sehnsucht nach der friedlichen Ruhe, die ich inmitten eines Kreuzfeuers auf dem Gazastreifen genossen hatte. Ein französischer Kellner stieß auf uns herab. »Guten Tag. Würde Madame vielleicht die Raucherecke bevorzugen?«, fragte er überdeutlich.

»Gern – oder wo ist Ihre Abteilung zum Heroinspritzen, für Nervenzusammenbrüche und Selbstmord à la carte? Denn die wäre jetzt ziemlich ideal, vielen Dank!«, entfuhr es mir, bevor mir heiße Tränen der Demütigung aus den Augen schossen.

Über die Patientin liegen keine dokumentierten Selbstmordversuche vor, sie bricht jedoch ständig in Tränen aus.

Die Patientin verweigerte eine Hirnamputation … schlug aber vor, dass ein paar harte Drogen helfen könnten.

Natürlich brauchte ich keine Hirnamputation, weil man schon eine vorgenommen hatte. Man nennt es einen Trauschein.

18.

Die Nacht ist jung, du leider nicht!

Wie viele Poren auf dieser Welt sind Poren voll Tränen und Leid?

Als ich die Klinik betrat, kam ich mir vor wie in *Austin Powers III*. Das Gebäude war ein kunstvoller Stufenturm aus Glas und Marmor hinter einer traditionellen Harley-Street-Fassade, mit gebleichten Wänden, dem Geklimper von Enya-Soundtracks und Hülsenmenschen in weißen Kitteln, die mit Klemmbrettern in der Hand geschäftig durch die Gegend wuselten. Vielleicht war Sven ja wirklich Dr. Evil. Und Britney Amore seine schöne aber tödliche Assistentin. Vielleicht stellten sie insgeheim in irgendwelchen unterirdischen Gemächern überdimensionale Haarsprays her, um die Ozonschicht weiter aufzureißen und die Pole zum Schmelzen zu bringen, damit alle hässlichen Menschen ertranken?

Ich schob mich durch die güldenen Portale, schlug mir einen Weg durch die blühenden Kletterpflanzen, die sich vom Atrium herunterrankten, und umrunderte das ein, zwei Kilometer lange Ufer des Zierteichs im Foyer. Mir fiel vor allem auf, wie sehr dieser Ort dem London Hospital *nicht* glich. Er strotzte nur so vor Designer-Selbstvertrauen. Die Fenster blitzten. Die Fahrstuhlmusik wummerte hypnotisch. Keine kaputten Stühle, keine rostigen Rohre, keine abgetretenen Teppiche, kein verzweifeltes, überreiztes Pflegepersonal, keine Bakterien von der Größe eines ausgewachsenen Elchs. Hier huschten strahlende Sekretärinnen emsig zwischen Karteischränken und Telefonen hin und her. Im Foyer hing immer noch festlicher Weihnachtsschmuck zwischen paarweise angeordneten korinthischen Säulen und marmornen Kreuzgängen, die hervorragend in den Freudenpalast von Caligula selig gepasst hätten.

Ich war zusammen mit Victoria gekommen, die als Beispiel für »Vorher« und »Nachher« in einem Werbevideo für die Klinik auftreten sollte. Star-Moderatorin war Britney Amore. Bei meinem Anblick machte Britney ein Gesicht wie die Heldin eines Horror-Films, die gerade das Ding aus dem Sumpf gesehen hatte.

»Und einen schönen Guten Tag zurück«, murmelte ich. Es mochte Einbildung sein, aber irgendwie erschienen mir ihre Brüste riesiger denn je. Der allgemeine Eindruck war, dass sie gerade ihre Pobacken nach oben gezogen und einfach in ihren BH geschnallt hatte. »Du weißt ja hoffentlich, dass dir deine 70-Doppel-D-Körbchen-Silikon-Dinger mit achtzig beim Golfturnier der Senioren ganz schön den Abschlag verhunzen werden.«

»Das ist hier ein nichtöffentlicher Dreh«, kläffte mich Britney an. »Nur PR-Leute.«

Ein liebevolles Küsschen auf meine heiße Wange lenkte mich ab. »Marrakesch! Welche dunklen satanischen Mächte haben *dich* hierher gebracht?«

»Ähm ... ich bin mit Sven hier.«

Danke, das genügte.

Sven war damit beschäftigt, ein Wartezimmer voller junger, ganz von ihm überwältigter Models zu betören; Heroin-Chic-Look war auch dabei. »Kann ich ein Foto von dir machen? Damit der Weihnachtsmann ganz genau weiß, was ich mir dieses Jahr wünsche!«

»Eine Teenager-Fixierung beweist ja nur, was für ein vollkommener Ignorant du bist.«

Sven drehte sich freundlich lächelnd zu mir um, was sofort

sämtliche Alarmglocken bei mir läuten ließ. Sein Lächeln war entwaffnend – wie das einer Katze, die noch ein wenig mit dem Kanarienvogel spielt, bevor sie ihn verschlingt.

»Frauen erreichen ihre sexuelle Reife erst mit vierzig.«

»Ja«, antwortete er lässig, »aber wer will sie dann noch ficken?«

»Ach ja? Hast du das mal meiner Schwester gegenüber erwähnt?«, fragte ich kühl.

Sven lächelte mit einer Unterwürfigkeit, die Böses ahnen ließ, und bewegte sich außer Hörweite der anderen, wobei er mir ein Zeichen machte, ihm zu folgen. »Ich hab dich gerade mit meinem Finger kommen lassen ... und jetzt verpiss dich aus meiner Klinik.« Er umklammerte meine Schulter. (Wenn er das tat, war ich immer wieder erstaunt, dass er mir nicht noch ein Messer in die Brust rammte.) Dann lenkte er mich – besser gesagt: bugsierte mich – auf den Marmorkorridor. »Dieser Ort ist nur für die kleinen Mädchen reserviert. Busen-Barbies.«

»Marrakesch!«, rief ich meine Nichte und schäumte vor Wut. »Komm, wir gehen.«

Svens linker Arm wickelte sich um ihre Taille.

»Ich glaube, ich bleibe lieber«, sagte sie. »Sven hat versprochen, dass gut aussehende Spenderinnen ihre Eizellen dem, na ja, Meistbietenden verkaufen können.«

»Das reicht, Herzchen«, befahl er und legte ihr einen Finger auf den Mund.

Aber sie trottete weiter neben mir her. »Er versteigert unsere Ova übers Internet, du weißt schon. An Eltern, die sich ein hübsches Kind wünschen.«

Meine Nichte hatte gerade einen Intelligenztest gemacht ... und war durchgefallen. »Wie bitte?«

»Einem Model wurden schon fünfzehntausend Pfund geboten! Es ist ein bisschen abartig, aber kannst du dir vorstellen, was so viel Kohle für Bruce bewirken könnte? Damit wären schon die Anwälte bezahlt, die ihn aus der Todeszelle herausholen sollen.«

Also war Sven *wirklich* Dr. Evil. Und sein krankes Hirn brütete nicht nur finstere Pläne, sondern auch Eier von Supermodels aus, um schöne Menschen zu züchten. »Du willst deine Eizellen verkaufen?«, fragte ich Marrakesch entsetzt. »Was bist du? Ein Hühnchen?«

»Jawohl. Freilaufend«, triumphierte Sven. »Was auch heißt, dass sie das selbst entscheiden kann.« In bester Rausschmeißer-Manier schubste er mich in Richtung der Glastür, die auf die Harley Street hinausging.

Und fast wäre es dem Arschloch auch gelungen, mich loszuwerden, wenn nicht Britney Amore gerade die Kamera-Crew und die PR-Leute hereingewunken hätte, die das Werbe-Video drehen sollten. Sven schaltete sofort von Schwitzkasten auf freundliche, herzliche Umarmung.

»Willkommen!«, sagte er überschwänglich. »Erfrischungen gefällig? Ein kleiner Neujahrs-Umtrunk?«

Nach dem üblichen ohrenbetäubenden Küsschen hier, Küsschen da, das PR-Menschen zur zweiten Natur geworden ist, beobachtete ich Britney bei ihrer Eröffnungsszene vor der Kamera. »Willkommen in der Klinik der Langlebigkeit. Bald werden wir auf der ganze Welt bekannt sein – und anderswo. Wir werden das Land mit einem Teppich aus Sonnenblumen überziehen!«

Gott steh mir bei. Noch ein Neuro mehr, und Miss Amore würde eine Synapsis erleiden.

»Alle Frauen sind einzigartig, wie alle anderen Frauen.«

Es war klar, dass diese Frau ihre texanische Kindheit damit verbracht hatte, mit Plutonium zu spielen. Frau Leutnant von der Space Cadet Academy stellte dann ihren Partner vor, »beruflich und prrrrivat«, wobei sie das R so stark rollte, dass es einer Fellatio gleichkam.

Sven reagierte auf sein Stichwort, und ließ – mithilfe eines Teleprompters – einen dieser »Mir liegen Frauen wirklich am Herzen«-Monologe vom Stapel, zu denen der moderne Mann beunruhigenderweise so sehr neigt. Sein Lächeln war so ölig, dass man Fritten darin hätte braten können.

»Erzähl doch mal von den Eizellen«, stänkerte ich. »Und den minderjährigen Models.«

Britney, die neben Sven auf einem behelfsmäßigen Podium saß, kreuzte die Beine, um von meiner Bemerkung abzulenken. Ihr Rocksaum verschwand daraufhin unter ihren Achselhöhlen – zusammen mit dem kritischen Verstand sämtlicher anwesender Männer.

Zwei Handlanger der Klinik tauchten auf. Ich entkam in die Damentoilette und spritzte mir kaltes Wasser ins Gesicht. Warum hatte sich Hugo mit diesen Scharlatanen zusammengetan, fragte ich mich, als ein zu gut funktionierender Händetrockner meinen Arm bis zum Ellbogen aufsaugte. Und warum hatte er mir nicht erzählt, dass er diese Leute unserer Ehe vorzog? Mein Gatte behandelte mich wie eine Beilage, die er nicht bestellt hatte.

Völlig aufgelöst brach ich auf der Toilette zusammen. Ich unterdrückte schniefend meine Tränen, als Britney sich in meine Kabine zwängte. »Hey!«

»*Verdammte* Scheiße. Wie lange muss ich eigentlich noch spülen, bevor du verschwindest?«, wollte sie in einem angesäuerten Tonfall wissen.

»Musst du keine Fanpost fälschen?«, konterte ich schwach.

»Hör auf, unser Projekt zu sabotieren.« Sie beugte sich drohend über mich.

»Ich weiß nicht, was du meinst.«

»Spiel bloß nicht die Dumme.« Sie ließ ihre orangenen Brauen in die Höhe wandern, die gnadenlos zu zwei zynischen Bögen gezupft worden waren. »Das kann ich besser.«

»Wer *bist* du eigentlich?«, fragte ich die Schauspielerin, die nicht mehr ganz so berühmt war wie früher und nicht ganz so blöd, wie ich es mir vorgestellt hatte.

Sie starrte mich frostig an. »Ich halte Aktien von dieser Klinik. Und dein Männe ebenfalls. Und ohne den führenden Gesichtschirurgen Englands hat die Klinik der Langlebigkeit keine Überlebenschance.« Sie kniff die Augen zusammen und lächelte unverschämt.

Hatte sie meinen Mann absichtlich verführt? In dem Fall wäre es ein Fehler gewesen, sie für ein dummes Blondchen zu halten. Das war sie nicht. Sie war eine Gottesanbeterin im Prada-Kostüm. Seien wir ehrlich, es gehört eine gehörige Portion Intelligenz dazu, so doof auszusehen. Ich feuerte die beste Munition ab, die mir zur Verfügung stand. »Wusstest du, dass Sven mit meiner Schwester schläft? Und das schon getan hat, bevor ihr verlobt wart?«, eröffnete ich ihr triumphierend.

Sie zuckte mit den Schultern. »Na und? Das hat Sven bestimmt geholfen, das kleine Häschen deiner Schwester zu überreden, ihre Eier noch vor Ostern zu verkaufen. Sobald Marrakesch einen Vertrag hat, wird er sie in Null Komma nichts dazu bringen, ihr Dekolleté in Männermagazinen zu zeigen.« Vorübergehend sah ich mich außerstande, etwas zur Konversation beizusteuern.

»Na ja, aber eins ist klar«, entgegnete ich schließlich. »Du wirst jedenfalls nie eine Charakterdarstellerin – *du hast nämlich keinen*. Ich weiß nicht, was mein Mann in dir sieht.«

»Er wird's noch regelmäßiger sehen, Schätzchen, wenn du nicht allmählich mitspielst.«

Seltsamerweise begannen mir Hugo und seine Liaison mit dieser Frau Leid zu tun. Wenn man in Britneys Vaginalzone eintrat, konnte es sein, dass man einfach verschwand, auf Nimmerwiedersehen verschollen war. Sie war das Bermuda-Schamdreieck.

Während Britney aus meiner Toilettenkabine trippelte und nur inne hielt, um eine Schicht magentarotes Lipgloss auf ihren Lippen nachzuziehen, versuchte ich mich am Toilettenbecken festzuhalten. Wenige Augenblicke später, als ich Hals über Kopf den Flur entlangsauste, wurde mir klar, dass der einzige Unterschied zwischen einer Hollywoodschauspielerin und einem Piranha das Silikon-Implantat ist.

19.

Lange Fädchen für blonde Mädchen

In der Harley Street gibt es keine Schwerkraft. Die Haut sackt aufwärts. Wissen Sie, wie die das machen mit ihrer Schönheitschirurgie? Also im Grunde genommen wird alles nur nach oben gezogen: der Knöchel wird zum Knie, das Knie zum Bauchnabel, die Klitoris zum Kinn. Eine Frau, die sich einer Schönheitsoperation unterzogen hat, erkennt man sofort daran, dass sie sich ein bisschen zu heftig am Unterkiefer kratzt.

Ich fand meine Schwester im vierten Stock, umgeben von der Film-Crew, ausgestreckt auf einer Krankenhausbahre, in weißem Operationshemd und Duschhaube, zur Probe für den »Vorher«-Teil des Videospots. Über sie beugte sich der neue Potentat der plastischen Chirurgie, Hugo Frazer, der ihr gekonnt Gesicht und Hals mit einem schwarzen Filzstift markierte, wie ein Modedesigner einen Zuschnitt zeichnet. Nelke im Knopfloch, Fliege, schwarzes Jackett, Nadelstreifenhosen. Wirklich, man sollte dem Mann wegen schwerer Geschmacksverirrung, besser gesagt wegen Nachahmung eines Quacksalbers, die Lizenz entziehen.

Hugo rang sich ein trotziges Lächeln ab. »Ja, also ... was hältst du von der Klinik?«

»Na ja ... sie ist ...«, ihn so in flagranti zu erwischen verschlug mir momentan die Sprache, »... sauber, nicht wahr?«, sagte ich und bewies wieder einmal, wie wenig mir in architektonischen Dingen entgeht.

Hugo bewegte sich mit kühler Effizienz um Victorias Lager herum und nahm ihren Puls.

»Mein Gott, deine lange medizinische Ausbildung, das ganze Fachwissen, und du machst hier nichts anderes als überschüssiges Fleisch an den Rückseiten hirnloser Köpfe festzutackern. Vick, anstatt dir Teile deines Körpers abschneiden zu lassen, wieso fügst du nicht einfach ein bisschen was hinzu?«, schlug ich vor, in dem verzweifelten Versuch, ihr das Surreale der Situation vor Augen zu führen. »Eine zweite Nase, für den Fall, dass du in der ersten eine Nebenhöhlenentzündung bekommst? Eine Ersatz-Vagina für die Zeit nach dem Kinderkriegen? Warum lässt du dir nicht Klettverschlüsse an deine Körperteile anbringen, damit du sie entfernen oder wieder dransetzen kannst, je nach Mode?«

»Hör auf, Lizzie. Kamera ab!« Befahl meine Schwester, zur Film-Crew gewandt. »Ich lass mir doch nur diese kleinen Furchen und Mulden mit ein wenig Restylane und Hylaform auffüllen.« Sie fuhr mit den Fingern über ihr wunderschönes Gesicht. »Und ein Kinn-Implantat ... mein Kinn flieht zu weit nach hinten. Es sollte mit meiner Oberlippe eine Linie bilden.« Der Kameramann holte sie in einer Nahaufnahme heran. »Sie machen einen Einschnitt an der unteren Zahnreihe, sägen den Kiefer auf, rücken das Kinn dann weiter vor und klammern es fest. Also kann ich gleichzeitig auch ein paar Wangen-Implantate machen lassen, damit sie höher liegen.«

»Das ist alles?«, fragte ich mit gespieltem Gleichmut. »Oder gibt's sonst noch irgendeine Kleinigkeit?«

»Na ja, wo ich schon unter Narkose bin, kann ich auch gleich eine Fettabsaugung am Bauch vornehmen lassen.« Sie klatschte ihr straffes Bäuchlein. »Um ein wenig von diesem bestialischen Fett loszuwerden.«

Bestialisch? Es klang, als benötige sie eine Peitsche, um es zu zähmen. Einen Bauchring-Bändiger. Hugo würde umgehend dafür sorgen, dass dieses Fett durch Reifen sprang und Männchen machte.

»Es tut ein bisschen weh, wegen des Drucks auf die Muskeln«, sagte sie in die Kamera. »Aber ökonomisch ist es allemal, weil ich das unerwünschte Fett einfrieren lassen und mir später einmal in die Wangen spritzen lassen kann. Das ist alles so schonend wie möglich.«

Ich starrte sie niedergeschlagen an. Wenigstens wusste ich jetzt, dass Blondinen *durchaus nicht immer* mehr Spaß haben.

»Herrje, wenn das schonend sein soll, dann möchte ich nicht die aggressive Variante sehen. Bald wird nur noch ein Prozent überhaupt von dir sein. Das eine oder andere Schamhaar und der übrig gebliebene Augapfel. Ansonsten bist du Silikon von den Titten bis zu den Zehennägeln.«

»Sven hat angedeutet, dass es vielleicht an der Zeit sei für einen kleinen Umbau.«

Sie glauben gar nicht, wie sehr ich mich nach einer halbautomatischen oder kleineren atomaren Waffe sehnte, um die ganze Ekel erregende Klinik der Langlebigkeit in die Luft zu jagen.

»Sven benutzt dich doch nur, um an Marrakesch heranzukommen. Britney hat es zugegeben.«

»Natürlich behauptet sie das. Sie ist eifersüchtig auf mich.«

»Er hat Marrakesch überredet, ihre Eizellen zu verkaufen. Designer-Gene. Wusstest du davon, Hugo?« Ich wich ihm aus, als er abermals das Bett umrundete.

Mein Gatte zuckte gebieterisch die Schultern. »Es ist eine prominentenbesessene Welt, Elisabeth. Wenn wir dabei behilflich sein können, schöne Kinder zu reproduzieren und ihnen somit einen enormen Vorsprung in der Gesellschaft ermöglichen, warum sollte ich mich deswegen schuldig fühlen?«

»Weil es unethisch ist, Doktor *Mengele*.«

»Es ist Darwins natürliche Auslese in Reinform. Wer am höchsten bietet, bekommt Jugend und Schönheit.« Die Schwestern und PR-Leute lauschten ernst und höflich seinen Worten und nickten respektvoll. »Die Leute wollen Schönheit sehen. Stell nur an einem beliebigen Abend den Fernseher an und überzeug dich selbst.«

Wenn er mich verletzen wollte, war es ihm geglückt. »Ich *weiß*«, sagte ich bitter.

Hugo klopfte auf seine Armbanduhr. »Nun, wenn Sie mich jetzt bitte entschuldigen würden, ich werde im Operationssaal erwartet.« Er drehte sich um und schritt eilig den Korridor entlang.

Ich rannte ihm nach. Als ich mit Hugo am Zierbrunnen vor den Fahrstühlen allein war, zerrte ich ihn am Ärmel und schaute ihn beschwörend an. »Hast du jeden Respekt vor dir verloren?«

»Elisabeth, zum ersten Mal *genieße* ich tatsächlich Respekt. Zum ersten Mal erhalte ich die chirurgische Unterstützung, die ich brauche. Zum ersten Mal wird man mich angemessen für meine Arbeit bezahlen. Hör auf, so viel von mir zu erwarten, Lizzie.«

»So viel? Es ist ja nicht, als würde ich dich bitten, einen Drachen zu töten oder ein Schwert aus einem Stein zu ziehen. Ich bitte dich doch nur, deinen Ruf nicht wegzuwerfen.« Es hatte denselben abschreckenden Effekt wie ein Hungerstreikender auf einen Panzer am Platz des Himmlischen Friedens. »Ohne dich sind sie gar nichts«, beharrte ich. »Nur eine Cowboy-Klinik. Ist dir jemals in den Sinn gekommen, dass Britney dich bloß angemacht hat, um dich für den Job zu ködern?«

Sein Stethoskop, fiel mir auf, war um seinen Hals gewunden wie eine Schlinge. Aber als sich mein Mann verächtlich auf dem Absatz umdrehte und von dannen schritt, um sich in Vorbereitung seiner OP die Hände zu waschen, wurde mir klar, dass ich diejenige war, die hier baumelte – am Galgen der Trostlosigkeit.

Halb betäubt wankte ich in Richtung Feuertreppe, und die kalte Klinge der Wahrheit fuhr in mich hinein: Mein Mann liebte mich nicht mehr. Das war so offensichtlich wie eine Nasenoperation vor 1990.

20.

Stressed to kill

Denk negativ, und du hast nichts zu verlieren. Das war mein guter Vorsatz für das neue Jahr. Ich hatte ihn mit einwöchiger Verspätung gefasst, als ich mutterseelenallein und weinend im Badezimmer saß und die Kinder in meinem Bett eingeschlafen waren, während sich beim hohlen Echo unseres leeren Hauses mein Herz zusammenkrampfte. Hugo arbeitete jetzt nur noch. Er führte so viele Operationen durch, dass man sich in seiner Klinik wahrscheinlich vorkam wie bei McMops, dem Doppelwhopper Drive-in.

Was war aus dem zärtlichen, sinnlichen Mann geworden, den ich einst geheiratet hatte? Das Äußerste, was mir derzeit an Sex geboten wurde, waren die kumpelhaften Leibesvisitationen von Sicherheitsbeamten der Fernsehstationen, die ich anlässlich meiner Vorstellungsgespräche aufsuchte. Meine sexuelle Lieblingsfantasie war ein – *Partner*. Ich war so einsam, dass ich mit der sexuellen Belästigung meiner selbst begonnen hatte. Mit Hugos Persönlichkeitsveränderung hatte ich meinen Leitstern verloren, und damit auch das Gefühl meiner Unverletzlichkeit. Ich fühlte mich in meiner Minderwertigkeit gefangen und von der schlichten, nackten Angst verfolgt, dass ich drauf und dran war, mein Familienleben zu verwirken. Die Liebe meines Mannes klang einfach aus, wie das Ende eines Popsongs im Radio.

Ich verlor die Beherrschung gegenüber den Kindern. »Ich möchte, dass ihr in fünf Minuten zum Frühstück runterkommt, aber auf jeden Fall bevor eure Mutter in eine geschlossene Anstalt eingeliefert wird.«

Ich verlor die Beherrschung gegenüber meinem Mann, an den seltenen Abenden, wenn Hugo tatsächlich einmal zum Abendessen auftauchte. »Wir werden eine glückliche zusammengeschweißte Kleinfamilie sein, und wenn ich euch alle an diesem verdammten Tisch festlöten muss.«

Nicht, dass meine Fähigkeiten als Hausfrau das Nachhausekommen lohnten. Ich hatte die Neigung, Backbleche einfach einzuweichen, anstatt sie zu schrubben. Ich ließ sie bis zu zwei Wochen mit Wasser gefüllt stehen. Jeden Biskuitkuchen, den ich buk, musste man mit Zahnstochern rekonstruieren. Tatsächlich waren die Kinder oft sich selbst überlassen, um nach Essen zu stöbern, während ich wie ein aufgescheuchtes Huhn bei Harvey Nichols Leopardenfell-Hotpants kaufte, für die ich viel zu alt war. Meine Aussichten auf eine Anstellung waren gleichermaßen düster. Ich stand in der engeren Wahl für ein paar Moderatorenjobs, aber wenn man nicht gerade Countrysänger ist, ist Heulen beim Saufen dem Image nicht gerade förderlich. Mein Dauerrezept für Prozac war in der Kurzwahl von Hugos Sekretärin gespeichert. Zusammen mit Alkohol eingenommen, beruhigte es meine angespannten Nerven, aber dann lähmte mich die Langeweile. Ich war die Monarchin des Ennui – darf ich vorstellen: *Ennui die Achte.*

Ich versuchte, mir bei meiner Schwester emotionale Unterstützung zu holen, aber sie war zu sehr mit ihrer Genesung beschäftigt. Victoria besaß nunmehr einen Körper, der besser konserviert war als der von Lenin. Ihr grell-lila Hals und die schimmeligen Regenbögen ihrer Augen verliehen ihr den Liebreiz von Frankensteins Braut. Als ich sie zum ersten Mal ohne Verband sah und sie mir ein Gesicht wie gut durchwalkte Knete offenbarte, fiel mir die Kinnlade auf die Brust. »Sag mal, sind bei dem Unfall noch andere verletzt worden?«

»Also, was meinst du?«, fragte sie und neigte sich zu mir. Ihre Augen schienen an beiden Seiten des Kopfes zu sitzen, wie bei einer Fliege. Sie schien außerdem permanent erstaunt zu sein. Alles in allem konnte man sagen, das Facelifting hatte meiner Schwester das Aussehen eines Insekts verliehen, das gerade einen sehr großen Schwanz gesehen hat.

»Was seh ich da eigentlich genau?«, fragte ein völlig entgeisterter Cal, der Earl Grey trinkend in meiner Küchentür lehnte.

»Marrakeschs Studiengebühren. Sind alle in ihr bescheuertes Gesicht geflossen«, erklärte ich, auf Victorias gerafftes Kinn und gemeißelte Wangen deutend.

Ich versuchte, mir Trost bei Cal zu holen, aber auch er hatte sich verändert. Er hatte sein Studium abgebrochen und arbeitete wieder auf dem Bau. Es war Nihilismus nach Zahlen.

»Körperliche Arbeit?« Ich rümpfte die Nase, als er es mir erzählte.

»Ja. Stell dir vor«, sagte er schnodderig, »bald wird diese Insel in der Ägäis mir gehören!«

An einem frostigen Wintermorgen ertappte ich ihn hinten bei mir im Garten, wie er gerade drauf und dran war, seinen Roman zu grillen. Ich galoppierte im Pyjama über den Gartenweg und schlug ihm das Streichholz aus der Hand. »Calim! Wag es ja nicht! Okay, als du angefangen hast zu schreiben, warst du miserabel! Aber jetzt bist du schon viel miserabler geworden!« Ich wagte ein Lächeln.

»Lizzie, ich habe die Schriftstellerei zu neuen Abgründen erhoben.«

»Das ist nicht wahr! Dein Roman ist ausgezeichnet ... du musst nur noch ein paar tausend Seiten gründlich überarbeiten. Du bist der beste Autor der Welt – jetzt wo Tolstoi ins Gras gebissen hat.«

»Du lebst in einer Traumwelt.«

»Ich lebe nicht in einer Traumwelt. Wenn ich in einer Traumwelt lebte, würde ich keine Blasenentzündung kriegen ... Und mein wunderbarer Mann, mein geliebter Hugo, würde mich nicht verlassen«, schudderte ich.

»Du hast ihn auf einen Sockel gehoben, Lizzie. Ein Mann sollte nur auf einem Sockel stehen, wenn er zu klein ist, um eine Glühbirne einzuschrauben.«

»Dann hat die Frau, die du liebst, dich offensichtlich unter den Teppich gekehrt. Hugo hat mir versichert, dass er mich nicht betrügt, und ...«

»Und du mit deinem durchlöcherten Hirn glaubst ihm auch noch. Mir war gar nicht klar, dass du so fest entschlossen bist, ein Loser zu werden, Lizzie. Das ist *mein* Job.«

»Ich werde ihn nicht verlieren. Ich werde es nicht zulassen. Es wäre den Kindern gegenüber nicht fair.«

»Wer hat behauptet, dass das Leben fair ist? War das fair, als sie dich gefeuert haben? Ist es fair, dass dein Mann irgendwo eine Schauspielerin vögelt? Ist es fair, dass die Frau, die ich mehr als mein Leben bewundere, mich nicht liebt?«

Mein bester Freund hatte eine Karte für eine einfache Fahrt im Disorient-Express gelöst, und es war alles meine Schuld. Wenn ich nicht gewesen wäre, hätte er sich nicht bis über beide Ohren in meine oberflächliche Schwester verliebt.

Er zündete ein neues Streichholz an.

»Hör mir mal zu, Calim Keane, ich kenne dich besser als jeder andere. Ich kenne dich mindestens seit der Altsteinzeit. Du bist kein seichter, zynischer Mensch. Mach das nicht.«

Er hielt inne. »Hhm. Du sagst ›seicht‹, als wäre das was Negatives. Und was ›zynisch‹ betrifft, also du gehst herum und tust, als wärst du glücklich verheiratet ... verbringst aber deine Zeit damit, hinter deinem Mann herzujammern. Du solltest dir einfach noch ein bisschen mehr Salz besorgen, das du in die Wunde streuen kannst, findest du nicht, Lizzie?«

»Entschuldige mal. Ich bin nicht diejenige, die ihre Brücken niederbrennt, bevor sie überhaupt davor steht. Ich möchte ja nicht voreingenommen erscheinen, aber die Arbeit zweier Jahre zerstören? Das ist Ekel erregend, das ist krank und falsch!«

»*Und jetzt gehst du schön auf dein Zimmer und denkst darüber nach, was du getan hast!*«, sagte Cal, meine Stimme nachahmend, bevor er ein brennendes Streichholz auf den Stapel mit Kaffeeflecken übersäter Manuskriptseiten warf.

»Ich bin ziemlich sicher, dass du deine vor Produktivität nur so strotzende Fantasie besser einsetzen könntest, als nach meiner Schwester zu lüstern. Sie ist ein lebendes Beispiel künstlicher Intelligenz – Gehirn von Barbie geborgt.« Cal schaute mich über die lodernden Flammen hinweg überrascht an. »O ja, ich weiß schon seit Ewigkeiten, was du für Victoria empfindest.«

»Tatsache?«

»Ja. Und ich hoffe für euch, dass ihr zueinander findet, weil ihr euch nämlich wirklich vedient habt, weißt du? Du hast genauso viel Scheiße im Kopf wie sie!«

»Ach ja? Dabei hab ich ganz den Eindruck, als würdest *du* mit einer Lüge leben.«

Ein riesiger, Grand-Canyon-großer Abgrund tat sich mitten in unserer Freundschaft auf. Wir standen auf gegenüberliegenden Seiten und starrten in die dunkle Schlucht.

Nur um dem Paranoia-Fass die Krone aufzusetzen, fand ich zu dem Zeitpunkt ein knappes Spitzenunterhöschen am Fußende unseres Bettes. *Getragenes* knappes Spitzenunterhöschen – schrittfrei.

Trotz der sich auftürmenden Beweise (im wahrsten Sinne des Wortes), versprach mir Hugo hoch und heilig, dass er mit der Siegerin der Slip Open nichts hatte. Ich blieb ruhig. Ich schnüffelte ihm nicht nach, ich spionierte ihm nicht hinterher ... Dass ich einen Krankenwagen über Handy rufen musste, um meine Gesichtshaut von meinem Autofenster zu lösen, wo sie während einer mitternächtlichen Überwachung von Britneys Wohnung in Holland Park festgefroren war, hatte praktisch nichts damit zu tun. Aber eine noch eisigere Panik hatte sich meiner bemächtigt, dass ich meinen Mann tatsächlich verlieren könnte. Es war ein Liebes-Notruf gewesen.

Wenn ich ihn nur aus ihren Klauen befreien konnte ... Auf Zeit zu spielen schien die beste Lösung zu sein, weil er sie doch irgendwann über haben musste. Wie bei der Schlüsselloch-Chirurgie würde ich die Operation filigran ausführen, und aus der Distanz. Ich probte meine Ansprache im Spiegel. »Es steht so viel auf dem Spiel, Hugo. Das Mindeste, was du versuchen könntest, ist, unserer Ehe noch eine letzte Chance zu geben.« Oder: »Perspektiven machen im Laufe der Zeit dramatische Veränderungen durch. Was dir heute als ein unüberbrückbares Hindernis vorkommt, schrumpft mit ein wenig zeitlichem Abstand zu einer lächerlichen Lappalie zusammen.« Mir kam die Idee, dass ich für diesen Abstand vielleicht wirklich sorgen sollte – am besten so in der Größenordnung von zweitausend Kilometern.

»Ferien sind wie Männer – nie lang genug«, seufzte meine Schwester, als ich sie bat, eine Woche auf die Kinder aufzupassen. »Hey – kann ich nicht mitkommen? Ich brauche einen Ort, an dem ich mich von meiner Fettabsaugung erholen kann. Irgendwo, wo Sven mich nicht sieht. Er hat mich schon wochenlang nicht mehr angerufen. Ich bin verzweifelt, Schatz. Ich muss einfach attraktiver für ihn werden. Guck mal.« Sie riss ihren Armani-Rock hoch und drehte mir eine gemeißelte Pobacke zu. »Nach dieser Pobacke ist mir das Geld ausgegangen. Ich muss erst für die andere Seite sparen.«

»Mein Gott, Victoria. Fettabsaugen ist dermaßen gefährlich! Was ist, wenn sie dabei aus Versehen irgendwelche lebenswichtigen inneren Organe mitgehen lassen? Eine Leber oder Niere oder so.«

»Du solltest es ruhig auch mal probieren, Süße«, sagte sie von oben herab.

»Nun ja ... alles an meinem Körper scheint aber irgendeine spezifische Funktion zu haben, weißt du?«, sagte ich aufgebracht. »Ich wüsste nicht, dass da irgendwelche Ersatzteile herumliegen. Und was willst du mit all dem Fett anfangen, das sie dir da abgesaugt haben? Vielleicht könntest du daraus eine kleine Statue von Sven meißeln lassen? Vielleicht ist das die Erklärung für *The Blob*! Das ist abgesaugtes, frei herumlaufendes Fett!«

»Ich finde das nicht komisch, Elisabeth. Ich habe meinen einzigen Aktivposten verloren – mein Aussehen. Früher ging ich mit Männern. Heute gehe ich nur noch auseinander. Wenn Sven mich nicht heiratet, wird meine Postanschrift bald irgendein Haushaltsgerät-Karton sein«, jammerte sie Mitleid heischend.

»Du kommst nicht mit, Victoria. Und das ist mein letztes Wort.«

»Aber ich habe Geburtstag«, bettelte sie.

»Ich weiß. Wie alt wirst du heute nicht?«

Sie machte das Buch auf, das ich ihr geschenkt hatte, *Das Bildnis des Dorian Gray*.

»Okay, dein Mann verlässt dich«, wetzte sie ihr Messer, *»aber was mach ich jetzt bloß mit meiner Vagina*? Ich glaube, dass sie sich von all dem Fettabsaugen zur Seite bewegt!«

»Dann bist du wirklich Svens kleiner Seitensprung«, lachte ich halbherzig, aber das Lachen verwandelte sich in Tränen. An diesem Morgen war mir aufgefallen, dass Hugos Mitesser frisch ausgedrückt waren. Auf seinem *Rücken*.

Ich hatte Hugo erklärt, dass wir ein bisschen Zeit füreinander brauchten, um unsere Ehe wieder flottzumachen. »Lass uns irgendwo hinfahren und Hautkrebs kriegen!« Ich tätschelte das herzförmige Medaillon, in dem ich die Fotos der Kinder aufbewahrte – er hatte es mir zu unserem zehnten Hochzeitstag geschenkt –, in der Hoffnung, dass es ihn an unsere gemeinsame Geschichte erinnern würde.

In diesem Augenblick kamen Julia und Jamie ins Haus gepurzelt, von ihrem »Fengshui für Kleine« oder ihrer anatomisch korrekten Weckmann-Backgruppe – ich hatte den Überblick verloren, welche ihrer Hampstead-gerechten Nachmittagsaktivitäten an jenem Tag gerade an der Reihe war. Aber wie himmlisch war der Trost, als uns unsere Kinder umarmten und küssten, warm und nass wie Badewasser. Hugo lächelte und erklärte sich dann bereit zu buchen. Und ausnahmsweise wedelte die Vermassel-Fee mal nicht mit ihrem miesen kleinen Stab, denn er strich mir übers Haar und fügte die vier wunderbaren Worte hinzu: »Einen richtig romantischen Urlaub.«

»*Ein Mediziner-Kongress*? Romantischer geht's wohl nicht?« Ungläubig umklammerte ich das Ticket nach Antigua. Vielen Dank auch, Vermassel-Fee! Solange sie einen Stab hat, wird sie damit wedeln.

Wir standen in Heathrow in der Schlange hinter einem arabischen Mann mit üppigem Bartwuchs, der in seinem Handgepäck nach seinem Flugschein kramte, oder seiner Bombe. Die Check-in-Crew machte gerade eine dreistündige Brunchpause und unser Flugzeug sollte in fünfundzwanzig Minuten starten.

»Aber Lizzie, du weißt doch, dass ich spätestens zwei Stunden nach der Ankunft am Zielort wieder nach Hause fahren muss, weil ich die Anspannung nicht ertrage, mich entspannen zu müssen. Ich dachte, wenn ich jeden Tag ein bisschen arbeite, kann ich unseren Urlaub besser genießen.« Hugo strahlte.

»Ja, aber ich nicht.« Lauter besoffene Chirurgen im Empfangsbereich des Hotels, deren Namensschildernadeln in meinen Busen stachen, eine ganze Woche Unterhaltung mit Brustfronten, auf denen »unleserlich« oder »nicht zu entziffern« stand. Igitt.

Ich dachte, enttäuschter könnte ich nicht sein, bis wir das Flugzeug betraten und feststellten, dass Hugo in die Business Class hochgestuft worden war und ich nicht. Nein, ich nicht. Ich sollte die nächsten acht Stunden eingezwängt zwischen einem Typen sitzen, der als Handgepäck einen Rasenmäher dabei hatte und ihn nicht ganz in das Fach über den Sitzen hineinbekam, weil sein Mini-Jetski schon da oben drinlag, was bedeutete, dass er die ganze Zeit mit einem mittelgroßen Gartengerät auf dem Schoß fliegen würde. Auf meiner anderen Seite saß ein Mann, der sich als Glen vorstellte, »von der Margarinen- und Brotaufstrichvereinigung. Wir bewegen sechsundzwanzig Prozent in der Gelbfettindustrie. Immer schön dick auftragen ...«, er zwinkerte mir zu.

Das war der Moment, als meine Schwester an mir vorbeirauschte.

»Verdammt noch mal! Steig sofort aus diesem Flugzeug! Du solltest doch auf meine Kinder aufpassen!«

»Du weißt doch, dass ich gegen Kinder allergisch bin. Filze ich dich nicht jedes Mal, wenn du bei mir ankommst, auf Fingerabdrücke oder Fotos?« Sie schauderte. »Cal ist bei ihnen. Sie sind im Garten und üben in diesem Moment ihre grobmotorischen Fähigkeiten, mein Liebling«, sagte sie, wedelte mir mit ihren juwelenbesetzten Fingern ein Auf Wiedersehen zu, während ihre ungleichen Pobacken, die streichholzdünnen Beine und ihre quer liegende Vagina den Gang hinunter entschwanden. Die Dinge entpuppten sich wahrhaftig als romantisch – ungefähr so romantisch wie Herpes unter dem Mistelzweig. Aber wenigstens hatte ich Hugo Britney Amore entrissen.

Die beste Zeit, Urlaub zu machen, war wahrscheinlich um 1922. Kein Club Med, kein Massentourismus, keine auslaufenden Öltanker, kein Karaoke, keine Jetskier, keine Partner-Genitaltangas, keine Ferienhausanlagen, keine Animateure, kein Strandgut und Jetset und keine Mediziner-Kongresse.

Das Hotel bestand aus einer Kette haariger Hütten. Sie waren kreisförmig um eine große reetgedeckte Cabaña angeordnet, die die Bar, das Restaurant und den Tanzboden beherbergte. Hinter den Hängematten, die lässig zwischen

Palmen baumelten, lag die Lagune, ein türkisblaues Meer, das in der Ferne halbmondförmig von schaumigen Wellenbrechern am Korallenriff eingerahmt wurde. Wäre es noch perfekter gewesen, hätte es eine Coca-Cola-Reklame sein können.

Der Blick wurde nur durch die Schönheitschirurgen verschandelt. Die meisten von ihnen gehörten zur Kategorie der komischen Shorts-Träger. Sie waren übertrainierte Sarg-Verächter in schleimgelber, fitnessorientierter Kleidung, mit ausgemergelten Körpern und eingefallenen Gesichtern, die versuchten, ihr Leben mit Klistieren und Sonnenschein zu verlängern. Ihre Ehefrauen hatten sich offensichtlich einem Übermaß an plastischer Chirurgie unterzogen, was ihre schmerzverzerrten, verkniffenen und ausdruckslosen Gesichter erklärte – als würden sie an einer geheimnisvollen Blasenschwäche leiden. Aus all ihren Poren troff die gelangweilte Botschaft: Ich war da und hab's gekauft.

Wir drei stiegen aus dem Taxi und sofort umgab uns eine Luft, die schwüler war als Jennifer Lopez. Es war ein Wetter, das einem vier bis fünf T-Shirts am Tag abverlangte. Als die Hitzewand über mir zusammenschlug, dachte ich, dass es im Meer wahrscheinlich trockener wäre. Aber die Hitze war nichts im Vergleich zu der Kernschmelze, die mich erfasste, als ich von meiner Begrüßungsbowle aufschaute und Britney Amore auf mich zusteuern sah, mit einer Jasminblüte in ihrem flammend orangenen Haar.

»Na Leute, was steht im Busch!«

21.

Wassersport und andere Seitensprünge

Die Ehemann reißende Raubkatze warf sich Hugo an den Hals, verlagerte ihr Gewicht auf einen Satz perfekt pedikürter Zehen und faltete ein gewachstes Bein flamingogleich hinter ihr vorwitzig gerundetes Hinterteil.

»Du wusstest, dass sie hier ist?«, fauchte ich Hugo an, nachdem mein Herzschlag wieder eingesetzt hatte.

»Nein. Ich wusste, dass Sven kommen wollte, um ein paar Kunden an Land zu ziehen ...«, murmelte er.

»Sven ist hier?« Da sie zum ersten Mal in ihrem Leben im direkten Sonnenlicht stand, stolperte meine Schwester durch die Gegend wie eine neugeborene Feldmaus. »O Gott! Bitte versteckt mich! O Gott!«

»Wird das nicht lustig?«, schmachtete Britney und kniff meinen Mann in den Hintern – ein subtiler Warnschuss von ihrer Seite, abgefeuert auf das Schiff unserer ehelichen Bande; die Konferenz war wichtig für das Ansehen der Klinik und ich sollte mich unterstehen, irgendwie Wellen zu machen.

»Und wie!«, entgegnete ich. Ungefähr so lustig wie ein singender Geburtstagsgruß von Buster Keaton persönlich. Mein Eheleben meldete ruhigen Seegang – es war etwa so unaufgewühlt wie der Niagarafall bei Windstärke zehn.

»W-wo ist Sven?«, fragte Victoria, versteckte ihren Hals

noch schildkrötenhafter in ihrem Kragen und lugte nervös über ihre Sonnengläser.

»Wahrscheinlich assistiert er gerade bei der Geburt seiner neuen Frau«, zischte ich ihr zu.

»Zieht euch um, Leute, und kommt dann zu unserem Strand rüber.« Britney zeigte die Richtung mit einer schnipsenden orangenen Klaue an. Ihr Lächeln wirkte aufgenäht wie eine Paillette. Und es war auch praktisch das Einzige, was sie trug, abgesehen von dem einen oder anderen Liter Bratöl.

Während wir darauf warteten, dass unsere Zimmer hergerichtet wurden, lag Britney in ihrem Leopardenfell-Bikini hingegossen in einem Liegestuhl. Sie räkelte ihre Luxusbeine, die etwa einen Kilometer von ihrer Hüfte entfernt in Goldsandaletten endeten. Während sie mit Hugo herumalberte, machten Victoria und ich einige vollkommen unnötige Abstecher zum Klo, um unterwegs ihren Brustumfang zu bestaunen.

»Sie hat sie wieder machen lassen, oder?«, flüsterte ich andächtig.

»Warte, lass mich noch einmal gucken ...«, antwortete Victoria und schlenderte hastig Richtung Toilette. »Herrgott noch mal. Sie könnte ihr Bikinioberteil als Schleuder für Marschflugkörper gegen den Irak benutzen!«, meldete sie sich dann zurück.

»Irak?«, brummte ich. »Diese Titten könnten ganze Meteoriten vom Kurs abbringen!«

Britney begab sich graziös in eine aufrechte Position, und ihr diamantenes Fußkettchen glitzerte in der Sonne. »Los jetzt, Leute! Gehen wir schwimmen!«

»Nein danke. Wir sind müde, nicht wahr?« Demonstrativ durchbohrte ich meinen Mann mit den Augen.

Britneys Blick fiel auf meinem Unterleib. »Natürlich bist du das, Schätzchen. Ich meine, in deinem Zustand ...«

Ich zog meinen Bauch so heftig ein, dass mein Hals dicker wurde.

Hugo räusperte sich. »Nun, ähm, eigentlich hatten wir nicht die Absicht, weitere Kinder zu haben.«

»Na, dann watschel mal zum Strand, Mädel, und werd endlich fit«, schalt sie mich.

Ganz klar, Britney Amore war bei der Geburt von Eva Braun getrennt worden. »Ich bin nicht übergewichtig, weißt du«, stammelte ich trotzig. »Ich meine, nicht für meine Körpergröße ...« Wieso besaß diese Frau eigentlich die Gabe, mich wie ein Mormonenältester klingen zu lassen? »Oder, Hugo?«

»Na ja, ein bisschen Fettabsaugen um die Rettungsringe herum wäre vielleicht gar keine schlechte Idee ...«

»Ich habe ja eine Diät gemacht, aber ich befinde mich gerade in der Remissionsphase«, sagte ich bissig – eine ziemlich Mae-West-mäßige Antwort, wenn man bedenkt, dass ich mitten in einer Herzattacke steckte. Natürlich hätte ich meinem Mann am liebsten eine »all inclusive« Reise in einem russischen U-Boot gebucht – da ich aber fest entschlossen war, ihn zurückzugewinnen, lächelte ich lediglich. Nun ja, es war weniger ein Lächeln als eine Operation am offenen Gesicht.

Während Hugo in seinem Koffer nach der Badehose kramte, flehte ich meine lichtscheue Schwester an, mich in ihrem Sonnenschutzanzug aus Asbest zu begleiten. »Ich kann nicht allein mit ihr zum Strand«, sagte ich schaudernd.

Victoria machte ein widerspenstiges Schmollmündchen. »Ich kann aber nicht zulassen, dass er mich so sieht! Hast du meine Taille gesehen? Wenn ich verdammt noch mal gewusst hätte, dass Sven hier ist, hätte ich vier Tage lang nur Wasser getrunken. Oder mir einfach eine der unteren Rippen entfernen lassen.«

Ich schaute meine grazile Schwester an und schüttelte fassunglos den Kopf. Offenbar befolgte sie *Die geheimen Diättipps von Karen Carpenter für eine superschlanke Figur.*

Eine von uns beiden war definitiv adoptiert worden.

Als ich den Hügel hinter Hugo und Britney Amore erklomm, versuchte ich den Dingen eine positive Seite abzugewinnen. Nacktbadestrände haben schließlich auch ihr Gutes. Erstens braucht man niemandem einen Drink zu spendieren – »Tut mir Leid, mein Geld steckt in meinen Jeans.« Auch ist unwahrscheinlich, daß Ihnen irgendjemand Ihre Vinyl-Sonnenliege klaut. Darüber hinaus entfällt das übliche Trauma, ob man nicht zu alt für einen Bikini ist.

Britney Amore schälte sich sofort aus ihrem G-String und entblößte einen Tupfer roten landschaftsgärtnerisch in Herzform geschorenen Schamhaars, eine durchgehende Bräune und eben diese pneumatischen Brüste. Als sie ein Anti-Moskito-Räucherstäbchen aufstellte, stürzten sich dermaßen viele männliche Kongressteilnehmer mit brennenden Feuerzeugen auf sie, dass die praktisch flambiert wurde.

»Komm schon, Junge.« Sven zog meinem Mann spielerisch die Shorts zu den Knien herunter. »Zier dich nicht.«

»Ach, *so* haben das also die Gefängniswärter bei dir gemacht!«, sagte ich, während ich krampfhaft meine Kleidung an meinen schwitzenden Leib presste.

Mit Todesverachtung versuchte ich meine Liebestöter abzuwerfen und gleichzeitig geschickt einen Bauchklatscher auf das Handtuch hinzulegen – was lediglich zu einer aufgeschrammten Nase, einer angebrochenen Rippe und einem bisschen Seetang in meiner Muschi führte. Die nächste Stunde war die reine Tortur. Ich lag im Sand und fantasierte davon, mir meine Sachen wieder anzuziehen. Dann wurde es richtig pervers und ich stellte mir vor, dass sich andere Leute auch wieder anzogen. Nach einer weiteren Stunde zischte ich meinem nackten Gatten zu: »Ähm, es ist neunzig Grad heiß. Wozu soll das hier gut sein? Müssen wir uns eigentlich an allen Körperteilen Verbrennungen dritten Grades holen?«

»Du bist nur sauer, weil Britney hier ist«, flüsterte er zurück. »Ich wusste nicht, dass sie auch kommt, Liebling. Ehrlich nicht.«

»Was kümmert die mich?«, heuchelte ich Gleichgültigkeit. »Der Anblick von Perfektion verbraucht sich auch mit der Zeit, weißt du.«

Wie aufs Stichwort drehte sich Britney auf ihrem Badelaken zu uns herum. »Also Leute, was wollen wir jetzt unternehmen?« Ihrer muskulösen Erscheinung nach zu urteilen, war Britney eine von der Sorte, die gern sagt: »Entschuldigt mich, ich will nur kurz sechshundert Meter Schmetterling hinter mich bringen, zwei Alpengipfel besteigen und mich wieder abseilen, um vor dem Mittagessen bei einem bisschen Dressurreiten und Formations-Fallschirmspringen zu entspannen«.

Meine einzige Regel in puncto Sport ist folgende: Tu nichts, was Wasser, Bälle, Schweiß oder das Verlassen des Bodens mit den Füßen beinhaltet. Meine bevorzugte Freizeitaktivität ist Lesen, das keine übermäßige Todesgefahr birgt. Und ich hätte es auch so gehalten, wäre da nicht Britneys folgende Bemerkung gewesen:

»Du hast tatsächlich diese Art Figur, die in Klamotten viel besser aussieht, nicht wahr, Schätzchen?«

Nun ja, eigentlich hatte ich für diesen Urlaub nichts weiter geplant als herumzugammeln, Schundliteratur zu lesen und mit meinem Mann zu schlafen. Aber wenn Hugo irgendetwas mit ihr unternahm, dann würde ich bei Gott dabei sein, und wenn ich dafür durch die Hölle gehen musste … oje, Momentchen mal, Wasser *ist* ja die Hölle.

»Sporttauchen? Na klar. Kann ich«, log ich, als Britney Schwimmflossen und Taucherbrillen verteilte. Eine bange Vorahnung ergriff mich. Hatte ich erwähnt, dass ich zu denen gehöre, die ohne Schwimmweste und Leuchtrakete nicht einmal in die Badewanne gehen? Ich finde, hätte Gott gewollt, dass wir im Ozean schwimmen, hätte er uns haisichere Metallkäfige an den Leib geschweißt. Ich meine, es muss doch einen Grund dafür geben, dass Fische nie wirklich entspannt aussehen – *weil nämlich immer ir-*

gendwas viel, viel Größeres darauf lauert, sie zu verschlingen.

»Ähm ... wie steht's mit Haien?«, erkundigte ich mich und versuchte, meinen Fuß taschenmessermäßig zusammenzuklappen und in eine Schwimmflosse zu zwängen.

Britney watete bereits rückwärts ins Meer. »Haie?«, sagte sie abfällig, die Taucherbrille kokett auf die leuchtenden Locken geschoben. »Es ist viel wahrscheinlicher, von einem Auto überfahren zu werden.«

»Ich bin schon mal von einem Auto überfahren worden!«, wimmerte ich ängstlich. »Ähm ... Hugo, lass uns die Sache noch mal überdenken ...«

Zu spät. Sein nackter Hintern türmte sich bereits über das schäumende Nass wie zwei Portionen Vanille-Eis in einer Zabaglione. Auf meiner Liste namens »Wie gewinne ich meinen Mann zurück« war der Punkt, ihn mit seiner Geliebten zum Nacktschnorcheln abziehen zu lassen, seltsamerweise nicht vermerkt. Jetzt konnte man ihn an ihrer Seite Wasser treten sehen.

Britney vollführte einen Salto und offenbarte einen Anblick, der von Rechts wegen nur einer Hebamme zustehen sollte. »Wir schwimmen zum Riff rüber. Wenn einer von euch Probleme kriegt, ist das hier das internationale Rettungszeichen.« Sie führte es vor, indem sie eine Hand in die balsamische Luft reckte. »Okay?« Und weg war sie.

»Das Riff?« Ich warf einen besorgten Blick auf eine weiße Borte über dem Wasser – irgendwo da hinten bei Kuba.

»Muss ich den ganzen Weg über meine Füße vom Boden nehmen?« Aber als ich mich mit meiner Frage Hugo zuwandte, war er ihr schon heiß auf den Fersen. Sven, der hart an seiner Bräune arbeitete, döste am Strand und bekam von alledem nichts mit.

Ich startete vorsichtig ins Wasser, flatterte mit den Armen wie eine emsige Windmühle und tastete mit einem Fuß vergeblich nach dem Grund des Ozeans. Dann fühlte ich, wie etwas meine Beine streifte. Horror krallte sich in meine

Gedärme. Während mein Blick verzweifelt das Wasser um mich herum absuchte, schnitt eine schwarze Flosse durch die Fluten, gemächlich wie ein Messer durch Butter. Ein Panikanfall auf dem Trockenen ist schon ungemütlich, aber im Wasser löst so etwas einen überraschend rapiden Verlust von Nonchalance aus. Wie eine geistesgestörte Pelikangattung tauchte ich auf und wieder ab. Wie lautete noch mal das Internationale Rettungszeichen für »Meine Schlagader ist geplatzt, weil ich gerade von einem Tigerhai gefressen werde?« Mittlerweile hatte ich eine Menge Wasser geschluckt. Als ich zum fünften Mal unterging, malte ich mir gerade aus, wie ich als beinlose Patientin auf der Intensivstation in halb komatösem Zustand dem Personal kodierte Bitten mit den Wimpern zublinzelte, mir die Spucke vom Kinn zu wischen oder den Fernsehkanal zu wechseln, als ich gegen etwas Festes stieß.

Es war in der Tat ein Hai. Nein, kein Tigerhai, sondern ein Leopardenhai. Nur weil sie ihren Leopardenfell-Bikini abgestreift hatte, war Britney nicht weniger fleischfressend geworden. Die athletische Aktrice wendete mich auf den Rücken, legte sich einen meiner Arme um den Hals und machte kräftige Bruststöße Richtung Sandbank. Das große grüne mürrische Maul des Meeres spuckte mich angewidert an Land.

»Ein Hai – ich habe gefühlt, wie ein ...«, versuchte ich Hugo zu erklären, dessen Augen Britney voller Bewunderung anstrahlten.

»Du warst unglaublich!«, lobte er sie.

»Hugo!«, stotterte ich erregt. »Ist es dir eigentlich egal, dass ich soeben fast von einem prähistorischen Raubtier gefressen wurde?«

»Wahrscheinlich nur ein völlig ungefährlicher Riff-Hai«, verharmloste Britney.

»Hey«, protestierte ich. »Kein Lebewesen kann von einer Seetang-Diät so groß werden.«

Was es nun mit diesem romatischen Urlaub mit meinem

Mann auf sich hatte, wollen Sie wissen? Ähnlich vergnüglich stellte ich mir ein Blind Date mit einem Kerl namens Lecter vor – Vorname *Hannibal*.

»Bist du sicher, dass du keine Angst kriegst?«, hänselte mich Britney und schnallte sich mit routinierter Gewandtheit in ihr Geschirr.

Tag zwei stand für mich ganz im Zeichen des Parasailing. So verzweifelt sehnte ich mich nach Hugos Anerkennung.

»Angst? Was gibt's denn da zu fürchten?«

Dass man in die obersten Stratosphären und die Flugbahn von Jumbojets katapultiert wird, zum Beispiel, unter völliger Missachtung der Gesetze von Schwerkraft, Physik und Logik ...« Selbstverständlich habe ich keine Angst«, sagte ich und betete, dass irgendwer die Nummer des Luftbrücken-Notfallservice dabei hatte. »Aber Hugo«, hektisch konsultierte ich das Kongress-Programm, »solltest du nicht gerade im Promenade Room ein Panel über Hylaform-Füllungen leiten?«

»Hyla – *was*?«, wollte Britney wissen.

»Das ist ein Protein, das die Lippen fülliger aussehen lässt«, erklärte Hugo. »Aus Hahnenkämmen gewonnen.«

Britney seufzte gelangweilt. Die Aufmerksamkeitsspanne dieser Frau war offensichtlich begrenzt. Oder sie hatte einfach nur das Gefühl, in ihrem Leben schon genug Schwellkörper im Mund gehabt zu haben. »Deine Frau will kneifen. Wieso kommst du dann nicht mit mir, Hughie?«

»Du wirkst tatsächlich ein bisschen nervös, Liz.«

»Nervös? Ich? Ach was. Möglicherweise hat sich gerade mal ein Nackenhärchen bei mir aufgerichtet«, log ich frech, als mich der Sportlehrer hinter Britney festschnallte, *»Hughie.«*

Wir flogen im hohen Bogen himmelwärts, während die Luft in atemberaubender Geschwindigkeit an uns vorbeibrauste. Als sich Mutter Erde wirbelnd von uns entfernte, mit einem Krümmungsfaktor von etwa einer Million, juchzte Britney vor Freude. Ich hingegen stellte überrascht fest, dass die Kernschmelze sogar in den eigenen Eingeweiden stattfinden kann.

Nachdem ich wieder an Deck war und irgendwann lange genug mit Schreien aufgehört hatte, dass der Kapitän zuversichtlich feststellte, ich würde wieder ohne fremde Hilfe atmen können, setzte ich meinen Mann davon in Kenntnis, dass ich nie wieder ohne Begleitung einer Menge Kerosin über die Karibik fliegen würde.

Als uns Britney am dritten Tag fragte, »Wie wär's mit einem bisschen Jetskiing?«, antwortete ich: »In welcher Hinsicht? Als Alternative zum Selbstmord?«

Meiner Theorie zufolge betreiben Leute nur Jetskiing, weil das Onanieren in der Öffentlichkeit nach wie vor verboten ist. Wir saßen beim Lunch mit Vertretern für Gore-Tex-Gesichtsimplantate auf dem Zwischengeschoss zusammen. Britney hatte zum Scherz ihr Namensschildchen mit dem von Hugo vertauscht. Was war das Mädel doch für eine Ulknudel!

Mein Namensschildchen war heruntergefallen und ich konnte mich nicht mehr erinnern, wer zum Teufel ich war.

Eine Stunde später hatte Britney unter großem Applaus meines Mannes zweimal die Bucht durchpflügt und Saltos, Männchen auf den Vorderrädern und doppelte Volten rückwärts vollführt. Danach war ich dran. Wie sehr hatte ich mir gewünscht, ihn stolz auf mich zu machen. Aber schon nach fünf Minuten veranlasste mich die Panik, in dieser vor Haien nur so wimmelnden Lagune zu kentern, in einer sitzenden Position zu verharren und verbissen die Lenkstange festzuklammern. Hugo konnte mich vom Sitz des Motorgefährts nur entfernen, indem er meine Finger einzeln löste. Enttäuscht schüttelte er den Kopf, trug mich dann horizontal unter dem Arm von dannen und deponierte mich auf einem Barhocker, wo ich, die Hände an die Barstange gekrampft, unauffällig auftauen konnte, was etwa zehn Stunden später geschehen war.

Schon der vierte Tag! Wie verging doch die Zeit im Flug, solange Miss Amore immer wieder mit neuem Freizeitspaß aufwartete, Windsurfen zum Beispiel! Ich war versucht vorzuschlagen, dass wir keine Zeit vergeuden und gleich im Vorfeld die Sanitäter rufen sollten. Aber ein gehässiges Rätsel, das Britney uns aufgab – »Warum fahren flachbrüstige Mädchen nie BMW? Weil es sie zu sehr an sie selbst erinnert: Brett mit Warzen!« –, bewirkte, dass ich schneller in meinem Neoprenanzug war, als Sie »Mundzu-Mund-Beatmung« sagen können.

Hugo richtete seine Videokamera auf Britney, die zu seiner Freude bald geschickt auf ihrem Surfbrett balancierte.

»Haben Sie schon mal Windsurfen gemacht?«, fragte mich der Sportlehrer, kurz bevor er mich bei einem orkanartigen Sturm aufs offene Meer hinaus vom Stapel laufen ließ.

»Nun, im Prinzip nicht, aber ich habe die Gebrauchsanweisung gelesen.«

Die Gebrauchsanweisung ließ mich an der Stelle hängen, wo sie vergessen hatte zu erwähnen, wie man die Richtung eines Surfbretts ändert, während man sich wie ein verschrecktes Gürteltier zu einer Kugel zusammengerollt hat. Eine halbe Stunde später wurde ich zwei Meilen seeeinwärts von der Wasserpolizei gerettet.

»Wohl froh, wieder da zu sein, was?«, schnurrte Britney, gemütlich in ihrer schönen trockenen Hängematte liegend, zwischen zwei Schluck Piña Colada.

»Nein. Ich tausche immer Zungenküsse mit dem Strand«, erwiderte ich. Da bemerkte ich, dass sie die Videokamera meines Mannes auf dem Schoß hielt. Sie hatte sich nicht damit zufrieden gegeben, meine unsägliche Demütigung mit eigenen Augen zu beobachten. Nein, es war ihr auch noch gelungen, sie für die Nachwelt festzuhalten.

Alles in allem surfe ich doch lieber im Internet.

Fünfter Tag. Victoria verschönerte sich im Beautysalon – sie war mehr oder weniger dort eingezogen – und Sven hielt heute seine programmatische Rede: »Vom Entgiften zum Liften: Altern in der Model-Industrie«, was nur Britney, Hugo und mich übrig ließ, wie üblich.

»Habt ihr Lust auf ein bisschen Wasserski?«, grinste Hugo mich beim Frühstück an. Der warme Wind spielte in seinem Haar und verlieh im eine Art frechen Heiligenschein. Seine sonnengebräunte Haut war jetzt karamellfarben; er sah noch mehr zum Anbeißen aus als je zuvor.

»Wasserski?« Ich widerstand der Versuchung, darauf hinzuweisen, dass Wasserski nichts anderes ist als die Kunst des Untergehens mit Brettern an den Füßen. »Toll!«, rief ich begeistert.

Britney und Hugo entpuppten sich selbstverständlich als Naturtalente. Sie filmten sich gegenseitig bei ihren waghalsigen Kunststückchen, auf Kilometern fantastischen Videomitschnitts.

»Na klar! Ich will auch mal!«, tönte ich vom Dock herüber, als das Motorboot gischtschäumend zum Halten kam. Aber leider bekam ich dann an Bord dermaßen Schiss, ins Wasser zu fallen, dass Hugo mir drohte, er würde einen Schweißbrenner benutzen, wenn ich nicht endlich aufhörte, mich an seinem Bein festzuklammern.

Am sechsten Tag bat mich Hugo schon gar nicht mehr, ihm und Britney beim Wassersport Gesellschaft zu leisten. Während der Tanzveranstaltung des Kongresses am selben Abend fegte er meine Hand von seiner Schulter, als würde er einen Fussel entfernen. Mein Gatte hatte jeden Respekt vor mir verloren. Was nicht gerade das größte Vorspiel aller Zeiten ist. Anschließend im Bett musste ich ein oder zwei Stunden an ihm lecken und saugen, bevor er meine Anstrengungen mit einem halbherzigen Cunnilingus erwiderte. Er war wie eine Kuh, die methodisch einen Ballen Heu durchkaut.

Danach fiel ich in einen tiefen, hoffnungslosen Schlaf. Später in der Nacht wurde ich von einer verschnupften Mücke geweckt, und als ich nach Hugo tastete, war die andere Hälfte des Bettes leer. Eine böse Vorahnung packte mich. In einer Sekunde war ich auf den Beinen. Als ich im anämischen Mondlicht vor unserer Hütte stand, beschloss ich intuitiv, in Richtung Pool zu gehen. Der Rasen fühlte sich unter meinen nassen Füßen klamm und glitschig an. Und dann hörte ich es: Gedämpfte Laute drangen aus einer der Hängematten zwischen den Palmen, die den Swimmingpool säumten. Voller Angst vor dem, was ich entdecken könnte, schlich ich mich auf Zehenspitzen heran.

Die beste Art, einen fremdgehenden Gatten zu erwischen, ist in flagranti. Viel wirkungsvoller als mit einem Detektiv oder einer Fotokopie seines Bankauszugs. Aber als ich mich der schaukelnden Hängematte immer mehr näherte, hatte ich das Gefühl, ähnlich in Gefahr zu schweben wie bei dem Hai, der mir in der Lagune zu nahe gekommen war. Allein durch die Erinnerung geriet ich in Panik, verlor plötzlich die Orientierung und stolperte. Mein Blick verschwamm – der einzige Teil an mir, der dazu in der Lage war, dachte ich noch, als ich mit dem Zeh gegen eine Sonnenliege stieß, laut fluchend auf einem Fuß herumhopste, in einen Sonnenschirm fiel, der mir nicht rechtzeitig ausgewichen war, und kopfüber in den Pool plumpste.

Wahrscheinlich verdanke ich mein Leben meiner Schwester, die mich aus dem unfreiwilligen Longdrink fischte. »Hast du mir nachspioniert?«, hustete und spuckte ich. »Ich meine, wieso bist du um diese Zeit wach?«, fragte ich, weil ich vorübergehend vergessen hatte, dass Models eine nachtaktive Spezies sind.

»Oh, ich habe nur ein bisschen an meiner Bräunung gearbeitet«, erwiderte sie kühl.

Rotäugig, und während mir der Rotz aus der Nase lief, betrachtete ich meine Retterin. Sie schien auch nicht gerade in Topform zu sein. Ihre Lippen waren fleckig vom Küssen, die Wimperntusche verschmiert, das Kleid zerknittert.

»Das warst du gerade mit dem Kotzbrocken in der Hängematte, stimmt's?«

»Meinst du, du könntest vielleicht irgendwann mal was Nettes über Sven sagen?«

»Ich weiß nicht – wie sagt man auf nette Art ›Brechreiz‹? Ich bin ja nur erleichtert, dass es nicht Hugo und diese penisverschleißende Strandschlampe waren.«

Als ich erschöpft ins Bett zurück sank, hatte sich Hugo gemütlich in ein Kissen gekuschelt. Er war Eis holen gegangen, erklärte er mir in aller Unschuld. Meiner Meinung nach hätte er einfach etwas von der Ummantelung seines Herzens abkratzen können. »Entspann dich doch, Lizzie. Schau aus dem Fenster, Schatz«, sagte er sanft und legte mir den Arm um die Schulter. »Das hier ist das Paradies.«

»Genau, das Paradies.« Oder möglicherweise Ruanda.

Am letzten Abend unserer »romantischen« Ferien bestand Britney Amore darauf, die während der Woche entstandenen Videoaufnahmen vorzuführen. So kam es, dass wir uns nach dem Abschiedsessen des Kongresses zu fünft in unserem Hüttchen wiederfanden – Britney, Sven, Victoria (so dicht wie möglich neben Sven, gleichzeitig direktes Lampenlicht vermeidend). Hugo und ich. Hugo lief auf Gastgebermodus und reichte Wodkas und Chips herum. Wir befanden uns mitten in einem ungemein unterhaltsamen Spektakel meiner sportlichen Unzulänglichkeiten im Vergleich zu Britneys athletischen Großtaten, als der Fernsehschirm zu flackern begann und das Bild verwackelte. Alle stöhnten auf, doch nach einer kurzen Unterbrechung offenbarte sich uns ein sich rhythmisch bewegendes Hinterteil in voller Größe. Zuerst dachten wir nur, Hugo habe sich irgendein Programm von Channel 5 überspielt. Dann guckte ich genauer hin. Irgendwas an dem Sofa kam mir bekannt vor. Es war *mein* Sofa in Hampstead. Dann bemerkte ich noch etwas Vertrautes: mein nackter Mann, auf meinem Sofa. Und noch etwas. Meine nackte Schwester war nun klar und deutlich zu sehen, auf meinem nackten Mann, auf meinem Sofa. Und mein Wohnzimmersofa war nicht gegen Feuchtigkeit imprägniert! Bis zu diesem Augenblick war mir nie in den Sinn gekommen, dass sich meine Schwester ein neues Gesicht zugelegt hatte, damit mein Mann darauf sitzen könnte! Im nächsten Sekundenbruchteil wurde mir so heiß, als würde gerade die Gestapo ein Geständnis aus mir herausholen wollen. Dann erstarrte ich und wurde kalt und hart wie Stein. Meine Augen waren nur noch Schlitze. Hugo, der gerade Wodka-Nachschub von der Bar geholt hatte, blieb wie angewurzelt in der Tür stehen, mit einem idiotischen Grinsen im Gesicht.

»Was ist da auf deinem Penis, Hugo?«, fragte ich. »Oh, guck mal! Das ist ja der Mund meiner Schwester! Lass mich raten«, wimmerte ich zu meiner Halbschwester hinüber, »ihr habt gerade dein neues Gesicht eingeweiht. Nichts weiter als ein kleiner Stapellauf.«

»Liz«, blökte Victoria, die aschfahl geworden war, »ich ... o Gott ... es ist ja nur ...«

Ihre Leiber auf dem Bildschirm wechselten in einer verwackelten Schnittfolge die Stellung, sodass jetzt die Hand meines Mannes deutlich zwischen Victorias Beinen zu erkennen war. Ich schnappte mir die Fernbedienung und hielt das Bild an. Die Erkenntnis ihres Betrugs war wie ein plötzlicher Fotoflash – ein Negativ, das sich auf die Innenseite meiner Augenlider legte und sich mir ins Hirn brannte.

»Ähm, würdest du mir abnehmen, dass ich ihre Temperatur gemessen habe?«

»Mit dem Finger? Ähm ... nein.«

Irgendetwas brach in diesem Augenblick in mir entzwei – Operation am offenen Herzen, eine klaffende Wunde. Ich hatte geglaubt, wir würden uns ein Urlaubsvideo anschauen. Aber das hier war ein Horrorfilm.

»Wir müssen reden«, murmelte Hugo und hechtete nach der Fernbedienung, dann wurde das Fernsehbild leer und schwarz.

»Na klar«, erwiderte ich in einer mir fremden, kieksig hohen Stimme, »jederzeit, wenn deine Zunge gerade mal nicht in der Möse meiner Schwester steckt.« Ich richtete das Wort an Sven und Britney. »Hättet ihr was dagegen zu gehen, da ich mich offenbar plötzlich mitten in einer griechischen Tragödie befinde?« In meinem Inneren jaulte, heulte, kreischte und winselte es zu einer Begleitmusik von aufgeschnittenen Handgelenken, aber nach außen verströmte ich krassen Sarkasmus.

Britney kicherte gehässig, als ich sie hinausschob. Die Tür zu unserem Zimmer schloss sich mit einem Klicken hinter ihren glucksenden Gestalten. Und dann wandten wir drei uns zu und starrten uns entsetzt an.

»Wenn du nicht der Vater meiner beiden Kinder und ein genialer Chirurg wärst, wärst du nichts als ein fremdgehendes Arschloch, weißt du das?«

»Hör mal«, intonierte mein Gatte in seiner überzeugendsten Diagnose-Stimme und fuhr sich mit den Händen durch sein dichtes Haar, »ich ... nun ... ich habe deiner Schwester bloß bei ein paar Intimfragen assistiert, und irgendwie ist die Sache ein bißchen aus dem Ruder gelaufen ...«

Aber mich interessierten seine kläglichen Rechtfertigungsversuche nicht im Geringsten. Stattdessen stellte ich meine Schwester zur Rede, die sich in der hintersten Couchecke in der Embryostellung zusammengerollt hatte.

»Es ist deine Schuld!«, schluchzte sie. »Du hast uns zusammengebracht. An dem Abend, als du Hugo überredet hast, mich nach dieser grauenhaften Dinnerparty nach Hause zu fahren. Du hattest uns gebeten, uns wieder zu vertragen! Da haben wir angefangen zu reden und –«

Ich rang nach Luft. »Und ich habe dir die ganze Zeit vorgeworfen, dich mit Britney herumzudrücken, während du dich die ganze Zeit mit meiner Schwester herumgedrückt hast?«

»Tut mir Leid, Lizzie«, stammelte er. »Ich habe die ganze Zeit an *dich* gedacht. Es ist eben so ... weil sie dir so ähnlich ist. Wie du, ohne die Kummerfalten und die Beinstoppeln ... einfach eine glamourösere Ausgabe von dir.«

Ich funkelte ihn wütend an. »Glamourös? Victoria? Du hast sie in eine verdammte Patchwork-Decke verwandelt! Du hast ihr Körperteile eingesetzt, die nicht zu denen passen, die du ihr *nicht* operiert hast! Ihre Arme sind mehr als vier Jahrzehnte alt und ihre Lippen erst zwei Wochen. Sie sitzt auf einer nagelneuen Pobacke, während die andere Hälfte ihres Hinterns zweiundvierzig ist.«

»Es ist einfach so ungerecht!«, flennte Victoria in dem Versuch, mir Leid zu tun. »Mit zwanzig sah ich jünger aus, als ich war. Und mit vierzig sehe ich älter aus, als ich bin.«

»Ach, du Ärmste, das ist ja mindestens so unfair wie ethnische Säuberung«, schrie ich sie an.

»Ich möchte nicht zu alt sein, um jung sterben zu können!«

»Na wunderbar, weil ich dich nämlich umbringen werde!« Ich machte einen Satz auf sie zu.

»Du weißt ja nicht, wie das ist!« Sie wehrte mich ab. »Ich werde langsam unsichtbar. Ich werde nach und nach aus dem Leben retouchiert – wie ein Exkumpel von Stalin.«

Meine Stimme bebte. »Du musstest dir nie Mühe geben, Victoria. Alles im Leben ist dir doch in den Schoß gefallen. Schon als wir Kinder waren, gab es eine zwei Jahre lange Warteliste für die Aufnahme in dein Adressbuch. Während ich kämpfen und mich abmühen und lateinische Herkunftswörter und Trigonometrie und Fremdsprachen lernen musste, damit man mich bemerkte, brauchtest du lediglich das beschissene Zimmer zu betreten.« Ich hatte meine Stimme wieder unter Kontrolle. »Man hat dir einfach alles auf einem Silbertablett serviert. Aber das genügte anscheinend nicht. Du musstest auch noch meinen Mann haben!« Meine Stimme flackerte wieder.

»Wach endlich auf, Elisabeth. *Du* bist doch diejenige, der alles in den Schoß gefallen ist. Du warst Mutters Liebling. Die Intellektuelle in der Familie. Selbst für einen Rorschachtest hast du doch die ganze Nacht gebüffelt! Und ja!

Ich war eifersüchtig auf dich und deine glückliche Ehe! Schon immer!« Sie spuckte dieses Geständnis aus wie eine Mottenkugel. »Außerdem habe ich auf diese Weise Schönheitsoperationen im Wert von fünfzehntausend Pfund umsonst gekriegt.«

Ich starrte sie fassungslos an. »Du hast kein Herz, Victoria. Wusstest du das? Wenn Hugo deinen Brustkorb röntgen würde, würde er nichts finden. Nur einen Brocken Lunge. Während all der Zeit, die du damit verbracht hast, dein Äußeres zu verändern, ist dein Inneres so geblieben, wie es war. Im Grunde bist du immer noch das hässliche, grausame kleine Mädchen, das du von jeher warst.«

»Na ja, dafür hast du die ganze Zeit damit verbracht, dein Inneres zu verändern – Bücher lesen, Diplome sammeln –, während du dein Äußeres vernachlässigt hast. Gib mir nicht die Schuld daran, dass du deinen Mann verloren hast!«, entgegnete Victoria und stampfte mit dem Fuß.

Meine Knie sackten weg. Ein rasender, tosender Schmerz fuhr durch mich hindurch wie eine Überschwemmung. Hugo ergriff meinen Arm und half mir, mich auf die Couch zu setzen.

Ich schaute verzweifelt zu meinem Mann auf. Manche Männer machten sich gern unwiderstehlich. Nun, Hugo machte sich gern un*aus*stehlich. Aber verdammt noch mal! Er war der Mann, den ich liebte. Ich weiß, was Sie jetzt denken. Warum war ich dermaßen scharf darauf, Mitglied im Ertrinkungs-Team der englischen Ehefrauen zu werden? Ich weiß es nicht. Vielleicht waren meine Sonnenkollektoren gen Mond gerichtet?

»Möchtest du, dass ich gehe?«, fragte mein Mann nüchtern.

»Hugo Frazer, wir haben eine liebende, glückliche Familie, in der jeder jeden stützt, und du ehebrecherisches, bescheuertes Stück Scheiße wirst das nicht vermasseln!«

»Hör mal, wir können das wieder hinkriegen«, sagte meine Schwester besänftigend.

»Chaos, Tragödie, Herzeleid.« Ich machte ihr die Tür auf. »Ich glaube, du hast fürs Erste genug hingekriegt.«

»Lizzie –«

»Halt die Klappe. Ich möchte dich im Leben nie wieder sehen.« Ich knallte ihr die Tür vor der Nase zu und brach auf der geblümten Bettcouch mitten im Paradies zusammen. Während ich noch schluchzte, wurde mir klar, dass ich etwas äußerst Wichtiges gelernt hatte: Es ist immer gut, seine Feinde zu lieben. Nur für den Fall, dass sich die eigenen Freunde und Verwandten als hinterhältige, fiese, miese und verlogene Ratten entpuppen.

22.

Sigmund Freud-Etage – Neurosen, Psychosen, Paranoide Schizophrenie, Wahnvorstellungen und Damenunterwäsche, bitte hier aussteigen

Um eine erfolgreiche Ehefrau sein zu können, brauchen Sie einen Abschluss in tierischer Verhaltensforschung. Fehlt Ihnen diese Ausbildung, können Sie die Affäre Ihres Mannes nur wegstecken, indem Sie schachtelweise Pralinen und literweise Wodka konsumieren und im nächsten verfügbaren Flugzeug nach London ins Koma fallen, eingepfercht im hinteren Teil der Kabine, gleich neben den Klos der Touristenklasse.

Als ich acht Stunden später wieder zu mir kam, ähnelte die Szenerie, die sich vor meinem Flugzeugfenster erstreckte, während wir über Heathrow kreisten, einer Bilderbuchseite aus *Wo ist Walter?*, nur dass ich mich wesentlich verlorener fühlte, als Walter es je war.

Gäbe es so etwas wie eine Topten des Selbsthasses für Ehefrauen, wäre der Anblick des eigenen Gatten zwischen den Schenkeln einer wesentlich hübscheren Frau mit riesigen Titten, die zufällig auch noch die eigene ältere Schwester ist, zweifellos die Nummer eins. Als Fußnote unten auf der Hitliste stünde dann: »Erwarten Sie Tränen, totale Verunsicherung und das Thematisieren von Brustimplantaten über die nächste Dekade.«

Bevor mein Mann eine Affäre begann, hatte ich mich nicht alt gefühlt. Dann kam es mir plötzlich vor, als wären sämtliche Garantien für meine inneren Organe gleichzeitig abgelaufen. Als ich die Gangway hinunter torkelte, zeigten sich bereits die ersten verräterischen Anzeichen leichter Umnachtung. In der Einwanderungsschlange bemerkte ich, dass mein Pass am 14. Februar ausgestellt worden war. Im Geiste entwarf ich einen Gruß zum Valentinstag für meinen Mann. *Hugo, bitte greif zum Skalpell, stoß es gegen die eigene Brust, und wühl so lange darin herum, bis der Tod eintritt. Alles Liebe, deine Frau Lizzie.* Als sich der Beamte mit der Prüfung meines Passes Zeit ließ, fuhr ich ihn an, er möge sich gefälligst beeilen. »Ich habe noch so viel zu erledigen – Kinder großzuziehen, Wäsche von der Reinigung abzuholen, Ehemänner zu töten …«

Ich malte mir aus, wie ich Hugos Gleitcreme gegen eine Tube Patex austauschte – das würde sitzen! –, aber in Wahrheit hatte ich keine Kraft zum Kämpfen. Als ich meinen klumprädrigen Gepäckwagen durch den Zoll bugsierte, fühlte ich mich so schal wie der Flugzeuggeruch, der mir in den Kleidern saß.

»Ich hab deine Nachricht erhalten«, sprach mir jemand ins Ohr. Cal pfiff durch die Zähne und schüttelte mitleidig den Kopf. »Hat dich eine Zigeunerin bei der Geburt mit einem Fluch belegt, Lizzie, oder was? Du musst ja völlig fertig gewesen sein.«

»Sagen wir's mal so, ein Sanitäter und ein Defibrilator wären nicht verkehrt gewesen. Wer passt auf die Kinder auf? Und wieso trägst du einen Schlips? Musst du dich wegen irgendwas vor Gericht verantworten?« Ich war immer noch sauer auf ihn. Ich war auf alle Männer sauer, verdammt noch mal. Ich war in der »Wenn du nichts Schlechtes über Männer sagen kannst, dann sag am Besten gar nichts«-Phase.

»Hhm … ich schätze mal, ›schön, dich zu sehen‹ ist die international anerkannte und gebotene Form der Begrüßung.« Er lächelte. »Die Kinder sind bei Marrakesch.« Er übernahm den widerspenstigen Wagen und bugsierte ihn durch die Drehtür hinaus in die arktische Luft. Nach Antigua war London kalt wie ein riesiges Kühlhaus. »Jetzt musst du ihn einfach zum Mond schießen«, riet Cal. »Das ist ja nur ein weiterer Beweis dafür, dass die Ehe den Weg der anderen archaischen Traditionen gehen sollte, wie beispielsweise das Menschenopfer – welches interessanterweise auch auf einem Altar dargebracht wird.«

»Calim, ich gebe diese Ehe nur auf, wenn man mich mit vorgehaltener Pistole dazu zwingt.«

»Dein Mann hat sich als Schwein, Natter und miese Ratte entpuppt. Wenn du so ein Tiernarr bist, solltest du irgendwo einen Naturpark einrichten und, was weiß ich, Lemminge züchten.«

»Wieso führt sich eigentlich jeder, den man kennt, wie ein wandelnder Eheberater auf? Und warum seid ihr alle so scharf darauf, euren Senf gerade bei mir dazuzugeben?«

»Er ist ein opportunistischer Lügner, der den Hals nicht vollkriegen kann. Abgesehen von diesen kleinen Schönheitsfehlern ist dein Gatte ein Traummann.«

»Er ist außerdem mein Ehemann!«, schrie ich ihn förmlich an, während wir über den abgeblätterten Zebrastreifen zu den Parkhaus-Fahrstühlen rumpelten, »also würdest du mir bitte gestatten, dass ich mir noch ein bisschen weiter in die Tasche lüge?«

Cal wich zurück. »Das ist ja nur mein moralischer Standpunkt. Aber hey, kein Stress. Wenn er dir nicht gefällt, habe ich noch 'ne Menge anderer auf Lager«, hänselte er und fischte sich eine Zigarette aus der Tasche.

»Sehen wir doch mal den Tatsachen ins Auge. Wer will schon eine neununddreißigdreivierteljährige geschiedene Arbeitslose mit zwei Kindern? Ich werde in irgendeinem Billigrestaurant als kleine Kellnerin verenden, weil ich an den Essensresten der Gäste ersticke, irgendwo in King's Cross, wo niemand Erste Hilfe kann.«

Cal schob einen Fünfpfundschein in den gierigen Schlund eines Parkautomaten. »Du bist als Frau mehr als in Ordnung, Lizzie,« sagte er ernst. »Ein Haufen Männer würde dich mit Kusshand nehmen.«

»Ja, klar.« Ich schleppte mich bleiernen Fußes hinter ihm her. »Mein Leben lang war ich die Nummer zwei hinter Victoria. Mein Leben lang musste ich ihre abgelegten Klamotten anziehen. Sie hatte alles schon durchgeschwitzt. Einschließlich meines Mannes, wie sich jetzt herausstellt!«

»Nicht verzagen, abgetragen«, kalauerte Cal in dem Versuch, mich aufzuheitern.

Ich warf mich in den VW und knallte die Tür zu, um die beißende Kälte auszusperren. »Das Schlimmste ist ja, dass sie Recht hatte. Wenn ich mich nur nicht hätte gehen lassen. Ich meine, schau mich doch an. Ich verroste. Ich verfalle.« Ich klopfte auf das Armaturenbrett. »Wenn ich ein Auto wäre, würdest du mich in Zahlung geben, oder eben noch die letzten drei erhaltenen Teile ausschlachten. Verdammt noch mal, du würdest mich auf den Schrott schmeißen. Blöderweise kostet der einzige Mechaniker, der mich reparieren könnte, tausend verdammte Dollar die Stunde.«

»Dich *reparieren*?« Cal schnitt hinter dem Steuerrad eine schmerzverzerrte Grimasse.

»Ja, beginnend mit den Brustimplantaten.«

Cals Hände lösten sich vom Lenkrad, als sei es siedend heiß. Er schaute mich derart eindringlich an, dass ich mich schon fragte, ob ich vergessen hatte, die Bord-Socken auszuziehen oder etwas in der Richtung.

»Lizzie, Implantate können dein Immunsystem auffressen. Sie verursachen neurologische Probleme und Gedächtnisschwund – woran du offensichtlich jetzt schon leidest, da du zu vergessen haben scheinst, dass du eine Feministin bist.«

»Hey, lauf *du* erst mal einen Tag in meinem Wonderbra herum, dann reden wir weiter.« Irritiert ließ ich den Sicherheitsgurt über meiner kümmerlichen Brust zuschnappen.

Cal sah mich misstrauisch an. »Das bist doch du, die da spricht, oder Lizzie?«

»Solange eine Frau hübsch ist, genügt das den meisten Männern. Verstand ist freigestellt.« Ich hämmerte vergeblich auf die Heizung. Trotz der klirrenden Kälte musste ich das Fenster herunterkurbeln, um ein bisschen Luft in den verqualmten Wagen zu lassen. »In manchen Sprachen, zum Beispiel im Deutschen, Ungarischen, Spanischen, in Suaheli und Zulu, steht ›schön‹ für ›gut‹. »Weshalb ich mir außerdem das Gesicht liften lassen werde«, sagte ich, den Sauerstoff in tiefen Zügen einatmend.

Als wir vom Parkplatz hinausfuhren, zerfurchten Sorgenfalten die Stirn meines besten Freundes. »Lizzie! Nein. Du bist eine schöne Frau – auf eine wunderbar natürliche Weise.«

»Calim, von einem bestimmten Alter an weiß eine Frau, dass ›natürlich‹ ein Euphemismus ist für ›alt und verhärmt und wird nicht mehr gevögelt‹.«

»Nein! Du bist toll, so wie du bist – mitsamt deiner ganzen Lebenserfahrung, die sich auf deinem fantastischen Gesicht zeigt. Lass die Leute ruhig zwischen den Falten lesen.« In einem gnadenlosen Gedränge schoben sich Autos zentimeterweise voran, als alle gleichzeitg dem Flughafengelände entfliehen wollten. »Was ist mit dem legendären *je ne sais quoi*?«

»Das ist französisch und heißt Krepphals und Krähenfüße.«

»Witz und Weisheit sind bei einer Frau genauso wichtig wie Schönheit. Sogar noch wichtiger. Schönheit kommt von innen.«

»Absolut. Aus einem Napf mit der Aufschrift ›Estée Lauder‹. Frauen sind so nah dran, wegen ihrer Persönlichkeit respektiert zu werden, wie es wahrscheinlich ist, dass eine Axtmörderin auf Kindergärtnerin umgeschult wird.«

Wir fädelten uns in ein Meer aus schwarzen Taxis, das Richtung London wogte.

»Also, wenn ich mal stellvertretend für uns Freunde und Verwandte sprechen darf, wir lieben dich so, wie du bist.

Und wenn du dir irgendwas rausnehmen lässt, dann wird uns was fehlen.«

»Das Gleiche gilt für dich, wenn sie dir einen Lungenflügel entfernen.« Ich nahm ihm die Zigarette aus dem Mund und drückte sie in einem Aschenbecher aus, der vor Kippen überquoll.

»Ich rauche nicht zu viel«, beharrte Cal und wühlte in seiner Tasche nach einem neuen Glimmstengel.

»Tust du wohl. Mitten im Rauchen hältst du inne, um eine Zigarettenpause einzulegen. Wieso bist du so nervös?«

»Stell dir mal vor: Wenn ich einen Luftröhrenschnitt machen ließe, könnte ich zwei Lullen gleichzeitig rauchen!«, sagte er und zündete sich eine weitere an. »Eins habe ich über das Leben gelernt, Lizzie. Keiner von uns kann ihm lebendig entkommen. Und Glück – na ja, das ist etwas Unverhofftes. Es ist die Zigarette, die man nicht rauchen sollte. Das kalte Guinness an einem heißen Tag, von dem man nicht mehr wusste, dass es noch hinten im Kühlschrank war. Es ist das Buch deines Feindes, das man im Ramsch findet. Die Erkenntnis, dass man die große Liebe seines Lebens direkt vor der Nase hat.«

»Ja, ja«, sagte ich wegwerfend und fummelte am Autoradio herum. Ich hatte gerade ein passendes Lied gefunden, Whitney Houstons »I – *I* – I will Always Love Youuuuuuuuuuuuuuuu« und ging mit jeder Faser meiner Seele darin auf, als Cal plötzlich von der Autobahn herunter fuhr.

Er atmete tief durch. »Wenn man die Liebe wirklich will, muss man erst mal einen Schritt drauf zugehen.« Cal lenkte den Wagen in eine stille Sackgasse. »Und ich hinke in der Hinsicht irgendwie. Ich bin sogar Gründungsmitglied der ›Angst vor Nähe‹-Selbsthilfegruppe.« Er stellte den Motor ab.

Ich protestierte, als er auch das Radio abschaltete. »Hey! Ich bin gerade zu dem Song in Selbstmitleid zerflossen.«

Er drehte mir sein Gesicht zu. »Aber ich glaube, dass du mich vielleicht heilen könntest.«

»Ich?«

Sein Blick war ausdrucklos und jeder Muskel seines Körpers zum Zerreißen gespannt. »Liz, jetzt halt dich bitte mit deinem ungläubigen Staunen für die Dauer des nächsten Satzes zurück. Du bist es, die ich liebe, Lizzie.«

Ich schwieg niedergeschmettert, während ich diese Information verarbeitete. Dünne Fäden unseres Atems verdunsteten vor unseren Augen.

»Eigentlich wollte ich so lange warten, bis es zwischen dir und Hugo aus ist, bevor ich es dir sage. Liz, hör mal, ich bin ein kettenrauchender, gescheiterter Romanautor. Ich bin ein unmoralisches Stück verfallenen vegetarischen Abschaums. Schuldig im Sinne der Anklage. Aber ich bete dich an. Schon immer und auf immer. Du bist die herzlichste, witzigste und sinnlichste Frau auf der ganzen Welt.«

Ich versuchte, etwas zu sagen, aber mein Zäpfchen hatte sich irgendwie verklemmt.

»Auf meiner Organspendekarte steht ›Nur für Lizzie‹.«

Mein Gesicht im Spiegel der Sonnenblende war eine fassungslose Maske.

»Ähm ... Jetzt etwa wäre der Moment gekommen, an dem du was Nettes über mich sagst.« Er lächelte schüchtern.

Ich schaute ihn nur entgeistert an. »Willst du damit sagen, dass du die ganze Zeit, als du mir erzählt hast, ich soll Hugo verlassen, meine Ehe aufgeben, du diese – diese anderen Pläne hattest?«

»Nun ja, vielleicht habe ich versucht, dich ein klitzekleines bisschen zu beeinflussen – aber das macht mich doch nicht gleich zum serbischen Kriegsverbrecher, oder? Kannst du mir nicht verzeihen?«

»Ein *klitzekleines* bisschen? Ich dachte, es ginge dir dabei um mich, um mein Lebensglück. Dabei hattest du die ganze Zeit ... diese ... diese Hintergedanken.«

»Lizzie, es tut mir Leid. Ich ziehe in einen geodätischen Dom, irgendwo im Lake District, sagen wir mal, wo ich mich einer obskuren Religion anschließen und versuchen werde zu vergessen, dass ich gegenüber der Frau, die ich anbete, nicht ganz ehrlich war. Aber die Wahrheit ist, dass ich dich auch unabhängig davon ermutigt hätte, Hugo zu verlassen. Weil er dich nicht verdient hat, Puppe.«

»Aber du, ja?« Ich setzte einen gleichgültigen Gesichtsausdruck auf – als versuchte ich mich zu entsinnen, ob ich nicht vielleicht doch das Bügeleisen angelassen hatte –, gleichzeitig versuchte ich verzweifelt zu verhindern, dass mir im nächsten Augenblick die Halsschlagader platzte. »Ist es nicht vielmehr so, dass du bei Victoria abgeblitzt bist und es jetzt mal mit der zweiten Wahl probierst?« Allein der Gedanke tat unwahrscheinlich weh.

»Du bist nicht zweite Wahl! Obwohl Hugo es geschafft hat, dass du dir so vorkommst. Dein Mann kapiert dich überhaupt nicht. Und ich habe mir nie was aus Victoria gemacht! Die Frau hat doch nur Sex, weil sie im Liegen schlanker wirkt! Meine ›Madame X‹ warst immer *du*. Verstehst du das denn nicht, Lizzie? Wir sind uns so ähnlich. Wir machen die gleichen Witze. Wir kennen uns in- und auswendig, Liz. Wir sprechen einander sogar gegenseitig die Sätze zu …«

»… Ende. Tun wir nicht!«

»Ich weiß, was du denkst, bevor du es sagen kannst!«

»Na, dann tut's mir Leid, dass du das eben hören musstest«, platzte ich heraus. »Bitte fahr mich nach Hause. Ich kann jetzt einfach nicht darüber sprechen. Das ist mir gerade alles zu viel.«

»Liz …«, seine Augenbrauen stießen auf seiner Stirn zusammen.

»Nein. Fahr mich nach Haus, okay?«, sagte ich in einem Tonfall, der flach war wie die Niederlande.

Wir fuhren schweigend dahin, bis wir uns schließlich durch die klaustrophobischen Kopfsteinpflastergassen von Hampstead schlängelten. Vor meiner Haustür kletterte ich aus dem Wagen. »Ich meld mich bald, okay? Spätestens morgen, versprochen – oder vielleicht im nächsten Jahrtausend.«

Zum ersten Mal im Leben verspürte ich die wahrhaft Schwindel erregende Angst, meinen Fels in der Brandung, meinen Mann, meinen Hugo zu verlieren, und das war, wie wenn einem der Boden unter den Füßen weggezogen wird. Als sitzen gelassene arbeitslose Mutter mit zwei Kindern blieb mir nur der eine Weg offen. Rechts und links der Rollbahn leuchteten die Lämpchen, die mir Orientierungshilfe für die Landung gaben, und ich hatte auf Autopilot gestellt.

Als ich die Klinik für Schönheitsoperationen in Knightsbridge betrat, bemächtigte sich meiner ein Gefühl größter Beschwingtheit. Ich schwebte förmlich und war bereit, jeden Moment abzuheben. Eine spröde Krankenschwester mit Helmfrisur erläuterte mir den Vorgang.

»Das Einspritzen durch Achselhöhlen oder Bauchnabel verringert die Narbenbildung. Vorgefüllte Vorrichtungen reduzieren das Auslaufen. Natürlich müssen Implantate entfernt werden, wenn Risse entstehen. Oder falls sich eine Kapsel mit hartem Zellgewebe an der …«, sie suchte nach einem passenden Euphemismus »… Vorrichtung bildet. Ich habe die Pflicht, Sie zu warnen, dass etwa eine von zehn Implantationspatientinnen innerhalb von fünf Jahren eine zweite Operation benötigt.«

Man würde meinen, dass die einzig vernünftige Reaktion in diesem Moment darin bestünde, schreiend rauszurennen. Aber ich war kein Vernunftmensch mehr. Ich stand an der Schwelle zu meinem vierzigsten Geburtstag und mein Mann vögelte meine Schwester. »Geben Sie mir einen Termin«, sagte ich.

Am Tag meiner Operation wachte ich mit dem Gedanken auf, dass sich in jedem älteren Menschen ein jüngerer Mensch befindet, der schreit: *»Ich will hier raus!«* Warum, frage ich Sie, muss eigentlich genau in dem Augenblick, in dem ein Mädchen anfängt zu begreifen, wo's langgeht, ihr Körper auseinander fallen? Was ist Mutter Natur bloß für eine verbitterte, zynische und schwer gestörte, grandios verkorkste, prämenstruelle Zicke.

»Haben Sie je unter erhöhtem Blutdruck, Gelenkrheumatismus oder Herzbeschwerden gelitten?«, fragte mich eine andere ebenso kühle wie kompetente Schwester – nur dass diese ihren Haarschnitt an einem Windbeutel orientiert hatte.

An gebrochenem Herzen schon. »Nein«, sagte ich mechanisch.

»Irgendwelche anderen Krankheiten oder Beschwerden?«, fragte der Windbeutel und hakte die einzelnen Kästchen ab.

Wir stand es mit der Sucht nach einem bestimmten Doc? Zählte das? »Nein.«

Halt! befahl ich mir, als sie mich bis auf ein Paar Papierunterhosen auszog und der Chirurg mit einem Filzstift überall Punkte und Linien auf meine Brust zeichnete. Hau ab! Das ist doch lächerlich! Wollte ich wirklich eine Absolventin der Minderwertigkeitskomplex-Akademie werden? Was zum Teufel ist eigentlich mit den Frauen los, wenn sie einmal vierzig werden? Ich hatte Proust gelesen – na ja, ein paar Seiten. Ich konnte Puccini vom Blatt singen. Ich hatte Putin interviewt, Pinochet, Steinem und Mandela … Gebannt starrte ich auf die blaue Geometrie des Arztes. Und doch würde ich in zehn Minuten auf dem Operationstisch liegen. Und dieser Mann würde meine Brustwarzen mit einem Tranchiermesser abschnippeln. Sie kennen doch die Brücke, die man immer erst dann überquert, wenn man vor ihr steht? Nun, jetzt stand ich davor. Vor den Toren des Operationssaals hielt der Chirurg kurz inne, lächelte, und schritt dann voran.

Und ich folgte demütig.

Wenn man mit vierzig den Niagarafall überqueren will – dann bleibt einem wirklich nichts weiter übrig, als es in einem verdammten Fass zu tun.

23.

Shoppen und Picken

Eine Frau, die eine Brustvergrößerung vornehmen lassen will, sollte sich an einige einfache Regeln halten. Machen Sie vor der Operation täglich ein paar Minuten folgende praktischen Übungen und Sie werden bestens auf den Eingriff vorbereitet sein.

Entfernen Sie als erstes Top und BH. Legen Sie sich alsdann flach auf die Straße und platzieren Sie Ihre Brüste vor die Hinterräder eines Zehntonnenlasters. Rufen Sie nun: »Zurücksetzen!« Oder entfernen Sie einfach nur die Sicherung eines Ventilators im Haus und werfen Sie sich, Brust voran, in die kreisenden Drehflügel. Um den Vorbereitungsprozess abzurunden, begeben Sie sich zur nächsten Boxschule. Legen Sie Ihr Oberteil ab und lassen Sie Ihren Busen als Punching-Ball fungieren, bis er grün und blau ist.

Nun sind Sie optimal auf das Implantationsprogramm eingestellt! Viel Spaß!

Dunkle Nebelschwaden umgaben mich, als ich wieder zu Bewusstsein kam. Das Erste, was mich traf, war der Schmerz. Eine Geburt ohne Peridural-Anästhesie war nicht annähernd so schlimm. Meine Lungen strampelten nach Luft. Völlig groggy nahm ich eine Bestandsaufnahme meines Brustkorbs vor, der in straffe Verbände gewickelt war.

Zwei Schläuche liefen mir seitlich aus der Brust und verschwanden in Eimern. Der Cocktail aus gelbem Schleim und Blut allein hätte schon genügt, dass ich vor Ekel in Ohnmacht fiel, aber ich konnte in dieser Phase meinen Hals nicht weit genug verrenken, um genauer hinzuschauen. Die kleinste Bewegung ließ mich nach Morphium schreien.

Der Doktor hatte mir verboten, die Verbände vor Ablauf einer Woche abzunehmen. Aber sobald ich am nächsten Tag zu Hause war, übermannte mich die Neugier. Ich stellte mich vor den Spiegel. Meine vor Schwäche zitternden Glieder empfanden jede Bewegung als Tortur. Dennoch löste ich nach und nach die Bandagen. Mit fasziniertem Entsetzen untersuchte ich die geschwollene, gemarterte rote Haut, die gesprenkelt war von Technicolor-Wunden und jenen brutalen, pulsierenden Stichen, die unter jede Brustwarze gemeißelt waren. Man hatte mich vorgewarnt, ich würde nicht in der Lage sein, zu duschen oder auf dem Bauch zu schlafen oder meine normalen Kleider zu tragen. Aber niemand hatte mich vor der grausamsten aller Einschränkungen gewarnt, dass ich nämlich nicht in der Lage sein würde, meine Kinder zu knuddeln. Die Kinder waren unausgeglichen und verängstigt, weil Hugo ausgezogen war – seit Antigua schlief er in der Klinik. Als ich von der Operation heimkehrte, kamen Jamie und Julia mit ausgebreiteten Armen auf mich zugerannt – und ich hatte sie wegschubsen müssen. Ich hatte mich noch nie so krank, so armselig und, ja, so sehr im Unrecht gefühlt. Joan Crawford hätte einiges von mir lernen können. Was noch schlimmer war: Als ich aufschaute, sah ich Cal, der mit verschränkten Armen in der Küchentür lehnte und Zeuge dieses beschämenden »Mutti ist die Beste«-Augenblicks wurde.

Ich rief sofort in Knightsbridge an und buchte eine Fettabsaugung von Hals, Kinn, Bauch, Hüften, Schenkeln und Hintern sowie Schönheitsoperationen der Augenlider, Lippenimplantate und ein Gesichts-Peeling.

Ein ehebrecherischer Gatte bringt einen dazu, so etwas zu

tun. Ich musste ihn zurückgewinnen, auf jede mir gegebene, erdenkliche Art. Mein Selbstwertgefühl lief Gefahr, sich mit Amnesty International in Verbindung zu setzen – trotzdem machte ich den Termin.

24.

Meine Damen und Herren, aus Krankheitsgründen springt heute Abend Pamela Anderson für Lizzie McPhee ein … lehnen Sie sich zurück und genießen Sie die Show

Zwei Monate und eine volle ideologische Kehrtwende später war ich gehobelt, entfaltet, abgesaugt, gezupft, aufgebläht, aufgemopst, gepeelt und gedoped. Viel war von dem alten Körper nicht mehr übrig. Er war Stück für Stück gegen den Körper eines Teenagers ausgewechselt worden. Man hatte mir die Augen geliftet, den Hals abgesenkt und die Beine entfettet, mich so lange gestrafft, gespritzt und gelasert, bis ich zu einer Mischung aus Dorian Gray und Frankenstein-Braut mutiert war.

Zwanzigtausend Mitesser waren ausgedrückt, vier Milliarden Strähnchen getönt, fünfundvierzigtausend Hektar Cellulite zertrümmert, drei Trillionen Körperhärchen gezupft, Tonnen von Speck in der Größenordnung von zehn Walfischen weggesaugt worden. Ich hatte so viel Zeit auf der Sonnenbank verbracht, dass mir die Melanome schon auf den Augenlidern wuchsen.

Hatte ich erwähnt, dass ich nun auch zur Gattung der blöden Blondchen gehörte? Jawoll, ich war eine Wasserstoffschwachsinnige, total auf Bleiche abgefahren. Haarverlängerungen ließen meine Pracht länger und kräftiger erscheinen. Üppige Donauwellen krönten mein frisch blondiertes Haupt. Ich hatte eine so hohe Turmfrisur, dass niedrige Brücken gefährlich wurden. Es war eine Frisur, die einen direkten Atomangriff überleben konnte, ohne ihr Volumen einzubüßen.

Indem ich mich systematisch aushungerte, war ich bald in der Lage, meine neuen solariumgebräunten Gliedmaßen zu zeigen, in Kleidern von der Größe einer Briefmarke. Einer sehr schrillen Briefmarke. Glauben Sie mir, gegen mich war Elton John schlicht gekleidet. Es war mir unmöglich, zu laufen, zu stehen oder zu sitzen, ohne irgendwelche primären und sekundären Geschlechtsmerkmale zu entblößen.

Meine Kleider waren tief ausgeschnitten, um ein kolossales Paar Brüste zur Geltung zu bringen. Meine neuen Titten waren so riesig, dass man eher hätte sagen müssen, mein Brustkorb habe ein Lizzie-McPhee-Implantat erhalten.

Indem ich mich der »Holz vor der Hütte«-Fraktion anschloss, betrat ich eine andere Welt. Ich war jetzt die Königin eines neu entdeckten Landes, das Schönheit hieß. Ich war das Stroh, das Rumpelstilzchen zu Gold gesponnen hatte. Plötzlich fand ich mich von stummen, starrenden Männern umgeben – von Sicherheitsbeamten bis zu Taxifahrern standen sie nur da und gafften auf meine Möpse und mein blondes Haar. Sie zwinkerten mir zu, pfiffen mir hinterher, versprachen, ihr Erstgeborenes zu opfern, nur um mir einmal in den Arsch kneifen zu können. Wenn sie mir die Hand schüttelten, kitzelten sie meine Handfläche mit einem anzüglichen Zeigefinger, als wollten sie mich in ihre lüsterne Geheimgesellschaft einweihen.

Jeder Satz, den ich sprach, wurde von Männern wie das köstlichste Bonmot bejubelt, seit Dorothy Parker den Vorsitz über den Round Table geführt hatte. Und es war ja so verdammt einfach. Victoria hatte Recht. Jedes Mädchen kann umwerfend intelligent sein. Sie braucht nur stillzuhalten und hirntot auszusehen.

Jetzt war ich bereit für Hugo. Eines sonnigen Aprilmorgens voller rosa Blüten und Frühlingsdüften rauschte ich majestätisch in sein Büro in der Langlebigkeitsklinik. (Ich hatte ihn seit Antigua nicht mehr gesehen. Marrakesch war vorübergehend bei mir eingezogen und hatte unsere Nachkommenschaft freundlicherweise immer wieder in die Klinik zu ihrem Vater befördert, um mir eine Begegnung mit ihm zu ersparen.) Mit offenem Mund ließ Hugo mein neues Ich auf sich einwirken. Mein Mann strahlte dermaßen debil, dass er aussah wie jemand, der vergessen hatte, seine Tabletten einzunehmen.

»Das sind nicht meine echten Brüste«, versicherte ich ihm. »Ich lerne sie nur für eine Freundin an.«

»Wow! Wow! Wow!« Hugo zeigte mehr Begeisterung als bei der Geburt unserer Kinder. Ich dachte, er könnte eine Anzeige aufgeben: »Ich freue mich, die Geburt eines neuen Busens bekannt zu geben. Mutter und Titten wohlauf.«

In manchen Arztpraxen wird einem die schlimme Nachricht schonungslos ins Gesicht gesagt. Andere schicken die Rechnung per Post.

Offizieller Anlass meines Besuchs war, meinen Mann zu überreden, meine Kosten zu begleichen. Als ich die Summe von viertausendunddreihundert Pfund für die Implantate erwähnte – »aus was für einem Material sind die denn? Kaviar?« –, zückte Hugo sein Scheckbuch. Er zog auch sofort wieder bei uns ein, sehr zur Freude der Kinder, und überschüttete uns mit Geschenken, die von dem Geld bezahlt wurden, das in seine Langlebigkeits-Klinik nur so hereinströmte. Jamies Alpträume, in denen er von seiner Batman-und-Robin-Bettwäsche attackiert wurde, endeten jäh. Und Julia legte mir nun auch nicht mehr das abgetrennte Haupt ihres Plastikpferdchens aufs Bett. Genauso wenig drückten Hugo und ich uns noch in der Nichtraucherecke unserer Ehe herum. Wir befanden uns jetzt in einer Fressbude, wo Scharfe Speisen, Zigarren willkommen, Extraportion Butter bei allen Gerichten, Mikrowelle, Hoher Cholesteringehalt, So viel Wie Sie Essen Können und Herzinfarktmenüs angesagt waren.

Und ich glaube, Hugo stand wirklich kurz vor einem Herzinfarkt, als er feststellte, dass er nicht der einzige Mann war, der mich attraktiv fand. Wenn andere Männer mit mir flirteten, konnte man bei Hugo eine Skala von Gesichtsausdrücken ausmachen, die man sonst eher bei Stieren sieht – während des Kastrationsprozesses. Wenn ich zurückflirtete, war nun Hugo an der Reihe, weinerliche schlaflose Nächte durchzumachen und sich zu sorgen was ich – oder mit wem ich es – trieb.

Ich bekam sogar meinen alten Job wieder.

Eines Abends im Theater traf ich zufällig meinen Ex-Boss Raphael aus der X-Generation, der sich sofort heftig an seinen Superlativen verschluckte.

»Lizzie! Schätzchen, hallo! Mann, wow, Süße, du siehst ja wirklich – wow aus! Fan-tas-tisch, Scheiße noch mal! Das gibt's doch gar nicht, Wahnsinn!« Er wirkte wie ein Immobilienmakler auf Amphetamin. »Was hast du die ganze Zeit gemacht?«, sagte er aufgeregt zu meinem linken Busen. »Viel los gewesen?«, fragte er den rechten.

»Och, ein zwei Monate vergingen wie im Flug, während ich diverse Gesichtshöcker von meinem Schädel entfernen und dann neu aufpolstern ließ. Und wie geht's dir?«

»Weißt du was?« Diesmal sprach er beide Brüste an. »Ich sehe da wieder eine offene Stelle für dich bei uns.« Zumindest verstand ich nun, weshalb Männer so schlecht Blickkontakt herstellen. Titten haben keine Augen.

»Hallo. Wollte nur mal kurz reinschauen und Karriere machen«, waren meine ersten Worte, als ich eine Woche später durch den Nachrichtenraum der BBC schritt. Seltsamerweise machte niemand eine Bemerkung über meine Rundumerneuerung. Sie sagten mir nur, es sei schön, dass ich so »gesund« aussähe. Es ließ in mir den Verdacht aufkommen, dass plastische Chirurgie ein jährliches Ereignis für Nachrichtensprecherinnen meines Alters ist, eine televisuelle Gepflogenheit, ein immer wiederkehrendes Ritual, so wie es unweigerlich zu einer Betriebsweihnachtsfeier gehört, sich mit dem Hintern auf den Kopierer zu setzen und auf Start zu drücken.

Jetzt besaß ich also alles, was ich mir so sehnlich gewünscht hatte: einen Ehemann, der mich abgöttisch liebte, und einen fantastischen Job. Ich hätte Luftsprünge machen müssen vor Glück, im siebten Himmel schweben sollen vor lauter Freude. Warum tat ich's dann nicht, verdammt noch mal? Mein Selbstbewusstsein hätte mir wie ein neuer Teint anhaften müssen, während ich mich in der Lust meines Mannes sonnte. Aber wie sich herausstellte, war der siebte Himmel nichts weiter als eine düstere kleine Regenwolke. Anstatt mich rosa zu fühlen, fühlte ich mich grau und fröstelig.

Wütend befahl ich mir, mich zu beherrschen. Denn schließlich war ich jetzt, was ich immer sein wollte – ein ansehnliches blondes Busenwunder wie meine Schwester. Leider aber hatte ich meine Schönheit erworben, indem ich mich über die Grenzen der genetischen Vererbung hinweggesetzt hatte, *und fand jeden Augenblick davon zum Kotzen.*

Wie auch Julia und Jamie. Meine Kinder wollten ihre alte Mutter wieder haben – die, die Zeit für sie hatte, die nicht jede Minute ihres Wachzustands damit verbrachte, ihren Leib zu warten. So, wie ich im Moment war, würden mich nicht mal frisch geschlüpfte Kücken ernsthaft als Muttermaterial in Erwägung ziehen. Jung zu bleiben, musste ich entdecken, ist ein Fulltimejob. Eine gottverdammte Karriere. Ich besaß einen Doktortitel in Gesichtscremes – und die intellektuelle Ausstrahlung einer Schaufensterpuppe. Sobald man sich in eine Glamour-Mieze verwandelt, bleibt einem nur noch die Körperpflege. Eine Frau kann ziemlich viel Zeit in unverschämt überteuerten Schönheitssalons verbringen, mehr oder weniger in der Größenordnung eines Hausverkaufs mit anschließendem Umzug der ganzen Familie in ein Wohnmobil. So konnte ich doch nicht ewig weitermachen! Ich war mit meiner Weisheit am Ende – sonderlich lange hatte ich allerdings auch nicht gebraucht, um dahin zu kommen.

Nun, da ich eine Blondine mit kecken Brüsten war, vollzog ich eine merkwürdige Verwandlung. Ich gewöhnte mir an, mein Haar zu zwirbeln und legte mir einen völlig neuen Gang zu – halb gleitend, halb trippelnd. Ich ertappte mich dabei, andauernd unglaublich blöde Fragen zu stellen. Meine Stimme fing sogar an, bei den Satzenden in die Höhe zu gehen. Plötzlich war ich nicht mehr in der Lage, etwas Zusammenhängendes zu schreiben. Ich war so fade geworden, dass sogar meine Topfpflanzen die Scheidung verlangten. Was ärgerlich war, denn da nun auch nicht einmal mehr Cal kurz auf eine Tasse Tee hereingeschneit kam, waren sie alles, was ich an Gesellschaft hatte.

Es ergab sich erst an Ostern, dass ich ihm zufällig eines Morgens auf dem Weg zur Arbeit begegnete. Er sah so fahl und verloren aus, wie ich mich fühlte.

»Was macht das Leben?«, fragte er.

»Meinst du ›Leben‹ wie im *richtigen* Leben oder das neue Genitalspray im Drogeriemarkt?«

Calim musterte mich von oben bis unten. »Du bist so dünn geworden, Puppe. Ich werde mir fest vornehmen, nie mit dir über die Anden zu fliegen. Ich meine, wenn wir abstürzen, wär ja nichts zum Essen an dir dran.«

»Ich kann's nicht fassen, dass ein Mann, der Igitt-Boots trägt, meine äußere Erscheinung kritisiert.« Gereizt stieß mein spitzer Pfennigabsatz gegen den Bürgersteig. »So, und würdest du mich bitte entschuldigen? Ein paar von uns müssen nämlich arbeiten«, sagte ich affektiert und schlüpfte hinter das Lenkrad des Mercedes Cabrio, das Hugo mir zu unserem Hochzeitstag gekauft hatte.

»Ja, ich hab dich in der Glotze gesehen.« Abwesend stopfte er ein zerrissenes weißes T-Shirt in ausgebleichte schwarze Jeans mit Knopfverschluss. »Du bist genau eine von den Frauen geworden, die du früher gehasst hast, ist dir das klar?«

»Und was für eine Sorte Frau wäre das, bitte?«

»Die den Weltfrieden will und was gegen sektiererische Gewalt hat und, ach ja, unbedingt in eine kleinere Konfektionsgröße reinpassen möchte.«

»Weißt du, was ich davon halte? Lass es mich mal so sagen«, sagte ich und schlug ihm die Wagentür vor der Nase zu.

Calim riss die Tür wieder auf und packte mich am Handgelenk. »Empfindest du denn gar nichts mehr für mich?«, fragte er betrübt.

»Jedenfalls nicht, wie du es gern hättest.«

»Übrigens habe ich mich geirrt. Ich liebe dich nicht. Nicht die Frau, die du jetzt bist. Die alte Lizzie. Die habe ich geliebt. Die komische, aufmüpfige Lizzie. Nicht diesen Abklatsch deiner Mutter. *Stört eure Mutter nicht, Kinder, sie ist damit beschäftigt, Kalorien zu zählen.*«

Ich warf den Motor an, in der Hoffnung, dass der Wagen ihn übertönen würde.

»Du warst so verdammt gut in deinem Job, Lizzie«, schrie er, *»weil du die Nachrichten mit Sachverstand und Intelligenz rübergebracht hast, nicht, weil du einen Haufen überflüssiger Kräutershampoos kaufst!«*

Den ganzen Nachmittag machten mir seine Worte zu schaffen. Die Sendungen, in die ich einführte, schienen passend zu meinem Aussehen dümmer geworden zu sein – sensationelle Eröffnungen über lesbische Tendenzen unter Stepptänzerinnen und Sicherheitsvorkehrungen für Gefängnisinsassinnnen beim Duschen. Es stimmte auch, dass ich eine Mutter geworden war, deren größte pädagogische Herausforderung darin bestand, welches Kindermädchen sie in die Karibik mitnehmen sollte. Meine Mutter hatte ihre Kinder so bekommen, wie wir die Dachtraufen am Haus streichen ließen – um den äußeren Schein zu wahren. Mir wurde bewusst, dass Calim auch in diesem Punkt Recht hatte. Ich hatte so viel Zeit und Geld darauf verschwendet, mich von der *physischen* DNS meiner Mutter zu distanzieren, nur um dann zu merken, dass ich geistig und emotional zu ihrem Klon geworden war. Und warum? Um meinem Mann zu gefallen. Ein düsterer Gedanke begann an mir zu nagen wie ein dumpfer, hartnäckiger Kopfschmerz. *Was wollte ich eigentlich von einem Mann, der mich nur wegen meines Aussehens wollte?*

Um meine Zweifel zu zerstreuen, schlief ich permanent mit Hugo. Aber ich fühlte mich dabei seltsam distanziert. Es kam mir vor, als würde auf meinem Körper eine Party veranstaltet, zu der ich nicht eingeladen worden war. Eines Nachts, als ich gelangweilt darauf wartete, dass die Quälerei ein Ende nahm, erlahmte ich, machte ein paar Mal Oh und Ah und krümmte mich ein bisschen, ließ dann ein dumpfes Stöhnen los und lag still.

»Du kriegst jetzt noch sieben Stück von der Sorte!«, prahlte Hugo, beeindruckt von seiner sexuellen Virtuosität, und machte sich erneut ans Werk.

Während er stieß und stocherte, sagte ich mir, dass es genau dies war, wofür ich mich so sehr ins Zeug gelegt hatte – mein Gatte lüstete nach mir ... *Warum empfand ich dann nichts dabei, verdammt noch mal?* Ich ermahnte mich, wenigstens einen Orgasmus zu versuchen – verwarf den Gedanken aber schließlich als vergebliche Mösenmüh.

Ebenso behutsam, wie ich meine Verbände nach der plastischen Chirurgie entfernt hatte, schälte ich nun langsam und vorsichtig die Schichten meiner Ehe ab – bis ich schließlich diese grundlegende Wahrheit aufgedröselt hatte: Ich liebte meinen Mann nicht mehr. Ich hatte die falsche Sache operieren lassen. Nicht mein Äußeres war vollkommen erschlafft, sondern meine Ehe. Unsere Beziehung hatte ihren Schwung und ihre Spannkraft eingebüßt. Sie begann zu hängen, zu verkrumpeln und zu verwelken; sie war saft- und kraftlos geworden. Viel eher hätte ich einen ehelichen Radikaleingriff gebraucht – ein Beziehungslifting.

Calims Vorhaltungen hatten mir ein schlechtes Gewissen gemacht. Ich begann daher, früher von der Arbeit nach Hause zu kommen und mit den Kindern in den Park zu gehen. Während ich zusah, wie sie ihre Eiscreme aßen, diese riesigen Vanille-Wirbel aus Schleim, merkte ich, dass ich den Gedanken erwog, mich von ihrem Vater zu trennen.

Denn mir war klar geworden, dass ich versucht hatte, meinen Mann aus den falschen Gründen zurückzugewinnen – na ja, wie wenn man sich einen solarbetriebenen Vibrator für seine Versetzung in die Antarktis kauft.

Ich verscheuchte diese Gedanken entschlossen aus meinem Kopf. Nichts als postoperativer Stress, sagte ich mir. Vielleicht war ein wenig von der Bleiche in mein Hirn gesickert? Ich würde Hugo ein Memo schicken: *Wir bitten die vorübergehende Funktionsstörung zu entschuldigen. Der Normalbetrieb »ergebene Ehefrau« wird am Ende dieser unwichtigen Midlife-Crisis wieder aufgenommen.«*

Aber als Hugo sich eines Abends über Svens Unterlassungssünde beklagte, nicht genügend Kunstfehler-Versicherungen abgeschlossen zu haben, stieg mir ein Lachen in die Nase wie unterdrücktes Niesen. Als dann sein Gejammer zu den mangelnden Sachkenntnissen seiner schlampigen Kollegen in der Klinik überblendete – »Lizzie, die meisten Ärzte bei uns sind in keinem Verband, geschweige denn, sie könnten einen anlegen!« –, da dämmerte mir, dass mir meine Ohrläppchen abfallen würden, wenn ich mir sein Gequengel noch länger anhören musste.

Im Laufe der folgenden Wochen mehrten sich die Beschwerden. Eine Frau verklagte die Klinik, weil das Edel-Implantat, das sie von ihrem Verlobten als »Hochzeitsgeschenk« bekommen hatte, eine Gegenreaktion auf ihr eigenes Gewebe entwickelte und unter unerträglichen Schmerzen um mehr als fünfundzwanzig Prozent anschwoll. »Offen gestanden, diese Implantate haben mir das Leben ruiniert«, sagte sie vor Millionen von Zuschauern in den Nachrichten auf Channel 4. »Und nun besteht bei mir auch noch ein erhöhtes Krebsrisiko. Doktor Frazer hat gesagt, da wäre keine echte Gefahr!«

»Du hast sie hinsichtlich des Risikos angelogen?«, fragte ich meinen Mann ungläubig und schaltete den Fernseher aus. »Hast du sonst noch was in deiner Büchse, Pandora?«

»Es war keine Lüge.« Hugo nahm noch einen Schluck von

seinem Whisky. »Allerhöchstens eine terminologische Ungenauigkeit.« Als er meinen Arm berührte, zuckte ich zurück. Die erotische Anziehungskraft von winselnder Selbstverliebtheit bei Männern hat ihre Grenzen.

Eine andere Frau wandte sich an die *Times*, als eine Seite ihres Faceliftings in sich zusammenfiel. Auf den Fotos sah sie aus wie ein Nagetier mit Verstopfung.

»Herrgott noch mal!« Hugo warf die Zeitung auf den Tisch und führte sich zum ersten Mal die wahren Kosten seines Teufelspakts vor Augen. »Noch mehr schlechte Publicity in der Art«, seufzte er melodramatisch, während er sich offensichtlich für seine Selbstmitleidsgruppe verspätete, »und ich bringe mich um.«

»Nichts leichter als das. Check einfach im Kakerlaken-Motel unter dem Kühlschrank ein und lass dich mit den anderen Schädlingen totsprühen«, schlug ich barsch vor und verließ das Zimmer.

Dann kam eine Sammelklage: Hugo hatte einer Gruppe junger Frauen Brustimplantate aus Sojabohnenöl verpasst. Ihre Gynäkologen rieten wegen der möglichen Nebenwirkungen auf Embryos besorgt zur sofortigen Entfernung.

»Deine sind nicht aus Soja – ich hab bei deinem Chirurgen angerufen – du hattest eine Salzlösung. Alles okay«, versicherte mir Hugo kleinlaut.

»Oh, was bin ich erleichtert!«, entgegnete ich sarkastisch.

»Das Sojaöl war genehmigt! Von der Regierung! Übrigens ist eine Extraktion keine große Operation.«

»Ach nein? Was, wenn du ein Penis-Implantat hättest, Hugo, und man würde eine Rückrufaktion starten? Wie würdest du dich fühlen, Herr Doktor, he?«

Jeden Tag kamen neue Beschwerden. Ich begriff allmählich, warum Ärzte immer diese kleinen grünen Masken tragen – damit man sie nicht wiedererkennt, wenn irgendwas schiefgeht. Es gab den Fall einer »Wandernden Brust« (eine Patientin erwachte aus der Narkose und fand ihr Brustimplantat in ihrem Ellbogen wieder.) Es gab Fälle von gelähmten Augenlidern durch Botox-Injektionen. Aus einem Paar neu angeordneter Brustwarzen troff eine giftige gelbe Soße. Eine Handvoll Busen sonderte heimlich eine gärende Krebs erregende Flüssigkeit ab. Es suppte und schorfte permanent aus chemischen Gesichts-Peelings. Gore-Tex-Fasern, die eine Reihe von Lippen hätten aufbauen sollen, stachen heraus wie Sprungfedern aus einer alten Matratze.

In der Presse wurde über die Höhe der Summen spekuliert, die das Gericht vermutlich als Entschädigung anerkennen würde. Daraufhin folgten die Trittbrettfahrer, die Geld gerochen hatten. Wie der Mann zum Beispiel, dem eine übereifrige Stripperin mit voller Wucht ihre vergrößerten Brüste auf den Kopf geklatscht hatte. Er beschrieb die Erfahrung ähnlich dem Gefühl, von zwei Ziegelsteinen erschlagen zu werden, und verlangte fünfzehntausend Pfund Schadensersatz vom Nachtclub Casanova, der seinerseits die Klinik der Langlebigkeit wegen der Verhärtung der Implantate verklagte.

»Ich weiß gar nicht, warum das immer *praktischer* Arzt heißt«, sagte ich kühl zu meinem Gatten. Und was würde geschehen, erkundigte ich mich, wenn die Kunden, die ein Schweinegeld für die Eizellen von Models bezahlt hatten, hässliche Babys bekämen? »Ich hoffe, ihr habt noch nicht über ungelegte Eier verhandelt. Hast du eine Baby-Rücknahme-Garantie in deine Verträge eingebaut? Ich meine, wo hast du überhaupt dein gottverdammtes Arztdiplom gemacht? An der Fernuniversität?«

Die Medien behielten die Klinik weiterhin fasziniert im Auge. Ein Mann, der aussah wie das britische Pendant von Günter Wallraff, meldete sich auf meine Anzeige für ein Aupairmädchen. Und in unserer Auffahrt parkte Tag und Nacht ein Kleinlastwagen, den ich mich nicht entsann gekauft zu haben …

Als Hugo irgendetwas brummte, Sven habe ihn gedrängt, unnötige Laseroperationen zu empfehlen (Sven war Teilhaber in der Firma von »Handkanten«-Milano, deren Lasergeräte die Klinik angeschafft hatte), schaute ich nicht einmal hoch, während ich mir die Nägel feilte.

»Du scheinst mich mit jemandem zu verwechseln, dem das nicht scheißegal ist«, antwortete ich, vollkommen von der Politur meines Daumennagels eingenommen. »Außerdem weiß ich ja, dass du keine überflüssigen Eingriffe vornimmst – du operierst nur, wenn du das Geld brauchst.«

Der Gipfel des Horrors war, dass Heroin Chic eine Woche nach ihrer Brustvergrößerung um ein Viertel ihres Gewichts zugenommen hatte. Sie starb an einem toxischem Schock infolge einer Infektion, die sie sich während der Operation zugezogen hatte.

»Die Operation war kein schwerer chirurgischer Eingriff, und die Infektion, die sie bekam, war keine typische Infektion«, sagte Hugo bei der gerichtlichen Voruntersuchung. Hugo speiste die weinende Familie mit seiner gewohnten medizinischen Schaumschlägerei ab. Ich begann mich unwillkürlich zu fragen, wie ich ihn diskret wissen lassen konnte, dass seine Dienste als Partner auf Lebenszeit nicht mehr benötigt wurden? Vielleicht wäre ja eine kleine Anspielung erfolgreich, etwa ihm meinen Föhn in die Badewanne zu schmeißen.

Und dann wurde Sven Teil einer Enthüllungsgeschichte dank eines recherchierenden Reporters, der sich als Modefotograf tarnte. Die Abschrift des Mitschnitts, auf dem Sven zugab, dass er Brustvergrößerungen für minderjährige Models arrangierte, ging durch sämtliche Medien. Ironischerweise war es genau die Art Story, für die ich in früheren Jahren meiner Karriere meine inzwischen perfekt runderneuerten Eckzähne gegeben hätte.

Sven teilte uns mit, die Pressefritzen könnten ihn mal am Arsch lecken. Ich sagte: »Das klingt eher nach einem Job für meinen Mann.«

»Ich brauche deinen Rat, Elisabeth. Ich bin öffentlich in Ungnade gefallen. Und ich weiß nicht, wie ich damit umgehen soll.« Hugo lungerte vor dem Fernseher herum und verfolgte die 22-Uhr-Nachrichten. Sein Anzug schlackerte beerdigungsgleich auf seinen breiten Schultern. »Du hast früher immer genau gewusst, was zu tun ist.«

»Tut mir Leid.« Ich zuckte die Achseln. »Ich bin eine Blondine. Ich bin nicht mehr zuständig für ›Ratschläge‹ und ›was zu tun ist‹. Das war die alte Liz. Die, die du verstoßen hast. Die, die du nicht haben wolltest. Weißt du noch?«

»Was läuft hier eigentlich?«, fragte er pikiert.

»Nichts. Alles schon abgelaufen – einschließlich der Garantie auf unsere Ehe.«

Vierzehn Stunden später saß ich, mit gespraytem Lack-Haar, glitzerndem Lipgloss und umgeben von Kameras, festgefroren an meinem halbmondförmigen Nachrichtendesk. Kabel dick wie Aale schlängelten sich über den abgewetzten Fußboden. Maskenbildner und Friseusen umschwirrten wie Motten mein Gesicht. Ich versuchte meine schmerzenden Brüste zu ignorieren. Die Silikon-Implantate waren jetzt weniger wie Raketengeschosse geformt. In der Dämmerbeleuchtung konnten sie fast als echt durchgehen. Nur der Schmerz war nie ganz vergangen. Ich hatte das Gefühl, gleichzeitig an »Jogger-Nippel« und Brustdrüsenentzündung zu leiden. Und dann war da die ständige Panik, dass irgendjemand mich zu fest umarmen und meine bis zum Anschlag aufgeblasenen Gummibälle zum Platzen bringen würde.

Auf einem der TV-Monitore lief ein kommerzieller Sender. In der Werbung wurde das Loblied auf die »reife« Frau gesungen – dargestellt von Models im Teenageralter. Um so auszusehen, musste man 365 Stunden am Tag ins Fitness Center, sinnierte ich. Dafür sabbelte jede Schauspielerin um die Neununddreißig etwas über die Vorzüge von Mitteln zur Darmregulierung oder orthopädischen Einlagen.

Ein leichter Schwindel packte mich und Wellen der Panik stiegen in mir auf. Trotz des extra starken Styling Mousse standen mir die Haare zu Berge. Was tat ich hier eigentlich an diesem Newsdesk, in einem Körper, der nicht meiner war? Dieser Körper gehörte Barbie. Ich hatte versucht, meine

Identität zu verschleiern – die Identität, die auf den Strängen meiner DNS verankert war, eingraviert wie eine Himmelskarte auf einer antiken abyssinischen Halskette. Und ohne diese Karte war ich aufgeschmissen, meine tägliche Navigation war plötzlich unmöglich geworden.

Ein roter Lichtkegel über einer der Kameras ging an und der Aufnahmeleiter machte mir ein Zeichen, für die drei Minuten dauernden letzten Meldungen mit dem Versprühen von Charisma zu beginnen. Ich starrte nur den Plasmaschirm an. Meine Augen verengten sich und schmerzten, als ich versuchte, auf dem Teleprompter die Nachricht über Jeffrey Archers Flucht aus dem Gefängnis zu entziffern. Und dann packte es mich einfach. Das Reality-Gefühl. Eine richtig dicke Dosis, die jede Faser meines restaurierten Körpers erfasste.

»Ich bitte um Aufmerksamkeit für eine wichtige Meldung.« Kameraleute, Aufnahmeleiter und Maskenbildner wandten mir ihre erwartungsvollen Gesichter zu.

»Einige unter Ihnen werden sich vielleicht über meine Rückkehr als Nachrichtensprecherin gewundert haben. Möglicherweise glauben Sie, es sei darauf zurückzuführen, dass ich meine Arbeit gut mache und die Produzenten Respekt vor den mündigen Zuschauerinnen unserer Sendung haben. Nun, offen gestanden bin ich nur wegen *denen* hier wieder vor der Kamera gelandet.«

Ich riss mir die Bluse auf und warf sie auf den Boden. Dies löste einige Unruhe im Studio aus. Crusoe und Dweezil schauten verdattert drein und sprachen aufgeregt in ihre Mikrofone hinein, während über ihnen im Regieraum Raphael heftig gestikulierte. Dann drückte er einen Schalter und brüllte vehement in ein Mikrofon. Zu spät. Ich hatte meinen Kopfhörer herausgezogen. Da ihnen nichts anderes übrig blieb, als während der mir zugewiesenen drei Minuten an mir dranzubleiben, schwenkten alle drei Kameras mit voller Beleuchtung auf mich.

»Ich meine, machen mich diese Plastiktitten wirklich zu

einer besseren Nachrichtensprecherin? Was glauben Sie?« Ich löste die Ösen meines BHs und schleuderte ihn, wie mit einem Katapult, direkt gegen Kamera Eins. »Schauen Sie sich diese *lächerlichen* Möpse an!« Ich klopfte mir auf den Oberkörper. »Das ist kein Busen. Das ist ein Baldachin. Ich könnte eine Garnitur Gartenmöbel darunter unterbringen. Ich meine, schauen Sie nur. Sie verleihen mir die lockere Spontaneität einer ... ja ich weiß nicht, einer Schaufensterpuppe. Und im Grunde bin ich *genau* das geworden. Frauen, die sich die Brust vergrößern lassen, blöken immer, sie hätten es für sich getan. Totale Scheiße! Wir tun es für die Männer.« Dicke heiße Tränen tropften mir von der Nasenspitze. »Ich habe es für meinen Mann getan, weil er – weil er mich betrogen hat.«

Wut wallte in mir auf. Meine Acryl-Fingernägel machten Klick-Geräusche, als ich sie entfernte. Inzwischen strömten Leute ins Studio ... aber eine Zorneswoge bemächtigte sich meiner und trieb mich weiterzumachen. Ich kickte einen Schwindel erregend hohen Schuh in Richtung Kamera Drei. Ich schälte mich aus meinem Leder-Minirock und beförderte ihn mit einem Überarmwurf auf Kamera Zwei. Ich zupfte an meinen Haarteilen, jätete sie mir aus dem Schädel und verteilte sie Ophelia-mäßig auf dem Studioboden. Vor Anstrengung keuchend ließ ich mich wieder auf meinen Stuhl fallen, mit nichts bekleidet außer meinem scharfen rosa Höschen.

»Hier meine Forderungen: Ich verlange, dass die Originaltitten von Britney Spears und Pamela Anderson in einem Museum ausgestellt werden. Zusammen mit Chers fehlender Rippe. Ja! Und all die Kübel Fett, die aus Roseanne abgesaugt wurden – zusammen mit ihrem Humor, verdammt noch mal. Das wird dann ein Museum für weibliche Blödheit. Und es wird sich aus all den beschissenen Anzeigen und Werbespots finanzieren, in denen die *Beautiful People* es praktisch mit ihren Gesichtscremes treiben.«

Die Hintertür des Studios öffnete sich mit einem Ruck

und drei kahlköpfige Sicherheitsbeamte huschten herein. Durch das Gewirr von hektisch geflüsterten Gesprächsfetzen hörte ich, wie einer von ihnen fragte, ob ich bewaffnet sei. Weil ich mich offensichtlich am Rande eines Nervenzusammenbruchs befand, fand ich das unglaublich komisch.

»Wissen Sie – wissen Sie, wie es kommen wird?«, keuchte ich unter prustendem Gelächter. »In unserem Zeitalter der langweiligen, retouchierten Frauen werden kleine Makel ungemein erfrischend wirken. Eine Barbra-Streisand-Nase, Hillary-Clinton-Hüften.« Ich musste so lachen, dass meine nackten Titten auf dem Nachrichtendesk auf und ab hüpften. Mit einer übermenschlichen Anstrengung bekam ich mich wieder in den Griff. »Was wäre eigentlich, wenn wir einfach damit aufhörten? He? Wenn wir uns unsere Altersphobie einfach abschminken würden? Stellen Sie sich mal vor, was das für eine Erleichterung wäre, wenn wir alle einfach *loslassen* könnten. Wenn man einfach akzeptierte, dass Frauen in unterschiedlichen Formen und Größen daherkommen. So wie wir verdammt noch mal auch die Kerle in unserem Leben akzeptieren, mit ihren Bierbäuchen und Glatzen …«

Der Sitz aus Vinyl klebte an meinen nass geschwitzten nackten Unterschenkeln. Jedes Mal, wenn ich auf dem Stuhl herumrutschte, blieb mein halbes Bein haften – bis es mir mit einem widerwilligen, saugenden Schmatzgeräusch nachfolgte.

»Männer können älter werden – na und? Wenn Frauen älter werden, kommen wir auf den Scheiterhaufen der Weiblichkeit und werden verbrannt – so wie *ich* gefeuert wurde. Haben Sie das gewusst? Jawohl. Wegen des Vergehens, neununddreißig und flachbrüstig zu sein. Und ich wurde erst wieder eingestellt, nachdem ich mich für diesen Look eines pensionierten Pornostars entschieden hatte.« Ich deutete auf meine wahllos im Studio verstreute Kleidung. »Wieso zum Teufel dürfen Frauen in der Öffentlichkeit nicht erwachsen werden, mit ihren Falten und einem intakten Selbstbewusstsein? So wie die Typen auch. Warum kriegen Jack

Nicholson und Michael Douglas am Ende immer noch ›ihr Mädchen‹? Was ist das hier eigentlich? Eine Wohltätigkeitsveranstaltung für unsere älteren Mitbürger? Ich bitte Sie! Wenn die Zeit wie im Flug vergeht, dann haben *die* jedenfalls eine Menge Meilen gesammelt. Wie kommt es bloß, dass es für Männer immer einen grau melierten Silberstreifen am Horizont gibt?«

Ich sprang auf und kippte den Schreibtisch um. »Warum müssen sich ältere Frauen eigentlich unsichtbar machen, verdammt noch mal?« Ich schwang einen Stöckelschuh, stürmte damit durchs Studio und schlug wild auf die Lämpchen um den Make-up-Spiegel ein, die platzten wie Popcorn in der Pfanne. Die Glasscherben spitterten telegen wie Schneeflöckchen durch die Scheinwerfer.

Das, meine Lieben, brachte Quote.

Nachdem ich etwa fünf Stunden später aus dem Polizeigewahrsam entlassen wurde, ohne dass Anklage erhoben worden war, ging ich nach Hause, um meinen Mann zu verlassen.

»Was wird aus den Kindern?«, fragte Hugo fassungslos. »Wie kannst du ihr seelisches Gleichgewicht so aufs Spiel setzen?«

»Ich habe beschlossen, dass es keinen Sinn hat, auch nur zu versuchen, eine perfekte Mutter zu sein. Weißt du, was dann nämlich passiert? Deine Kinder werden sich eines Tages beschweren. ›Wieso hast du mich nicht mehr verkorkst, als ich jung war? Jetzt kann ich keinem die Schuld daran geben!‹«

»Lizzie. Beruhige dich. Du bist nicht ganz bei Sinnen –«

»Du hast Recht ... Und die Diagnose lautet Ehemannverdrossenheit. Obwohl du es wahrscheinlich eher unter der etwas technischeren Bezeichnung kennst – *Scheidung.*«

»Du kannst dich nicht einfach scheiden lassen. Wir sind durch dick und dünn gegangen –«

»In letzter Zeit doch eher durch dünn und dünn, Kumpel. Ich hätte dich bis ans Lebensende geliebt, Hugo«, sagte ich, als mich eine plötzliche Traurigkeit übermannte, »bis dass uns Hängebacken, Golfstrickjacken, Bingoturniere und kahle Stellen an den Schienbeinen scheiden, wo die Härchen von deinen traurigen alten Nylonsocken weggerubbelt sind. Aber du hast alles weggeschmissen.«

»Liebst du mich wirklich nicht mehr?«

»Sagen wir's mal so: Die Wirkung der hallozinogenen Drogen hat allmählich nachgelassen.«

»Aber ich kann ohne dich nicht leben, Lizzie. Du kannst dich nicht von mir scheiden lassen. Mit welcher Begründung?«

»Unheilbare Zerrüttung. Offenbar können wir uns in der Frage der Zahnhygiene nicht einigen. Ich meine, du findest es scheinbar okay, die Genitalien meiner Schwester in den Mund zu nehmen.« Ich drückte ihm seinen Koffer in die Hand. »Im Namen der Academy möchte ich Ihnen diesen Oscar für die beste Scheinehe überreichen.«

Jetzt war nur noch eine Sache zu erledigen.

25.

»Bitte etwas langsamer sprechen, ich bin naturblond«

Wie lässt man fünf Pfund Fett gut aussehen? Man pappt eine Brustwarze drauf.

Als ich am nächsten Tag in der Klinik der Langlebigkeit aufkreuzte, waren für den ganzen Vormittag Brustvergrößerungen gebucht. Für ein Uhr waren Fettabsaugungen angesetzt. Hals-, Augenlid- und Brauenliftings wurden um 14:15 vorgenommen, um 14:40 war eine Nasenoperation an der Reihe. Gegen drei ein »Lippenschnippser« (um diesen Wespenstich-Look zu bekommen). Halb vier eine Designer-Vagina. Körperfettverschiebungen von Schenkeln zu Wangen um vier. Drei Liter Fettabsaugung aus Hintern und eine Augenbrauenaufhängung um fünf. Und dann war ich dran: Ein Blondchen-Storno. Um die schlechte Publicity der letzten Zeit abzuschwächen, war Britney Amore in der Klinik und sollte der Zeitschrift *Hallo!* ein Interview geben. Sie hob misstrauisch das Haupt, wie eine Kobra in der Klemme. »Was willst *du* denn hier, *Blondie*?«

»Ich möchte mein altes Ich wiederhaben.«

Britney nahm mich beiseite und versetzte mir den heftigsten Hieb von allen – dass die Explantation teurer sein würde als die Vergrößerung.

»Ähm, ich bin naturblond, könntest du vielleicht etwas langsamer sprechen ... was hast du noch mal gesagt?«

»Dass es mehr kostet, sie rauszunehmen als sie einzubauen.« Sie lachte verächtlich und hielt mir ihre leere Handfläche hin. »Das macht dann bitte fünfeinhalbtausend Pfund.«

Als ich für die Operation vorbereitet wurde, teilte ich der Schwester mit, dass ich bereits unter Narkose stand. Schließlich war ich zwölf Jahre verheiratet gewesen. Sie rammte mir trotzdem die Spritze in die Haut. Zuerst dachte ich, die Betäubung würde nicht wirken. Aber dann zog ich die lila Pudel in Betracht, die auf meiner Stirn tänzelten. Und warum lasen sie alle Balzac? Oh, und wie hieß ich gleich noch mal? Nur eins war klar: Bald würde ich wieder zu meiner alten brünetten, 57 Kilo schweren, schmalbrüstigen, schlampigen Persönlichkeit zurückkehren und anziehen, wozu ich Lust hatte, ganz gleich, wie wenig schmeichelhaft es war; Klamotten, die aussahen, als hätte ich sie mir eben mal übergeworfen – und mein Ziel verfehlt. »Gebt mir meine Lizzie McPhee zurück!«, sagte ich halb im Delirium zum Operationsarzt. (Ich hatte mir den einzigen Chirurgen bestellt, von dem Hugo sagte, er sei kein Quacksalber.) »Oh, und wo Sie schon dabei sind, entnehmen Sie doch bitte ein paar Organe, die ich verkaufen kann, um diesen Eingriff zu bezahlen, ja?«

Aber bei Licht betrachtet hatte sich das Ganze auf gewisse Weise gelohnt. Ich hatte eine der wichtigeren Lektionen des Lebens hinter mich gebracht. (Abgesehen von der Binsenweisheit, dass eine Frau, die echte Perlen trägt, falsche Orgasmen hat – und *umgekehrt*.) Das Beste an uns ist grau: jene Substanz, die unter unserer Schädeldecke schwappt. Das ist der einzige unnachahmliche Körperteil, den wir besitzen.

Und dann sackte ich weg.

26.

Vermasselte Möpse

Nachdem ich in einem live übertragenen Supergau vor der ganzen Nation meinen Silikonbusen hatte heraushängen lassen – sowie die Tatsache, dass mich mein Mann belog und betrog –, fühlte ich mich wie ein Autounfall. Freunde kamen langsam herangefahren, um sich die blutigen Einzelheiten anzusehen, gaben dann entsetzt Stoff und hauten ab, ohne sich noch einmal umzugucken.

Während meiner Genesungszeit wurde die Klingel an der Haustür ein Zeichen für mich, im oberen Stockwerk in Deckung zu gehen. Auf meinem Fußabtreter stand: »Willkommen – und tschüs.« Nicht, dass ich depressiv gewesen wäre – ganz im Gegenteil, selbst während der größten postoperativen Schmerzen war ich in Hochstimmung. Nachdem das grässliche Plastikzeugs wieder entfernt worden war, fühlte ich mich frei und beschwingt, und Erleichterung durchflutete meinen leeren Brustkorb wie ein kühler, ozonhaltiger Lufthauch.

Als der Sommer kam, nutzten sich Botox und Collagen allmählich ab und ich konnte mein altes Gesicht wiedererkennen. Ich reiste auch nicht mehr unter einer falschen Mähne; das Wasserstoffsuperoxid wuchs heraus und meine dicken, nicht zu bändigenden Locken kamen wieder zum Vorschein. Oh, was war es für ein Segen, nicht mehr so tun zu müssen, als sei man ein Zahnseide benutzender Fitnessjunkie. Wie freute ich mich über mein ursprüngliches Ich mit den verstopften Poren. Es war mir ein Vergnügen, meine Beine nur bis auf Rocksaumlänge zu rasieren. Nachts ging ich mit einem Pyjamaoberteil aus Baumwollflanell ins Bett, das nicht zum Unterteil passte, und schlief selig in meinem Make-up ein. Ich nahm mir die Freiheit, das Weiche aus Pralinen herauszusaugen und sie dann wieder in die Schachtel zurückzulegen, an den Achseln von T-Shirts im Wäschekorb zu schnuppern, um zu eruieren, ob man sie nicht doch noch das eine Mal tragen konnte – T-Shirts, auf denen Dinge wie »Mein Astralleib ist in der Reinigung« standen. Hatte ich sie einmal an, schüttelte ich meine Oberarme wie fleischige Maracas, und es war mir völlig wurscht. Es erforderte eine Menge Selbstdisziplin und eiserne Entschlossenheit, aber ich gab sogar das Fasten auf!

Paradoxerweise brachte mir meine neue skandalöse Berühmtheit eine Flut von Jobangeboten – ein klarer Fall von »Danke für die Brusteinlage«! Sämtliche Satellitensender in Europa und natürlich Channel 5 überboten sich gegenseitig, um mich zu ergattern, aber ich wagte mich noch nicht an die Öffentlichkeit – nun ja, nur um die Kinder von der Schule abzuholen. Am Schultor spürte ich die verstohlenen Blicke der anderen Mütter im Rücken. Aber Julia und Jamie begrüßten die Rückkehr ihrer alten Mama mit einer ungestümen Begeisterung, die leicht zu Haarrissen hätte führen können.

Nun hatte ich also einen Mann verloren (Hugo war auf Dauer in eine Wohnung über der Klinik der Langlebigkeit eingezogen), sowie eine Halbschwester, dafür aber meine Selbstachtung wiedergewonnen. Wenn Freunde mich nach Victoria fragten, sagte ich, dass ich sie seit Antigua nicht mehr gesehen hatte. »Vielleicht ist sie tot oder vielleicht ist sie beim Modeln«, sagte ich achselzuckend.

Nachdem ich eines Abends die Kinder ins Bett gebracht hatte – eine Elternpflicht, die mich verstehen ließ, weshalb einige Mitglieder des Tierreichs ihre Jungen fressen –, machte sich das zaghafte Klopfen von Knöcheln auf Holz bemerkbar.

Etwas ängstlich öffnete ich die Tür, wo ich Victoria vorfand, die im Eingang kauerte. Selbst in der schwachen Beleuchtung konnte ich sehen, dass sie jemand ziemlich übel zugerichtet hatte. Sie weinte, und ihr Gesicht war schmerzverzerrt. War das wirklich die Frau, die ihren Emotionsthermostat konstant auf sechzehn Grad gestellt hatte? Die nie Gefühle zeigte, da dies nur zu Faltenbildung führte?

»Herrgott, Vick!« Ich vergaß meine Wut und eine wahre Woge des Mitleids erfasste mich. Behutsam führte ich sie ins Haus. Sie stützte sich mühsam auf mich, und gemeinsam wankten wir den Flur entlang. Ohne ihre elegante Frisur und das sorgfältig aufgelegte Make-up ähnelte meine Schwester einem Garderobenständer, dessen hageres Gestell von den Kleidern verschluckt wurde. Ihr Gesicht sah aus, als habe es alle Hoffnung fahren lassen. Zum ersten Mal fielen mir die Furchen auf, die sich in ihre Züge gegraben hatten, die tiefen Schatten unter ihrem gehetzten Blick, die brüchige Erosion ihrer Oberlippe, die grauen Wurzeln in ihrem getönten Haar. Die Tränen hatten ihre Wimpern verfilzt, sodass sie aussahen wie die Beine eines zerdrückten Tausendfüßlers.

Nachdem ich sie zu einem Sessel im Wohnzimmer geführt hatte, holte ich keimfreie Tupfer und kniete mich vor sie. »Vicky«, sagte ich und versuchte, meine Stimme so ruhig wie möglich klingen zu lassen, als ich ein kaltes Flanelltuch auf ihre zerfetzte Wange drückte, »wer hat dir das angetan?«

Mit großer Anstrengung brachte sie heraus: »Sven.«

»Was?« Ich wäre beinahe nach hinten übergekippt. »Aber *warum?*«

»Marrakesch und Sven haben einen Deal gemacht. Er hat den amerikanischen Anwalt bezahlt, um den Fall von diesem amerikanischen Todeskandidaten neu aufzurollen. Und ihr außerdem versprochen, eine Brustverkleinerung bei ihr vornehmen zu lassen. Als Gegenleistung sollte sie ein bisschen für ihn modeln.« Ihre Worte klangen monoton und ausdruckslos, als kämen sie aus einem Drucker. »Aber anstatt sie kleiner zu machen, hat er – hat er sie größer gemacht. Er hat mir gesagt, dass seine Werbekunden immer seltener mit superschlanken Models zusammenarbeiten und stattdessen lieber dralle Mädchen wollen. Und dass Marrakesch das Model mit dem beeindruckendsten Busen sein könnte. Körbchengröße 75 E. Er hat sie einfach umnähen lassen, Lizzie. Wie ein Kleid, das nicht passt.«

Es war mir nicht neu, dass Sven ein chauvinistisches Schwein war, aber dieser hinterhältige Trick war ja wohl der Gipfel der Sauerei.

»Und ich – ich habe eine Einverständniserklärung unterschrieben.« Victoria zuckte schmerzhaft zusammen, als würde ihr das Gesicht weggesaugt. »Ich dachte, ich würde nur meine Zustimmung geben, dass sie als Model arbeiten darf.«

»Hast du sie denn nicht gelesen?«

»Ich habe ihm vertraut.«

»Wie kannst du so einer Ratte vertrauen?«

»Weil wir eine Hassliebe haben. Er – er hasst mich und ich liebe ihn.« Sie krümmte sich und brachte mit versagender Stimme hevor: »Was bin ich bloß für eine schlechte Mutter? Warum habe ich mein kleines Mädchen nicht geschützt?«

Ich schenkte uns Wassergläser mit Whisky ein und drückte ihr eins in die zitternde Hand. »Wir verklagen ihn«, sagte ich entschlossen.

»Ich dachte immer, mit vierzig würde ich weise werden. Ich meine, da hat man doch allmählich ein bisschen Lebenserfahrung, oder? In meinem Alter?« Die Stimme meiner Schwester hüpfte auf und nieder. »Aber was weiß ich denn schon? Dass das Ziehen der hinteren vier Backenzähne hohe Wangenknochen bewirkt. Und das war's. Du hattest Recht. Ich habe mein Äußeres verändert, aber nicht mein Inneres.

Im Herzen bin ich immer noch das fiese, egoistische kleine Miststück von früher.«

Ich seufzte. Sie hatte lediglich zweitausend Diäten und achtundzwanzig chirurgische Eingriffe benötigt, bis ihr klar wurde, dass sie schöner sein könnte, wenn sie gelegentlich ein Buch zur Hand nähme.

»Und jetzt hasst sogar *du* mich.« Sie zog die Mundwinkel nach unten. »Und ich hasse es, wenn du mich hasst.« Ihr Gesicht fiel in sich zusammen und Tränen ergossen sich über ihre demolierten Wangen. »Meinst du, dass du eines Tages vergessen kannst, was passiert ist?«

»Wie ich gehört habe, löscht eine Hirnamputation das Gedächtnis für alle Zeiten aus.«

»Es war völlig belanglos. Ich war nur von Neid zerfressen, weil du, meine mausgraue kleine Schwester, diese perfekte Familie hattest. Diesen perfekten Ehemann. Hugo ins Bett zu kriegen war nur der Versuch, mir zu beweisen, dass er so perfekt nun auch nicht war. Ich habe es nicht getan, weil ich dir wehtun wollte. Aber dann hast du uns erwischt. Verdammte Scheiße! Wie konnte ich ahnen, dass dieser Egomane darauf steht, sich seine tollen Leistungen auf Video anzusehen. Und du warst tief verletzt und es tut mir so Leid.« Victorias zerschundener Körper wurde von Schluchzern geschüttelt. Unerwartete Gefühlsausbrüche erwischen mich immer auf dem falschen Fuß, und ohne groß nachzudenken, nahm ich meine Schwester in den Arm.

»Hör zu, Victoria«, sagte ich, »sparen wir uns die rührseligen Selbstbezichtigungen und gehen lieber direkt zu dem Teil über, wo wir unseren Eltern die Schuld geben. Einverstanden?«

»Einverstanden.«

»Typisch«, hänselte ich sanft. »Hat dir dein Therapeut nicht gesagt, dass du nie die Verantwortung für deine Handlungen übernimmst?«

»Hat er. Und daran ist Mutter schuld. Sie ist nie auf meine intellektuellen, emotionalen und meine *Haute Couture*-

Bedürfnisse eingegangen.« Trotz ihrer angeschlagenen Lippe rang sie sich ein Lächeln ab. »Weißt du, wie Sven seinen Schwanz nennt? The Incredible Hulk. Und ich musste ihn auch so nennen.« Als ich bitter lachte, legte sie ihre Zerbrechlichkeit ab und umarmte mich heftig. »Wie hast du ihn eigentlich durchschaut?«

»Na ja, seine »Hitler ist toll«-Tätowierung war ein klitzekleines Indiz.« Ich streichelte ihr die schweißnasse Stirn. »Was willst du jetzt wegen Sven unternehmen?«

»Also, auf dem Weg zu dir war ich noch bei einer Tankstelle, um einen Kanister Benzin zu kaufen. Der Verkäufer wollte wissen, ob mein Freund ›normal‹ oder ›super‹ gesagt hätte. Ich sagte, mein Freund wüsste noch gar nicht, dass ich ihn anzünden wollte. Als er die Polizei anrief, bin ich weggerannt.«

»Dieses Arschloch zu schlachten wäre noch zu schade. Sven – man kann nicht mit ihm nicht leben, aber man kann ihn auch nicht mit einer Kettensäge meucheln und seine Leiche in blauen Müllsäcken entsorgen, weil die Nachbarn es merken könnten.« Dann stellte ich die Frage, vor deren Antwort mir grauste. »Wer ... wer hat Marrakesch operiert?« Ich war auf alles gefasst.

Mein Schwester zuckte zusammen. »Hugo.«

Hugo? Ein eisiger Stoß fuhr mir ins Herz.

»Wenn wir ihnen nur antun könnten, was sie uns angetan haben.« Victoria trank von ihrem Glenfiddich.

»Genau!«, steigerte ich mich hinein. »Wir sollten *ihnen* ein wenig Schönheitschirurgie angedeihen lassen, dann könnten sie mal sehen.« Ich schnappte mir den Whisky und nahm einen tiefen Schluck.

»Aber wer würde sie operieren?«

»Irgendein Chirurg könnte es uns übers Telefon erklären.«

»Natürlich! So wie sie Flugzeuge landen lassen, wenn der Pilot tot ist«, sagte Victoria aufgeregt.

»Und wie kriegen wir sie in den OP?«

»Indem wir sie kidnappen.«

Ich kippte noch ein Glas. Ich würde die ganze Flasche leeren müssen, um je an diesen Plan glauben zu können. »Das Blöde ist, dass man zum Kidnappen einen kühlen Kopf braucht, ein Herz aus Stein, gutes Timing und, falls die Polizei Wind davon bekommt, olympische Sprintwerte«, seufzte ich. Ich entfernte meinen Arm von Victorias Schulter und griff zum Telefon.

»Was machst du da?«

Da ich den Verdacht hatte, dass uns viele der Qualitäten fehlten, die wir als abgefeimte Kriminelle benötigten, begann ich 110 zu wählen.

Victorias Gesicht wurde aschfahl. Sie drückte vehement auf die Gabel. »Nein! Auf keinen Fall! Wenn wir Sven an die Polizei ausliefern, lässt er mich umbringen.« Ihre Stimme klang gespenstisch schrill. Sie entwand mir den Hörer.

Mir wurde klar, dass sie es tatsächlich ernst meinte. »Du meinst, er würde einen Killer anheuern? Ich mag den Mann ja auch nicht, aber ist er wirklich zu so was fähig?«

Vorsichtig betastete meine Schwester ihr Gesicht. Ihr berühmtes atemberaubendes Antlitz glich jetzt der Reliefkarte eines kriegsgebeutelten Ödlands. »Ich bin zu ihm gegangen und wollte ihn wegen Marrakesch zur Rede stellen. Ich habe ihm angedroht, zur Polizei zu gehen, weil er sie so verstümmelt hat, und *das* hier war meine Warnung …«

Mit dem perfekten Timing, das man im richtigen Leben so stark vermisst, erklang irgendwo hinten im Haus das Splittern von zerberstendem Glas; kurz darauf vernahm man das haarsträubende Knirschen schwerer Schuhe, die über Scherben traten. Meiner Schwester fiel das Whiskyglas aus der Hand. Meine Zehen kräuselten sich in meinen Socken wie welkes Laub. Die Tür ging krachend auf und gab den Blick auf ein riesiges Urviech von einem Kerl frei, der gleichermaßen behaart wie stämmig war, mit einer Klapperschlangen-Tätowierung, die sich um seinen Bizeps kringelte.

Blasenentzündung, Geburten, Scheidung – das sind Juwelen in der Krone des Lebens im Vergleich zu jenem nackten Terror, einem geisteskranken Killer in seinem eigenen Wohnzimmer gegenüberzustehen. Woher ich wusste, dass der Mann gefährlich war? Nun, nennen Sie mich Sherlock Holmes, aber selbst London ist nicht so kalt, dass man im Juni einen wollenen Gesichtsschutz tragen muss. Außerdem hatte der Mann auch etwas latent Explosives, etwas Unkontrollierbares an sich. Er näherte sich uns mit ruckartigen, heftigen Bewegungen. Körpergeruch mit einem leichten Beigeschmack von Zwiebel (und war nicht auch ein Hauch Motoröl dabei?) breitete sich im Zimmer aus. Eine torfige Zunge hing aus einem schiefen Mund, in dem mit Ausnahme eines bemoosten grünen Schneidezahns die obere Zahnreihe fehlte.

Als das Ungeheuer, das ich für Svens gedungenen Killer hielt, einen Satz auf mich zu machte, erstarrte ich vor Schreck – bis mir klar wurde, dass es mir die Hand schütteln wollte. »Bruce the Tooth!«, sagte er jovial im breiten Dialekt der amerikanischen Unterprivilegierten. »Ex-Häftling Nummer 14567 vom Hochsicherheitstrakt Gainsville. Freut mich sehr, die Bekanntschaft mit euch netten Ladys zu machen. Mann, tut mir Leid.« Er riss sich die Maske herunter und enblößte einen niedrige, gefurchte Neanderthaler-Stirn sowie einen strähnigen Pferdeschwanz. Dann betrachtete er meine Schwester. »Sie sind nicht Marrakesch, oder? Sie sehen zwar ihrem Foto total ähnlich, aber ... Sie müssen ihre Schwester sein.« (Victorias angeschlagene Lebensgeister schienen aufgrund dieses Irrtums merklich zu erwachen.) »Dieses Mädel hat die Kohle rübergeschickt, damit ich mir ein paar gute Anwälte nehmen kann. Und die sind in die Berufung gegangen und haben gewonnen – haben mich nicht nur aus dem Todestrakt geholt, sondern auch noch bewiesen, dass ich unschuldig bin. Marrakesch hat mir diese Adresse hier gegeben. Entschuldigen Sie meinen großen Auftritt. Macht der Gewohnheit«, krächzte er mit seiner Stimme, die von zehn Schachteln am Tag und nur noch zwei Stangen bis zum Lungenkrebs kündete. »Ich bin hier, um mich bei ihr zu bedanken, dass sie mich vorm Verbruzzeln gerettet hat.« Er malmte sein vorstehendes Kinn und lebte ein bisschen auf: »Wenn ich irgendwie irgendwann irgendwas für sie tun kann, dann braucht sie's nur zu sagen.«

Victoria bemühte sich, ihr Äußeres in Ordnung zu bringen. »Ich weiß, es ist kaum zu glauben, aber ich bin tatsächlich ihre Mutter.«

Der Mann lächelte und ließ den einen Zahn blitzen. »Na, wenn das so ist, Ma'm, gilt dasselbe auch für Sie.«

Meine Schwester und ich blickten uns mit weit aufgerissenen Augen an. Der Typ könnte das Beste sein, das uns seit der Erfindung von weit geschnittenen Jeans widerfahren war. Es war, als hätte man Überraschungsspielzeug in einer Cornflakes-Packung gefunden.

»Nun ja«, sagte Victoria, »da Sie es gerade erwähnen, da wäre zufällig eine Kleinigkeit …«

27.

Ich fühl mich ohne dich so mies, es ist, als wärst du bei mir

Männer sind ungemein angenehm und absolut wunderbar, solange man sie nur bis auf eine Zehn-Kilometer-Zone herankommen lässt. Nach zwölf Ehejahren bestand meine einzige weitere Erkenntnis darin, dass es bei einem Treffen mit seinem zukünftigen Ex-Mann nicht besonders ratsam ist, die Differenzen mit Feuerwaffen beizulegen.

Für meine Begegenung mit Hugo wählte ich deshalb einen neutralen Ort: ein zwielichtiges Hotel (die Gäste wurden gebeten, ihre Kettensägen an der Tür abzugeben) in King's Cross, einer Gegend von London, die sich durch ein buntes Lokalkolorit aus Prostituierten unterschiedlichster Couleur, entflohenen Sträflingen und Angestellten der British Library auszeichnete. Ein grüngrauer Farbton lag in der Abendluft, es sah nach Regen aus. Ich wartete an der Rezeption auf Hugo, neben einem klapprigen Drehständer mit billigen Ansichtskarten von Londoner Sehenswürdigkeiten.

Als mein Mann durch die Tür kam, erblickte ich jenen gut aussehenden Fünfundvierzigjährigen, den ich einmal so sehr geliebt hatte – und ertappte mich schockiert dabei, dass ich ihm zutiefst nachtrauerte. Wann, fragte ich mich, waren wir vom »Fick mich!« zum »Fick dich!« übergegangen? Offenbar lag die Antwort in einem lebensnahen Haiku: »Aus Leidenschaft wird Leid.« Während Hugo näher kam, betrachtete ich unsere Ehe wie eine Leiche im Schauhaus. Wir tauschten leere Blicke, wie zwei Menschen, die einander auf hinauf- und hinabfahrenden Rolltreppen begegnen.

»Danke für letzte Nacht«, sagte ich und lotste ihn in die schäbige Hotelbar.

»Ich war letzte Nacht gar nicht bei dir.«

»Dafür bin ich ja so dankbar.«

»Hast du vor, diesen sarkastischen Unterton für die Dauer unseres Gesprächs beizubehalten?« Er bestellte Kaffee und rutschte dann auf die fleckige Verloursbank der nächstbesten Nische, von wo aus er die deprimierende Umgebung begutachtete. Die einzigen anderen Gäste waren ein paar Kakerlaken von der Größe Arnold Schwarzeneggers, die herumsaßen und die Knöchel knacken ließen, sowie einige Millionen Darmparasiten.

»In was für einen Schuppen hast du mich denn hier geschleppt?« Er zückte ein Taschentuch mit Monogramm und wischte den pockennarbigen lamellierten Tisch ab, bevor er zögerlich seine von einem Designerjackett ummantelten Ellbogen darauf stützte. »Dein Anwalt hat mich heute angerufen.« Sein Blick ruhte ein Weilchen auf mir, dann seufzte er: »O Lizzie, mein Schatz, wo ist nur unsere Liebe geblieben?«

»In der Altkleidersammlung, zusammen mit deinem anderen Zeugs«, sagte ich spröde.

Ich streifte meine Jacke ab und Hugos Augen wanderten hinunter zu meiner neu planierten Brust. »Man hat mir in der Klinik erzählt, dass du eine Explantation vorgenommen hast. Warum, Herrgott noch mal?«

»Nun, seltsamerweise verflüchtigt sich der Kick von zwei Pfund Krebs erregendem Silikon im eigenen Brustkorb doch schneller als gedacht.«

»Weißt du, was mich diese Titten gekostet haben, Elisabeth? Sie stehen jetzt für alle Zeiten auf meiner Visa-Abrechnung! Es ist ja nicht nur, dass ich deine Operation bezahlt habe! Ich habe eine enorme Investition in dich und unsere Ehe geleistet. Und jetzt habe ich alles verloren. Zwölf

Jahre Ehestand, und was ist mir davon geblieben? Ein überzogenes Konto, ein ramponierter Ruf als Arzt und ein gebrochenes Herz. Ich bin drauf und dran, dich auf Kostenrückerstattung dieser Implantate zu verklagen!«

»Ein Rechtsstreit. Sehr gut, dass du das Thema anschneidest, Hugo, denn da ist noch diese kleine Sache, die meine Nichte betrifft. Sag mal, hast du wirklich geglaubt, Marrakesch würde sich freuen, wenn sie aus der Narkose erwacht und in ihrer Überraschungstüte diese Supertitten findet?«

»Deine Schwester hat doch die Einverständniserklärung unterschrieben.«

»Sven hat sie reingelegt.«

»Wie bitte? Davon habe ich nichts gewusst!« Hugos legendär edles Haar fing an, in feuchten Strähnen auf seiner zunehmend blassen Stirn zusammenzuklumpen.

»Wie wird das vor Gericht aussehen, wenn Marrakesch der Jury erzählt, wie sie bewusstlos auf dem Operationstisch lag, während ihr Onkel, dem sie vertraute, bei ihr eine Brustvergrößerung gegen ihren Willen vornahm? Sie ist erst fünfzehn. Mein Anwalt sagt, sie hätte vorher genau informiert werden und ihr Einverständnis erklären müssen ... ein von einer ahnungslosen Mutter unterschriebener Wisch ist da völlig wertlos.«

»Sven, der Liebhaber und Agent ihrer Mutter, wie du weißt, kam während der OP herein und sagte: ›Mach ihr ein Paar große, freche Dinger. Sie will unbedingt ein Topmodel werden.‹ Na, das hab ich dann getan. Ich habe geglaubt, dass sie es so wollte.«

»Du weißt genau, wie *widerlich* sie ihren großen Busen fand!«

»Herrgott, Lizzie, wenn *ich* sie nicht operiert hätte –«, er unterbrach sich, als der Barmann uns den Kaffee brachte, der, wie ich vermutete, irgendwann zu Beginn des Zweiten Weltkriegs gebraut worden war –, »dann hätte es einer von Svens Metzgern gemacht.«

»Hast du denn nicht gemerkt, dass er gelogen hat?« Aber

ich wusste die Antwort bereits. Mein einst so ehrenhafter Gatte hatte sich in einen Arzt von der Sorte verwandelt, die in dem Moment blind werden, wenn sie erfahren, dass der Scheck gedeckt ist. »Stell dir nur den Skandal vor: Doktor Hugo Frazer, dessen Namen wir aus juristischen Gründen nicht nennen dürfen –«

»Elisabeth«, unterbrach er mich, knapp und präzise artikulierend, »wenn du mich wirklich foltern willst, dann bitte mich, mein Eheversprechen zu erneuern.«

»Weißt du, vielleicht wäre es ja nicht schlecht, wenn du ein bißchen Zeit im Knast verbringst, Hugo. Eine bessere Fastenkur kannst du dir gar nicht wünschen.«

Hugo zog den Bauch ein. »Du hast das Haus, die Kinder und das Sorgerecht für das Mercedes-Cabrio. Was willst du eigentlich noch?«

»Lediglich einen kleinen Eingriff.«

Er schlürfte verdrießlich seine brodelnde Brühe und zog eine Grimasse, als tränke er aufgewärmte Spucke. »Was willst du dir noch alles entfernen lassen?«

»Es ist nicht für mich«, beeilte ich mich zu sagen.

»Für wen denn dann?«

»Für Sven.« Ich nippte an meinem Kaffee, der so tödlich war wie der Blick, den mein Mann mir gerade zuwarf. »Jawohl: Fettabsaugen, Botox, ein Arschlifting, oh, und Brustimplantate.«

Mein Gatte musste so herzlich lachen, dass er Kaffee über seine Hemdbrust versprühte.

Ich hielt trotzig seinem Blick stand. »Ich bin hoch erfreut, dass Svens missliche Lage eine solche Heiterkeit bei dir auslöst«, sagte ich in Hugo-Manier. »Wir haben ihn vor über sechs Stunden gekidnappt. Er ist für die Operation vorbereitet.«

Mein Mann musterte mich befremdet. »Das ist doch nicht dein Ernst, oder?«

»Doch.«

»Dich eine Psychopathin zu nennen, Elisabeth, wäre eine

denkbar kuriose Untertreibung. Zuerst dein aggressiver Ausbruch im Fernsehen, wo du mich vor der ganzen Welt anprangerst, und jetzt auch noch *das*. Wie kannst du nur wagen zu glauben, dass ich so eine teuflische Handlung gutheißen würde?«

»Frauen tust du so was jeden Tag an. Einschließlich deiner eigenen Verwandten.«

»Brustimplantate bei einem Mann?«, fragte er entgeistert. »Das kann ich nicht. Das ist – Verstümmelung.«

»Genau.« Ich hob mein T-Shirt und zeigte auf die beiden fünf Zentimeter langen Narben, die sich ein für alle Mal unter meine Brüste gegraben hatten. »Du wirst Sven operieren.«

Hugo kauerte angriffslustig hinter seinem Kaffee. »Du kannst mich nicht dazu zwingen.«

»Nein«, gab ich zu, »aber *der* da.«

Ich nickte in die Richtung der dunkelsten Ecke der verlassenen Bar, wo Bruce the Tooth vor einem Budweiser fläzte. Er tippte sich an die Baseballkappe. Man konnte noch schwach das Motto auf seinem Bekehrungschristen-T-Shirt erkennen: »Siehe, er wird mich doch umbringen, und ich habe nichs zu hoffen, doch will ich meine Wege vor ihm verantworten; Hiob 13:15.«

»Wenn Sie nicht mitspielen, Doc, könnten sich die Dinge hier ziemlich Jüngstes-Gericht-mäßig entwickeln«, rief Bruce the Tooth zur Begrüßung herüber.

»Droht er mir, mich zu *töten*?«, fragte Hugo höhnisch und zwirbelte ungeduldig die Finger.

»Nun ja, Sir, ich finde ›töten‹ irgendwie als Begriff zu weit gefasst. Nennen wir es einfach eine willkürliche Beendigung des Lebens.« Bruce kam zu unserem Tisch herübergeschlendert und ließ seine Faust krachend auf eine Fliege niedersausen, deren Eingeweide sich auf Hugos Ärmel verteilten. Er hob das Insekt auf und ließ es in Hugos Kaffeetasse fallen. »Ich nenne es: ›Ab ins Jenseits‹.«

»Mein Gott. Er will mich wirklich umbringen!« Hugo

zuckte zusammen, während seine Augen hektisch die Bar nach Zeugen absuchten, oder besser noch, einem Sondereinsatzkommando zur Terroristenbekämpfung.

»›Polizei findet abgeschlagenen Kopf von Schönheitschirurgen. Von Körper fehlt jede Spur‹«, sagte ich und rührte klappernd meinen Kaffee um. »Das nenn ich eine prima Schlagzeile.«

»*Schlag*zeile – kapiere, haha«, grunzte Bruce.

»Hören Sie mal, guter Freund, was immer meine Frau Ihnen da geboten hat, ich kann es verdreifachen.« Hugo formte seine Hände zu einer Pyramide, die Finger doktorhaft verschränkt, als wolle er gerade eine Diagnose stellen. »Ich fand schon immer, dass Amerikaner so vernünftig sind, dass sie so gut mit Menschen umgehen können ... ich bin sicher, dass wir uns einigen können.«

Obwohl mein Ex-Mann ihm die Hand entgegenstreckte, weigerte sich Bruce the Tooth ostentativ, sie zu schütteln. Seine muskulösen, tätowierten Arme umklammerten fest seine schwer behaarten Rippen. »Hey, seh ich aus wie so ein arschiger Menschen-Typ? Entschuldigen Sie meine Ausdrucksweise, Ma'm.«

»Ja, wahrscheinlich ist es das Beste für einen Mann wie Sie, die Arme verschränkt zu halten. Sonst würden Ihre Handknöchel beim Laufen auf dem Boden schleifen.« Hugo erhob sich abrupt.

»Na schön, dann hilfst du uns eben nicht, Hugo«, sagte ich nonchalant. »Solange du auf ein Hoden-Trauma und die komplizierten Brüche gefasst bist, die zweifellos die Folge sein werden.«

»Keine Angst«, sagte Bruce the Tooth gedehnt. »Ich habe noch nie einen Mann kastriert, der mir nicht gefällt.«

»Versucht nicht, mich einzuschüchtern. Die Antwort bleibt *Nein*«, sagte Hugo und prallte vor Bruce' natürlicher Marinade aus Öl und Zwiebeln zurück. »Wenn ihr mich bitte entschuldigen würdet, ich muss jetzt in einem Fass Penicillin weichen ...«

Wir sahen zu, wie er durch das heruntergekommene Foyer ging und in die Dämmerung hinaustrat. Dann folgten wir ihm, vorbei an obdachlosen Frauen, die sich mit unsichtbaren Außerirdischen unterhielten, und einer Pinkelparty, die offenbar gerade an der Ostmauer der British Library gefeiert wurde. Die Luft war dunstig vor Hitze und Autoabgasen. Hinter den Kirchtürmen von St. Pancras schnitten graue Wolkenfetzen durch den Himmel. Ein Sommergewitter dräute am Horizont.

Hugo lief schneller und schneller, verstohlene Blicke über die Schulter werfend. Bruce the Tooth schlich wie ein Panther hinter ihm her, wobei er sich immer wieder in düstere Hauseingänge duckte. Ich erreichte mein Auto und lenkte es hinaus in den Verkehr. Als ich mit den beiden auf gleicher Höhe war, sprintete Hugo förmlich los. Während er an seiner Wagentür herumfummelte, blieb meinem Mann nur noch Zeit, sich umzudrehen und finster wie die berühmte Stalin-Büste dreinzuschauen, bevor er auf dem Asphalt niedergestreckt wurde. Als ich vorfuhr, hatte sich Bruce the Tooth meinen Mann mühelos über die Schulter geworfen und schleuderte ihn nun wie eine Golftasche auf den Rücksitz meines Personentransporters.

Mieten Sie sich einen Irren: Glauben Sie mir, jedes Mädel sollte das dürfen. Bruce the Tooth besaß vorgefasste Meinungen – und handelte danach. Aber meine Schwester war in dieser Hinsicht nicht anders. Ich hatte Victoria mit einem Sven allein gelassen, der hilflos an einen Operationstisch festgebunden war. Ich trat das Gaspedal durch. Ich wusste schon lange, dass das Leben die Kunst nicht imitierte. Aber ich hatte so ein komisches Gefühl, dass meins gleich ein schlechter Abklatsch der *Jerry Springer Show* werden würde.

28.

Mit Geduld und der gütigen Unterstützung eines gelegentlichen Serienkillers

Eine alte Faustregel besagt, dass die Frage »Wissen Sie eigentlich, wer ich bin?« fast immer die falsche ist, wenn man gerade von einem eins zweiundneunzig Meter großen Ex-Knacki mit Schnappmesser entführt wird.

Die blasierten Worte bewirkten, dass Hugo noch einen Schlag in die Eingeweide bekam, bevor er über die Kellertreppe der Langlebigkeits-Klinik in den Fahrstuhl geschleift und dann zur Chirurgie in den vierten Stock hinaufbefördert wurde. Es war ein Sonntagabend, und die Harley Street war menschenleer – die erstickten Schreie aus dem OP würden ungehört verhallen. Ich drückte die Schwingtür auf. Sven lag, mit gespreizten, festgeschnallten Armen und Beinen, splitternackt auf dem Operationstisch. Obwohl er mit Tesakrepp geknebelt war, drang ein verzweifelter Hilferuf aus seinen entsetzten Augen. Eine Enthaarungscreme war ihm auf die Brauen gesprayt worden, wo sich weiße Kringel bildeten.

Victoria saß mit hochgeschobenem Rock und einem Spatel in der Hand rittlings auf seinen bloßen Schenkeln und verpasste dem Model-Agenten eine Wachsenthaarung der Bikinizone. Sie hatte ihm kleine Laufstege ins Schamhaar und die Bewaldung seiner Oberschenkel gemäht, die nun rot und wund und von kleinen blutigen Pünktchen durchsetzt waren.

»Meinst du, ich sollte eine komplette Heißwachsbehandlung machen? Er mag rasierte Mösen. ›Käferhäubchen‹ nennt er sie, nicht wahr, Schätzchen?«, erinnerte sie ihren Ex-Lover. Sven begann sich auf dem Tisch zu winden und an seinen Gurten zu zerren. Immer hatte ich gedacht, dass er ein Raubtier erster Güte war, das männliche Äquivalent zum großen weißen Hai, aber im Moment sah Sven eher wie die große weiße Garnele aus. Victoria zeigte auf sein geschrumpftes Anhängsel, das daraufhin noch mehr einzulaufen schien. »Genau das ist der Grund, weshalb man einen Menschen aufgrund seiner Persönlichkeit beurteilen soll. Und nun wasch dir die Hände, Doc«, befahl meine unzurechnungsfähige Schwester Hugo, und wirre Haarsträhnen fielen ihr in das gerötete Gesicht. »Es wird Zeit für unse ren Sven, eine Beziehung zu seinem inneren Model aufzubauen.«

Victorias aufgelöstes Äußere stand im starken Kontrast zu der eisernen Entschlossenheit und Zielstrebigkeit, die von ihr ausging. »Gut, dass du endlich da bist, Hugo«, fuhr meine Schwester im Plauderton fort, »weil ich gerade ohne dich mit der Lipo anfangen wollte. Es sieht ja auch ganz leicht aus. Man muss nur einen Schnitt machen, den Schlauch reinschieben, ein bisschen damit herumstochern, bis man auf eine Tasche mit blassgelben Kügelchen stößt, die man dann durch einen Strohhalm heraussaugt, wie einen Milchshake bei McDonald's. Schlürf. Stimmt's?«

Hugos Kopf kippte plötzlich nach hinten, als befürchtete er, dass ihm die Augäpfel herausfielen. »Lipo?«

»Ja. Im Flur steht ein Staubsauger. Aber ich wollte nicht, dass mein Patient vor Schock stirbt. Dann habe ich überlegt, ob ich mit dem Botox beginnen soll«, sagte sie, ein unsichtbares Orchester mit einer Spritze dirigierend.

»Botox«, wiederholte Hugo fassungslos.

»Ja, ich war schon drauf und dran, es ihm zu injizieren, aber wenn ich nun aus Versehen zu viel genommen hätte? Könnte das nicht eine Lähmung seines Kehlkopfs zur Folge haben? Und dann würde er doch aufhören zu atmen, oder?«

Hugo neben mir keuchte.

»Und wir wollen ihn ja nicht umbringen – noch nicht ganz, jedenfalls«, beschloss meine Schwester und beugte sich vor, um mit zwei geschickten Bewegungen ihrer hübschen kleinen Hand die Enthaarungscreme zu entfernen. Als Svens Augenbrauen mit einem Papiertaschentuch abgerissen wurden, gab es ein Geräusch wie bei einem Reifen, aus dem die Luft entweicht. »Ich würde sagen, wir machen erst mal die Brustimplantate, im Gegenzug zu dem, was du meiner Tochter angetan hast.«

Sven zitterte so stark als sei er Parkinsonpatient im fortgeschrittenen Stadium.

»Vielleicht könnten wir ihm auch ein bisschen was vom Steißbein abhobeln, was, Hugo? Damit er so eine schlanke Taille bekommt, wie er sie seinen Models immer abverlangt.«

Bruce the Tooth schnaubte schadenfroh. »Tja, Auge um Auge …«

»Genau! Und ein Facelifting für ein Facelifting. Warum nicht? Dabei wird ja nichts weiter gemacht, als dass sie einem das Gesicht vom Knochen schälen. Sie ziehen dir die Haut über den Kopf wie einen Stretch-Rollkragenpulli«, informierte Victoria beiläufig ihr Opfer.

»Dieser Angeber-Arsch ist doch bestimmt ein eingefleischter Pimmel-Hätschler, oder?«, sagte der Tooth, sich merklich in seine Rachevisionen hineinsteigernd. »Warum verpassen wir ihm nicht einfach einen Hammer von einem Schwanz? Das dickste verdammte Teil, das die Welt je gesehen hat.«

»Oh, genialisch fies!«, begeisterte sich meine Schwester. »Das phallische Pendant zu Pinocchios Nase. Wenn er morgens aufsteht, muss er aufpassen, dass er nicht auf sein eigenes Ding tritt. Er braucht ein Gerüst zum Absteifen!«, gackerte sie.

Sven winselte wie ein ausgesetztes Hündchen. Kalter Angstschweiß quoll ihm aus allen Poren.

»So was nennt man ›präventive medizinische Maßnahmen‹«, erklärte uns anderen Victoria, die wir die Szene entsetzt begafften. »Damit haben wir vorgebeugt, dass er je wieder mit einer Frau schläft und ihr das Herz bricht – geschweige denn ihren Körper«, fügte sie verbittert hinzu.

Aus dem Augenwinkel sah ich, wie Hugo sich langsam Richtung Tür vorarbeitete.

»Das würde ich dir nicht raten, Hugo«, rief ihm meine Schwester zu. Sie nahm Svens schlaffes Glied in die Hand, schwang ein Skalpell und ließ es bedrohlich einmal daran hinuntergleiten. »Sonst wird das nämlich eine Operation ohne Operationsarzt.« Sven begann vor Verzweiflung zu sabbern. »Denn schließlich braucht man keinen Penis, um eine Model-Agentur zu leiten. Im Gegenteil, es gibt keinerlei Beweise, dass man überhaupt ein Organ dafür benötigt. Ein Gehirn, mitsamt einem moralischen Gewissen, ist für den Job nicht im Entferntesten erforderlich.«

Sven gab ein paar hässliche Grunzlaute von sich, die, wie ich vermutete, eine rasche religiöse Bekehrung beinhalteten.

Ein leichter Schauder kroch mir den Rücken hinauf. Rache, so wurde mir klar, ist wie ungesüßter Kaffee: Sie riecht besser als sie schmeckt. In meinem Wohnzimmer, vom Whisky angefeuert, hatte die Lösung auf der Hand gelegen: Tun wir dem Körperfaschisten an, was er seinen Frauen angetan hat. Aber wir hatten ihm doch nur einen Schrecken einjagen wollen. Ihn so zu sehen, an einen Operationstisch gefesselt, mit Streifen von Heißwachs, die an seinen Lenden erstarrten, bewirkte, dass sich mir der Magen umdrehte. Folter stand nicht auf der Liste der Dinge, die mir das größte Vergnügen bereiteten. »Okay, Vick, ich glaube, wir haben jetzt ausreichend bewiesen, worauf es uns ankommt«, intervenierte ich.

Ein Klumpen von Svens Schamhaar baumelte an Victorias Spatel wie Seetang an einem Anker.

Anämisches Gemurmel drang unter Svens Knebel hervor. Mein Mann warf mir einen flehenden Blick zu.

»Victoria, sieh dir sein Gesicht an«, beschwor ich sie. Tränen strömten ihm aus den Augen.

»Das sind nur Krokodilstränen, Schatz – Tröpfchen, die dem Riesenreptil aus den Augen quellen, von all dem Druck, seine Opfer zu zermalmen.«

»Wir haben sie zu Tode erschreckt. Es reicht«, bat ich sie.

Victoria ignorierte mich und warf meinem Ex-Mann einen OP-Kittel zu. »Legt euch nicht mit mir an. Mein Östrogenpegel ist auf dem Tiefstand und ich habe ein Skalpell ...« Wir schauten alle auf Victoria und überlegten stumm, ob es ratsam sei, darauf zu antworten.

»Nun mach schon, Hugo. Der nächste hormonell ausgelöste Stimmungswechsel müsste ...«, Victoria blickte grimmig auf ihre Uhr, »... in etwa fünf bis sechs Sekunden erfolgen. Eins, zwei, drei ...«

»Hör mal, das ist doch völlig sinnlos –«

Das musste auch Hugo einsehen, als Bruce the Tooth ihm wieder ein Ding versetzte, diesmal über den Mund.

»Blut! Um Gottes willen.« Ich wand mich. »Blut gehört definitiv nach drinnen, nicht nach draußen. Okay, Victoria. Die Sache ist jetzt weit genug gegangen.«

Aber nach dem verwegenen Gesichtsausdruck meiner Schwester zu schließen, sollte sie noch viel, viel weiter gehen. Mein Gott, sie hatte sich in einen Zustand hineingesteigert, in dem sie zu einem beliebigen Kennedy-Bruder ins Auto steigen würde.

Hugo richtete sich empört auf. »Wie können Sie es wagen?«

Bevor er noch mehr sagen konnte, landete ihm Bruce the Tooth wieder einen Hieb, direkt in die Magengrube. »Und jetzt wasch dir verdammt noch mal die Pfoten, wie die Lady gesagt hat«, knurrte er im unmissverständlichen Jargon seiner Sozialisation, »denn du fängst langsam an, mir mächtig auf die Eier zu gehen.«

»Das könnt ihr mir nicht antun! Ich werde euch verklagen!«, quengelte Hugo und wischte sich das Blut von seiner aufgeplatzten Lippe.

»Auf was denn? Tierquälerei?«, fauchte meine Schwester.

»Sie sind doch auch ein Mann!«, flehte Hugo. Aber the Tooth stand nur reglos mit verschränkten Armen da. »Wie können Sie eine solche Verstümmelung zulassen?«

»Hör mal, Kumpel, ich hab zehn Jahre im Todestrakt verbracht. Ich war vierundzwanzig Stunden davon entfernt, auf dem elektrischen Stuhl gegrillt zu werden, alles für ein Verbrechen, das ich nicht begangen habe. Obwohl, klar, ein paar in der Art gehen schon auf mein Konto.« Sein breiter Akzent vermittelte den Eindruck, als würde er permanent kauen. »Und das kleine Mädel! Sie war diejenige, die den Schotter gesammelt hat, um richtige Anwälte zu bezahlen – nicht wie diese beschissenen Strafverteidiger, die bei meiner Verhandlung alles verkackt haben. Marrakesch hat mich rausgehauen. Und dieses Arschloch« – hier zeigte er auf Sven – »hat ihr was Fieses angetan.«

»Ich tu's nicht.« Hugo sprach mit Nachdruck. »Da können Sie mich misshandeln, so viel Sie wollen.«

»Sag mal Hugo, beinhalten deine Pläne für den heutigen Abend, dass du morgen noch am Leben bist?« Meine Schwester richtete das Skalpell auf meinen Ex-Mann.

Ich presste mir die Hand vor den Mund. Ich kam mir vor wie der Beiwagen an einem Motorrad, das außer Kontrolle geraten war. »Victoria, bitte, jetzt lass uns mal alle halblang machen.« Ich streckte meine Hand nach der Waffe aus, sie wich mir aus, und wir begannen um den Operationstisch zu kreisen.

Mit unerbittlicher Gelassenheit verdrehte mir Bruce the Tooth meinen Arm hinter dem Rücken. »Du bist doch nicht etwa zu den Mächten des Bösen übergelaufen, Schwester?«

»Lizzie, du hast das Recht zu schweigen, also *halt's Maul*!«, befahl Victoria.

Bruce fesselte mir meine Handgelenke mit seinem Gürtel,

und obwohl ich mich wehrte, machte er mich mit Klebeband mundtot. »Danke, Bruce-Schätzchen«, sagte Victoria heiter. Die Operationslampe direkt hinter ihr ließ ihr Haar wie Flammen leuchten.

»War mir ein Vergnügen, Ma'm.«

Victoria brach in ein irres Gelächter aus und öffnete eine Schublade, in der falsche Brüste waberten wie endlose Reihen von Sonnenbrandbläschen. »So, welche Körbchengröße?« Sie begann die Implantate zu durchforsten und wie Frisbees durch die Gegend zu schleudern, bis sie ein Paar der Größe 75 E fand, das damit, wie ich mich entsann, dem entsprach, was Sven Marrakesch verpasst hatte.

»Ich kann gar nicht operieren«, beharrte Hugo. »Es herrschen keine sterilen Bedingungen.«

Bruce the Tooth, der mich mit Verbandsmull an der Heizung festgebunden hatte, krempelte die Ärmel hoch und sagte: »Dann mach ich's eben. Ich hab mir die Hände gewaschen, nach dem Mittagessen.«

»Ja, warum nicht? Wahrscheinlich ist es kinderleicht«, schwärmte meine Schwester. »Schließlich hat der Patient weder ein Rückgrat noch ein Herz.«

»Wenn ihr das tut, bringt ihr ihn um«, sagte Hugo streng.

The Tooth grunzte schwer durch seine Zahnlücken. »Ja, und dann muss ich auch noch einen lästigen Zeugen erledigen, oder?« Er nahm Victoria das Skalpell aus der Hand und richtete es gegen Hugo. »Der Tod schädigt die Gesundheit, wusstest du das, Doc? Also, wie sieht's aus, willst du lieber vorher oder nachher deinem Schöpfer gegenübertreten?«

Der Nachteil beim Sterben ist natürlich, dass das Leben nie wieder so sein wird wie früher. Es dämmerte schließlich auch Hugo, dass es moralisch eher zu verantworten sei, sich für ein deformiertes Leben und gegen zwei Tode zu entscheiden. Langsam nickte er, bevor er den Kopf in die Hände sacken ließ. »Oje, wie werde ich das am nächsten Morgen bereuen«, brummte er.

»Na und?«, sagte meine geistig umnachtete Schwester. »Dann schlaf doch einfach bis mittags.«

Als Sven narkotisiert war (mit einem per Tropf verabreichten Cocktail schnell wirkender Barbiturate), begann Hugo zu operieren. Sein Gesicht war eine einzige Maske verkniffener Konzentration. Ich zuckte, als er die Haut unter dem Pectoralismuskel aufschlitzte und dann versuchte, einen Ballon mit Kochsalzlösung in den Einschnitt unter Svens Brustwarze zu schieben. Es kam mir vor wie der Versuch eines Fluggastes, einen übergroßen Gegenstand in die obere Gepäckablage zu quetschen. Hugo dabei zuzusehen, wie er mit eiserner Entschlossenheit an dem Fleisch herumzerrte, ließ mich angewidert zurückschrecken. Als ich das nächste Mal einen verstohlenen Blick auf den Operationstisch warf, konnte ich die Schwellung sehen, die sich auf Svens geschundenem Torso gebildet hatte. Jetzt war er halb Mann, halb Aubergine. Dann machte sich Hugo an die Verlängerung von Svens Penis. Dies wurde mithilfe eines Silikonstabs bewerkstelligt. Eine Stunde später war der Pimmel des Model-Agenten so aufgeblasen, dass er bei der Macy's Parade als gigantischer Luftballon hätte auftreten können. Es war anzunehmen, dass bei Sven jetzt nicht mehr nur das Herz hart war. Hugo war gerade mit ihm fertig geworden, als wir das melodische Klingeln eines ankommenden Fahrstuhls vernahmen.

Bruce the Tooth schlug auf den Lichtschalter. In der trüben Dunkelheit klickten und blinkten die grünen Strahlen der Monitore gespenstisch in einem Gefahr signalisierenden Morsecode. Ich sah nur die unausweichliche Freiheitsstrafe, die sich endlos vor mir erstreckte. Meine inneren Organe fühlten sich an, als befänden sie sich in einem Mixer. Ich dachte, nun setzten die Wehen ein – nur, daß ich nicht schwanger war. Glauben Sie mir, erwischt zu werden, wie man einem Mann gerade Brustimplantate einsetzt, ist wirklich das ultimative Abführmittel.

Wir standen stocksteif da und hielten die Luft an, als die Tür zum OP aufgestoßen wurde und sich dann langsam wieder zu schließen begann. Genau in dem Moment, als der nur noch halb betäubte Sven röchelte und ein lang anhaltendes Stöhnen erklingen ließ.

Die Scharniere zischten, bevor die Tür wieder aufsprang. Licht durchflutete kurz darauf den Operationssaal. Von gnadenlosen Neonröhren angestrahlt, standen wir wie schockgefroren in der Gegend herum. Eine Röhre flackerte spasmodisch wie eine sterbende Stubenfliege. »Was zum Teufel geht hier vor?«

Britney Amore hat eine Stimme, die viele Leute als sehr angenehm empfinden, die von Geburt an taub sind. Ihre schrillen Töne können auf eine Entfernung von hundert Schritt größtes Unheil anrichten, weshalb ich sie auch hörte, bevor ich sie sah.

Als sich meine blinzelnden Augen an das Licht gewöhnt hatten, schaute ich in den Lauf einer .34er Smith & Wesson.

29.

Vorzeitige Einäscherung

Unsere kleine Versammlung sah erstaunter aus als die Hochzeitsgesellschaft bei Michael Jacksons Eheschließung. Gerade als sich meine Augen an das grelle Licht gewöhnt hatten, wurde ich ein zweites Mal geblendet, und zwar von einer kampflustig gebleckten, perfekten weißen Zahnreihe.

»Was geht hier vor, verdammte Scheiße?«, wollte Britney erneut wissen, ihr glamouröses Stargetue endlich über Bord werfend.

Irgendwie gibt es keine schonende Art, einer Frau mitzuteilen, dass ihr Verlobter von mordlustigen Irren entführt und entstellt worden ist.

Meine Schwester rang sich als Erste eine Erklärung ab, wahrscheinlich weil die Pistole nun auf ihren Kopf gerichtet war. »Dein zukünftiger Gatte harmoniert jetzt mit seinem inneren Model«, sagte sie ruhig.

Britneys Augen registrierten daraufhin den frisch vergrößerten Patienten, der komatös auf dem Operationstisch lag. Svens bombastische blau geschwollenen Brüste, die, jeder Schwerkraft und Geschlechtszugehörigkeit zum Trotz, kürzlich von null auf ein Paar hüpfende, üppige 75 E-Dinger erweitert worden waren, wölbten sich Aufsehen erregend zur Decke. Sein runderneuertes Anhängsel stach dämonisch und surreal ins Auge. Britneys Kinnlade klappte herunter. »Ihr

– ihr miesen Arschlöcher! Dafür kommt ihr alle auf den elektrischen Stuhl!«

Bruce the Tooth kicherte. »Wir sind hier nicht in Texas, Ma'm.«

»Und wer sind verdammt noch mal *Sie*?« Britney richtete ihre Pistole auf Bruce the Tooth. Mit der anderen Hand riss sie mir das Klebeband vom Mund, wobei sie die halbe Oberlippe mitnahm. »Elisabeth? Wer ist das?« Sie band mich von der Heizung los.

Mein Hirn versuchte fieberhaft, mein Herz wieder in Gang zu setzen. »Marrakeschs Brieffreund aus dem Gefängnis«, sagte ich schließlich und überprüfte diskret, ob ich mir in die Hosen gepinkelt hatte. »Der, den sie aus dem Todestrakt befreit hat.«

»Hätte sie nicht einfach ein *Tier* aus dem Zoologischen Garten adoptieren können?« Sie musterte Bruce verächtlich. »Obwohl ... anscheinend hat sie es ja getan.«

Besorgt beobachtete ich, wie die Muskeln am Hals von Bruce the Tooth zu dicken Kabelsträngen anschwollen.

»Ruf die Bullen«, kreischte Britney und kramte mit der freien Hand in ihrer Tasche nach dem Handy. »Dann besorg einen Krankenwagen.« Sie warf mir ihr Mobiltelefon zu. Ich rührte mich nicht. »Hast du nicht gehört? Wenn du nicht bald loslegst, schieß ich euch alle über den Haufen.«

»Du kannst gern die Polizei rufen, Elisabeth«, entfuhr es wütend meiner Schwester, deren rot geränderte Augen hasserfüllt brannten. »Ich möchte ihnen nämlich erzählen, wie Sven meine wunderschöne Tochter gegen ihren Willen hat verstümmeln lassen, indem er ihr einen doppelt so großen Busen verpasste.«

»Doch nur, weil sie nicht genug Verstand hat, so eine Entscheidung selbst zu fällen«, knurrte Britney. »Ihr stammt offensichtlich beide aus einer langen Linie von Vettern ersten Grades.«

Meine Fingerspitzen gruben sich in die Handflächen. Die Halsadern von Bruce the Tooth pulsierten bedrohlich.

Britney plapperte ahnungslos weiter: »Hätte sich doch bloß Marrakeschs Alter, wer immer das war, damit zufrieden gegeben, sich einen blasen zu lassen, was?«

Der Ausbruch, als er erfolgte, war von vesuvischen Ausmaßen. Wie eine Kettensäge aufheulend, sprang Bruce the Tooth, blind gegen jede Todesangst, der Schauspielerin an die Gurgel.

Er befand sich noch halb in der Luft, als Britneys Finger den Abzug drückte und sich die Kugel mit einem dumpfen Aufprall in seine Brust grub. Es sah aus wie die Sprengung eines Hochhauses. Der große Mann brach zusammen und riss das Wägelchen mit dem Operationsbesteck mit sich. Medizinisches Gerät flog wie Schrapnell nach allen Seiten. Victoria machte ein Geräusch, das einem oberirdischen Nukleartest nicht unähnlich klang, bevor sie an seine Seite stürzte.

Hugo nutzte das allgemeine Durcheinander und schlug einmal hart gegen Britneys Handgelenk. Die Pistole segelte über den gebohnerten Fußboden. Britneys Knie landete einen Gegenschlag in seinem Unterleib, bevor er auch nur »Castrati« sagen konnte. Hugo klappte zusammen wie ein Taschenmesser. Ohne Waffe und in der Minderzahl, beschloss Britney, die Flocke zu machen. Da rannte sie nun den mit korinthischen Säulen gesäumten Flur entlang, während ihre hohen Absätze den Zier-Kies knirschen ließen.

Ich beugte mich hinab, um meinem gefallenen Idol auf die Beine zu helfen. »Hugo, um Gottes willen, wir stecken hier alle mit drin! Kümmere du dich um Bruce. Victoria, sieh zu, dass du Sven hier rausschaffst. Ich versuche so lange, Britney zu erwischen.« Ziemlich darauf erpicht, nicht für etwas ins Gefängnis zu kommen, das ich nicht getan hatte, nämlich nicht schnell genug davongelaufen zu sein, stellte ich fest, dass ich trotz meiner vorherigen Verachtung für muskelbildende Maßnahmen zwei Stufen auf einmal nehmend die Treppen hinuntersprinten konnte. Die Hintertür zum kopfsteingepflasterten Hof stand gähnend weit auf. Keuchend raste ich durch die Gasse und hinaus auf die Harley Street.

Während wir in der Klinik waren, war das Unwetter losgebrochen. Hektisch suchte ich die windgepeitschten Straßen ab. Böen heulten auf menschenleeren Gehwegen und schoben Wälle von Kehricht gegen die Häuser. Meine Augen peilten nach rechts und links, während Blätter um meine Füße wirbelten und tanzten wie riesige Cornflakes. Und dann sah ich sie. Sie stand vor ihrem Porsche; die Autoschlüssel klapperten an ihren lächerlich langen Stilettofingernägeln. Als sie meine schweren Schritte hörte, begann sie verzweifelt mit den Schlüsseln zu fummeln, die daraufhin in einen Gully fielen. In ihrem heftigen Bedürfnis, mir zu entfliehen, entledigte sie sich ihrer wertvollen Blahnik-Stöckelschuhe und flitzte Richtung Marylebone Road. Aber um diese Stunde war die Fahrbahn vollkommen leer. Meine Jagdbeute schlitterte über den regennassen, glitschigen Asphalt.

Die sintflutartigen Güsse peitschten mir ins Gesicht und verschleierten mir die Sicht. Ich hastete auf der Straße entlang und schlug instinktiv den Weg in Richtung Regent's Park ein – wo ich sie gerade rechtzeitig entdeckte, als sie sich durch eine Lücke im Zaun quetschte und in geheimnisvollen Schatten entschwand. Wo zum Teufel wollte sie hin? Dann fuhr mir die schreckliche Erkenntnis in alle Glieder, dass ihr Ziel wahrscheinlich das Polizeirevier am Chester Gate war. Und was für eine Räuberpistole sie denen erzählen würde – im wahrsten Sinne des Wortes. Wenn ich sie nicht einholte und sie zur Räson brächte, würden wir bald alle miteinander in einer Gefängnisbücherei sitzen und Fälligkeitsdaten in Leihkarten stempeln.

Ich ließ die Rhomben der Straßenlaternen hinter mir und tauchte in die tiefe Schwärze des Parks ein. Der Sturm hatte nun melodramatische Formen angenommen; Bäume bogen und krümmten sich unter seiner Attacke. Der Himmel kochte. Wolken wanden sich wie schwarze Säcke voller Aale. Der Peitschenknall eines Blitzes schnitt durch das dunkle Himmelbett über den Baumkronen – als würde Gott Autogramme geben. Und da vorn war sie, lief an Skulpturen vorbei und über Rabatten, während ihre Beine wie Scheren aufblitzten und sie durch eine Lichtung huschte. Als ich hinter ihr herpreschte, bekam ich heftiges Seitenstechen. Dichte Wasservorhänge schienen sich über die Bäume gelegt zu haben. Ich würde einen Außenbordmotor benötigen, wenn ich sie einholen wollte.

Der Weg ging in eine weite Rasenanlage über, auf die sich der Regen in Sturzbächen ergoss. Meine Augen jagten über das Feld. Keine Britney. Nur bedrohliche Dunkelheit. Die nächste große gezackte Heugabel zerschnitt den Himmel und gewährte mir in dem Moment einen Radarblick auf sie, als sie sich gerade aus einer Gruppe schutzgewährender Bäume löste. Es war eine alttestamentarische Nacht geworden. Regenwasser strömte in Bächen meinen Nacken hinunter. Und für die Augen benötigte ich Scheibenwischer. Ich strauchelte. Ich war außer Atem und total durchnässt, und mein Körper bettelte, endlich auszuruhen. Ich war einfach nicht für das Verbrechen geschaffen. Verdammt noch mal, ich wusste ja nicht mal meine Nylonstrumpf-Kopfgröße. Aber die Wut auf diesen kichernden, schnütchenziehenden, trippelnden, bebenden, giftigen, silikonaufgepumpten und eisbedeckten Vulkan von einem Teufelsbraten trieb mich so stark, dass ich mich wieder auf meine Gummibeine hievte und ihr hinterherrannte.

Und ich holte langsam auf. Mein Vorteil bestand schlicht darin, dass ein Paar Jeans ja so viel praktischer beim Hinaufklettern von Erdwällen ist als ein kleiner Leopardenfell-Fetzen von Prada, der bei ihr enger anlag als je bei dem Leoparden.

Am Rosengarten von Queen Mary machte ich einen Satz und krallte mich in ihre Haarverlängerungen. Ich hielt einfach nur fest, hörte auf zu laufen und ließ mich von ihr ziehen, sodass ich auf den Sohlen meiner Turnschuhe Ski fuhr.

Sie wirbelte herum – trat nach mir, biss und kratzte. Nägel wie Schnappmesser ratschen an meinem Gesicht entlang. Ich schmeckte das Blut in meinen Mundwinkeln. Wir kugelten und rangen miteinander auf dem schlammigen Boden. Und dann schlug der Blitz ein.

Das Einzige, was ich je in Hinsicht einer außerkörperlichen Erfahrung erlebt hatte, war damals, als Dr. Hugo Frazer mich zum ersten Mal küsste. Auf der Empfängerseite eines Blitzschlags zu sein ist gar nicht so viel anders – bis auf die Verbrennungen dritten Grades. Der Stoß hob mich vom Boden und ich schien lichterloh brennend in der Luft zu schweben, während panische Angstwellen wie Flammen an mir züngelten.

Das Letzte, woran ich mich entsinne, bevor ich zerstäubt in die Finsternis geschickt wurde, war der Geruch versengten Fleisches. Das war die Elektrolyse von Mutter Natur: vorzeitige Einäscherung.

30.

Das war damals, jetzt ist alles neu

Ich denke, also bin ich, aber ich kriege meine Augenlider nicht hoch. Offenbar höre ich gerade eine Adaption von »Stairway to Heaven« für Akkordeon, Panflöte und Mundorgel. Ich versuche mich zu bewegen, aber mein Körper ist wie ein Eimer voller Zement. Mein Mund schmeckt säuerlich, meine Kehle ist rau; ein metallischer Geschmack gärt auf meiner Zunge. Verschwommen nehme ich wahr, dass irgendjemand meine Braue tupft. Ich öffne mit großer Mühe ein bleiernes Auge.

»Wo bin ich?«, krächze ich in einer Stimme, die sich anhört, als sei sie frisch geschmirgelt.

»Im Krankenhaus, Lizzie, Schätzchen«, sagt meine Schwester. Ein stechender Schmerz fährt mir durch Brust, Hals und Schulter. Ich stelle fest, dass mein Torso in Bandagen gewickelt ist. »O mein Gott! Ich habe noch mehr plastische Chirurgie abbekommen, stimmt's?«, frage ich groggy und versuche, mir einen Weg durch neblige Gedankenfetzen zu bahnen. Aber es ist ein normales Krankenhaus. Nicht die Klinik in der Harley Street, wie ich erleichtert wahrnehme.

»Du wurdest vom Blitz getroffen, Lizzie.«

»Ich wurde *was*? ... O Gott, jetzt fällt's mir ein. Ist alles in Ordnung mit den Kindern?«, frage ich in panischer Angst.

Das Zimmer ist eine geräteintensive Enklave. Monitore summen und piepsen neurotisch.

»Ja doch. Sie sind beide auf dem Riesenrad. Mit ihrem Vater. Hugo hat in den letzten fünf Tagen mehr Zeit mit ihnen verbracht als in den letzten fünf Monaten.«

»Aber die Polizei?«, frage ich verzweifelt. »Hat Britney Klage eingereicht?« Mein Herz tanzt einen wilden Fandango. »Wo ist Sven?«

»Mit *der* Figur unterschreibt er wahrscheinlich gerade einen Vertrag bei seiner eigenen Model-Agentur«, spottet Marrakesch, die nun näher kommt, sich auf den Bettrand setzt und mir die Hand streichelt.

»Und Britney Amore? Ja, also ...«, meine Schwester holt tief Luft, »die schminkt sich jetzt in der großen Künstlergarderobe im Himmel, Schatz.«

»Was?« Mein Kopf ist schlagartig klar, als hätte man mich in Eiswasser getaucht.

»Ihr beide habt da unter den Bäumen einen gewaltigen Blitzschlag abbekommen. Und ich fürchte, dass für die Schauspielerin der Vorhang gefallen ist. Der Doktor hat gesagt, dass Britney Brandmale auf der Brust hatte, in der Nähe des linken Körbchens ihres drahtverstärkten BHs. Die Metalldrähte haben den Schlag direkt ins Herz geleitet. Unglaublich, was?«

»Dass ein BH einen umbringen kann? Hey, das wusste ich schon lange«, seufzt Marrakesch.

»Nein. Dass die Kuh ein *Herz* hatte. Der Gerichtsmediziner hat ›Missgeschick‹ als Todesursache angegeben«, berichtet Victoria ungerührt. Während sie spricht, wird sie von Bruce the Tooth, dessen Brustkorb ebenfalls in dicken Verbänden steckt, mit einem Löffel aus einem Eisbecher gefüttert. »Er sagte, es war höhere Gewalt.«

Vom Blitz erschlagen! Heilige Scheiße, das ist wirklich ziemlich biblisch. Fehlt nur noch der brennende Busch.

»Sie waren beide in dieser unglaublichen Menge elektrischer Energie gefangen.« Bruce the Tooth schiebt Victoria jetzt Schokoladen-Mints in den Mund. »Ich hab zehn Jahre im Todestrakt damit verbracht, alles über Elektroschläge zu lesen. Meine Anwälte, wissen Sie, die fanden nämlich, dass der elektrische Stuhl gegen die Verfassung verstößt. Angst vor Blitz oder Keraunopathie, so haben die das genannt. Na ja, und wenn man von einem Haushaltsgerät ein Ding gewischt kriegt, dann sind das so zwanzig bis dreiundsechzig Kilovolt. Ein Blitz schlägt mit, na ja, etwa dreihundert Kilovolt zu. Dieser Blitz war so was von verdammt stark, dass er Ihre Klamotten zum Schmelzen gebracht und völlig zerdröselt hat. Aber weil Sie keine ... ähm ... na ja ... Grundgarnitur anhatten ...« Der große Mann wird rot und zappelig und schaut hilfesuchend meine Schwester an.

»Weil du keinen BH getragen hast«, dechiffriert diese.

Ich rappele mich mühsam in eine sitzende Haltung auf. »Wollen Sie damit sagen, dass mich meine kleinen Titten gerettet haben?« Jetzt komme ich richtig an die Oberfläche. Meine angesengten Synapsen schnappen wie Gummibänder wieder in Startposition.

»Na ja, ja. Ich denke mal, so isses gewesen, Ma'm.«

»Und wir hatten auch Recht, was Britneys Ballons betrifft, Schwesterherz. Sie wurden wirklich ständig größer. Sie hatte Implantate mit einer Ventilvorrichtung unter der Haut und hat sie immer wieder mit Silikon aufgepumpt, wenn sie Nachschub brauchte«, erläutert Victoria. »Der BH, der sie das Leben kostete, war ein 75 Doppel-F.«

»Noch einen Tick größer, und man hätte ihren Busen für eine abtrünnige Teilrepublik gehalten«, wirft Marrakesch ein.

»Wenigstens ist sie glücklich gestorben«, versichert uns Victoria. »Der blendende Lichtstrahl ... ich bin sicher, sie dachte, es wäre das Blitzlichtgewitter von einem Schwarm Paparazzi.«

Ich fange an, hysterisch zu lachen, schallend und schadenfroh. »Ja! Am Ende war sie keine geile Schnitte mehr, sondern nur noch eine Scheibe Toast.« Wie schade, dass Britney nun, da sie tot ist, diese fast schon poetische schicksalhafte Wende nicht mehr genießen kann. Ich muss so sehr lachen, dass die anderen die Schwester rufen, damit sie mir etwas zur Beruhigung gibt. Aber vorher fällt mir noch auf, dass meine Schwester aus den Händen von Bruce Eiscreme, Mints, eine Crème brûlée, zwei Packungen Chips und ein Schokoladenéclair gegessen hat. Und das alles, ohne irgendetwas wieder herauszuwürgen. Meine Schwester springt auf mich zu wie ein Basketball. Sie hat Schwung, sie schwebt.

»Victoria«, quake ich, »du isst?«

»Brucey möchte, dass ich mehr esse. Er sagt, er hat's gern, wenn er sich an was festhalten kann.« Ich bemerke, dass sie kein Make-up trägt. Als sie Tooth umarmt, erhasche ich außerdem einen Blick auf ihre Achselhöhlen, die offenbar wieder aufgeforstet werden.

»Sie hat auch ihren Appetit aufs Leben zurückgewonnen, stimmt's, Mama?« Marrakesch legt die Arme um ihre Mutter, die lauthals lacht – ohne sich die geringsten Sorgen um Fältchen zu machen.

»Und sie wird sich zum zehnten und letzten Mal von ihren Dreißigern verabschieden.« Ein mit neuen Jackettkronen ausgestatteter Bruce tätschelt meiner Schwester den Hintern. »Kapiert?«

Victoria lässt sich auf meine Bettkante fallen und ergreift meine Hand. »Mein ganzes Leben habe ich nach einem Mann gesucht, der meine Erwartungen erfüllt.«

»Wie bitte? Einen heterosexuellen Haute-couture-Designer mit einer fünfundzwanzig Zentimeter langen Zunge?«, frage ich entgeistert.

»Ich habe immer geglaubt, mein Mr. Right wäre ein alter Knacker mit einem Haufen Kohle und einer unheilbaren Krankheit – aber seit ich Brucey kenne, versetzt mich mein Östrogenspiegel in eine permanente hormonelle Raserei. Wir üben diese unglaubliche Anziehung aufeinander aus, Elisabeth. Ich habe endlich den perfekten Mann gefunden.«

Ich werfe einen Blick auf den Ex-Knastbruder aus dem

Hochsicherheitstrakt, der nonchalant mit dem Schnappmesser in seinen Zähnen polkt. »Ach ja? Ich habe nämlich die feste Absicht, mich an dir zu rächen und eines Tages mit *deinem* Mann zu schlafen, Vick«, flüstere ich, »aber ich bezweifle, dass *er* derjenige welche ist.«

»Schätzchen, er hat im Gefängnis Kirchenmusik studiert. Du machst dir keine Vorstellung, wie er mich morgens als Erstes ordentlich durchorgelt.« Sie beugt sich zu meinem Ohr herunter. »Ich bin sogar versucht, meine Tönung herauswachsen zu lassen, nur um mal zu sehen, welche Farbe meine Haarwurzeln haben.«

»Mama, kannst du dich wirklich nicht einmal an deine natürliche Haarfarbe entsinnen?«, hänselt Marrakesch und kuschelt sich an ihre Mutter. Zum ersten Mal im Leben sehe ich die beiden so zärtlich miteinander umgehen. Victorias Augen sind vor lauter Mutterstolz ganz glasig geworden.

»Marrakesch! Ist denn bei dir alles in Ordnung?«, krächze ich, als mir plötzlich ihr chirurgisches Trauma wieder einfällt.

»Abgesehen von diesen Giga-Titten.« Sie lacht.

»Das ist keine Brust«, sage ich zu ihr, »das ist ein aufgeblasenes Rettungsschlauchboot. Warum hast du dir die Implantate nicht rausnehmen lassen?«

»Die Klinik ist geschlossen. Entsinnst du dich noch an Svens Geistesblitz, in Kryogenik zu investieren?«

»Ach ja, fünfzigtausend für eine Neurosuspension. Und hundertundzwanzig für den ganzen Körper!«

»Na ja, die Firma ist liquidiert worden. Im wahrsten Sinne des Wortes. Die Stromrechnung wurde nicht bezahlt und die Kühlköpfe sind alle aufgetaut. Darum ist er auch abgetaucht. Um seinen Gläubigern zu entkommen. Na ja, wo ich schon mal die Dinger habe«, sie starrt auf ihre wogenden Möpse, als würde sie zwei ziemlich exotische Haustiere betrachten, »kann ich vielleicht auch ein Weilchen als Model arbeiten. Und einen Haufen Knete verdienen. Du weißt schon. Für die gute Sache.«

»Nur über meine Leiche …«, droht meine Schwester.

»Ist das nicht toll?«, ruft Marrakesch begeistert. »Jetzt haben wir sogar richtige Mutter-Tochter-Konflikte!«

»Wie lange war ich bewusstlos?«, frage ich die irische Krankenschwester, die gekommen ist, um mir eine Beruhigungsspritze zu geben.

»Fünf Tage liegen Sie jetzt hier, Kleines. Von Ihrem Schutzengel bewacht.«

»Hugo?« Mein Hoffnungspegel steigt ins Unermessliche. Vielleicht hat er bereut. Vielleicht hat er aufgehört, diese Arschloch-Pillen einzunehmen.

»Ihr Kerl aus Belfast. Was für ein Prachtstück haben Sie da.«

Ich schaue erklärungsheischend meine Schwester an.

»Cal war ununterbrochen an deiner Seite. Wir haben darauf bestanden, ihn heute vormittag abzulösen. Warum er so scharf drauf ist, dass du ins Leben zurückkehrst, wissen wir auch nicht.«

»Aber irgendwie sieht es nach mehr aus als nach guter Nachbarschaft«, kichert Marrakesch. »Onkel Hugo hat dich auch einmal besucht.«

»Hat er?«, frage ich begierig und fasse wieder Mut. Ob er vielleicht doch eine Kehrtwende gemacht hat?

»Ja. Er hat die Schlüssel zu deinem Sportwagen aus deinen Sachen genommen. Der Mercedes läuft unter seinem Namen, sagte er, und er wollte ihn verkaufen.«

»Oh.« Ich sinke ins Kissen zurück. Calim hat über mich gewacht. Mein wunderbarer Cal. Cal mit den Lachfältchen und den albernen Witzen und dem schlendernden Gang …

Die Schwester macht sich an meinem Bett zu schaffen und wechselt die Verbände. Ich sehe, wo der Blitz in meiner Brust eingeschlagen hat und berühre die Stelle an meinem rechten Schulterblatt, wo er wieder herausgefahren ist.

»Die Joggerin, die Sie gefunden hat, also die trug einen anständigen Sport-BH«, sagt die Schwester leicht vorwurfsvoll. »Jessesmaria, wenn bloß Ihre amerikanische Freundin, dieser Fernsehstar – also so schade drum! Wenn die doch *auch* bloß einen anständigen Sport-BH angehabt hätte, dann wäre sie nicht geröstet worden. Man kann nie genügend Unterstützung haben, das ist meine Meinung.«

Wie wahr, wie wahr. Die Aufgabe eines besten Freundes ist es, ein menschlicher Wonderbra zu sein – einen immer aufzurichten und zu unterstützen. Während die Spritze ihre Wirkung tut, stelle ich fest, dass ich Calim ungefähr so viel Unterstützung gewährt habe wie ein Sport-BH Dolly Parton.

31.

Hässlichkeit ist Ansichtssache: Nimm Augentropfen

Als ich wieder erwache, liege ich auf dem schmalen Bett, blass und hauchdünn wie ein Blatt Papier. Meine Handgelenke sind von Namensschildchen und Plastikröhrchen verunstaltet, und jemand hält mir die Hände fest. Cal sitzt neben mir. In seinen ausgebeulten Levi's und dem löcherigen T-Shirt sieht er aus wie eine Vogelscheuche – Schultern wie Kleiderbügel, mit kantig abstehenden Armen. Entsetzt sehe ich, wie fürchterlich er in den letzten Monaten abgenommen hat.

»Du musst mehr raus – vorzugsweise in ein Restaurant«, sage ich im freundschaftlichen Hänselton und rappele mich in Sitzhaltung hoch. Mein Krankenhausmittagessen liegt unangerührt auf einem Plastiktablett.

»Ja. Ich weiß. Obdachlose könnten bei mir einziehen. Meine Klamotten sind wahre Massenunterkünfte.«

Mit der Gabel spieße ich ein Stück Huhn auf und halte es ihm vor den Mund, aber er weist es von sich. »Guck dir bloß an, in was für einem jämmerlichen Zustand wir beide sind?«, sagt er. »Was meinst du, wie sich unser Ehegelübde anhört? ›In Krankheit und in Krankheit erkläre ich euch nun zu …‹«

Ich lasse seine Hände fallen. »Unser *was*?« Plötzlich finde ich das Muster auf der dünnen Bettdecke wahnsinnig faszinierend, und ich ziehe die ausgewaschenen Kringel mit dem Finger nach. Das zitronengelbe Licht eines sommerlichen Sonnenuntergangs dringt durch die verschmierten Fensterscheiben herein. Einen Augenblick lang herrscht unbehagliches Schweigen. Ich komme mir vor wie eine Fallschirmspringerin beim ersten Einsatz. Unsicher hocke ich vor der Konversationsluke, hole tief Luft und mache einen Sprung ins Ungewisse. »Cal, es tut mir so Leid. In letzter Zeit habe ich mich dir gegenüber widerlich benommen. Ich glaube, ich bin einfach nur ausgeflippt, weil ich auf die vierzig gehe.«

»Schon gut.« Seine Mundwinkel wandern amüsiert nach oben. »Alte Leute sind nun mal eigen ... herzlichen Glückwunsch zum Geburtstag.«

»O nein. Welchen Tag haben wir heute?« Ich lasse mich ins Kissen zurückfallen. »Habe ich etwa Geburtstag?« Ich schalte die Nachttischlampe ein und versuche, das Datum auf meiner Armbanduhr zu entziffern.

»Den sechzehnten Juni.« Er prostet mir mit einem lauwarmen Glukosetrunk zu. »Alles Gute zum Vierzigsten«, sagt er und lächelt ein wenig wehmütig. »Tut mir Leid, dass ich nicht hier war, als du das erste Mal aufgewacht bist. Du warst in letzter Zeit ein bisschen neben der Kappe, was kein Kunststück ist, wenn man versucht, dem Tod zu trotzen und so ...«

Ich beobachte, wie sich seine Lippen lächelnd um das Glas kräuseln. Plötzlich stelle ich mir vor, dass der Geschmack seines Mundes warm und intensiv sein könnte, wenn ich ihn küssen würde. Schockiert von dem Gedanken wende ich meinen Blick ab. Ich fühle mich seltsam fehl am Platz. Einen Moment lang verharren wir in peinlichem, angespanntem Schweigen und die einzige Ablenkung ist das sanfte Gedudel, das in allen Zimmern läuft.

»›Born to Be Wild‹ wurde jedenfalls *nicht* fürs Xylophon geschrieben«, sage ich schließlich. Plötzlich fühle ich mich wie ein Teenager, und nicht wie eine Frau, die sich langsam, aber sicher auf ihre ersten Inkontinenz-Binden einstellen sollte.

»Also hattest du einen Horror vor der großen Vier und der großen Null?«, erkundigt er sich und schaut mich prüfend an.

»Jetzt nicht mehr. Ein Nahtoderlebnis ist bestens geeignet, deine Gefühle über die Vergänglichkeit und die Angst vor Falten ein bisschen zu relativieren.«

»Ich weiß. Älterwerden ist nicht halb so gruselig, wenn man an die Alternative denkt, stimmt's? Es ist doch egal, wie dein Körper aussieht – solange er gesund ist. Hey, wir können uns jetzt eine Baseballmütze teilen«, sagt er und knallt mir seine Kappe auf meinen versengten Schädel. »Eigentlich zu blöd, dass man erst der Sterblichkeit ins Auge sehen muss, bevor man lernt, dass das Leben durch die kleinen alltäglichen Wunder erst richtig kostbar wird – ein Gedicht, eine Melodie, ein kaltes Bier, dieses gewisse Lächeln von der Frau, die man liebt ...« Er beobachtet mich gebannt.

»Im Grunde sind Lächeln und Lachen die beste Art, wieder gesund zu werden«, plappere ich haltlos und ärgere mich über meine Nervosität. »Lachen verursacht ein Absinken des Stresshormons Adrenalin. Es stärkt auch das Immunsystem«, quassele ich angeregt weiter. »Das hat mir Hugo mal erzählt. Und glaube mir, in dieser Baseballmütze gibst du genügend Anlass zum Lachen, Kumpel, da kannst du Gift drauf nehmen.« Ich werfe ihm die Mütze wieder zu. Sie landet auf seinem Schoß. Es handelt sich um ein Werbegeschenk der Firma Disney, und drauf prangt in großen Lettern: »Es ist *doch* nur eine kleine Welt« – was total dem widerspricht, was ich mit einem beiläufigen Blick unter der Knopfleiste seiner Levi's erahnen kann.

»Ich stelle mich meinen Ängsten, okay? Wenn du aus dem Krankenhaus entlassen wirst, dann trage ich diesen lila Schlips, den du mir letztes Jahr zu Weihnachten geschenkt hast.«

Ich versetze ihm einen spielerischen Hieb.

»Ich plane einen neuen Roman. Mit ein bisschen Übung und viel Mut schaffe ich es vielleicht, ein mittelmäßiger Schriftsteller zu werden.« Jetzt grinst er frech. »Wenn ich bloß deinen Wortwitz hätte, Liz. Schönheit schwindet mit der Zeit, aber Humor kann nur noch reifen.«

»Ich habe einen Artikel in *Hässlich* gelesen – der Zeitschrift für Leute, die ihre Poren nicht porentief reinigen –, dass Frauen in den mittleren Jahren sich jünger fühlen, als sie tatsächlich sind. Außerdem habe ich eine Methode gefunden, wie man jung bleiben kann.«

»Aha. Wie soll das gehen?«

»Also. Zuerst einmal, wenn du einen Krepp-Hals hast, trag einen Rolli. Zweitens, wenn du Cellulite hast, trag lange Hosen.«

Cal lächelt und stimmt mit ein. »Drittens, verkehre nur noch mit Leuten, die mindestens zwanzig Jahre älter sind.«

»Viertens, schaff dir einen breiteren Spiegel an.«

»Fünftens, umgib dich ausschließlich mit viel hässlicheren Frauen.«

»Ach ja! Und besorg dir einen Dimmerschalter, das beste Sexspielzeug, das die Frauenwelt kennt.«

»Die Meisterleistung der Zivilisation! Man sollte auch die Badezimmerwaage so türken, dass sie nie mehr als fünfundfünfzig Kilo anzeigt.«

»Genau!« Wir überschlagen uns gegenseitig im Bemühen, unsere genialen Ideen loszuwerden. »Denn wir mögen jetzt vielleicht alt aussehen«, schlage ich vor, »na ja, aber jünger sehen wir nie mehr aus, oder?«

»Hey, eines Tages werden wir uns wünschen, dass wir so jung aussehen wie jetzt.« Er grinst dämonisch. »Es ist geil, vierzig zu sein, weil du, na ja, noch nicht fünfzig bist!«

»Stimmt«, erwidere ich tapfer. »Gelassenheit und Mut – das ist mein neues Motto … Oh, und Slips mit Bauchkompression.«

»Ich finde übrigens, die einzige Antwort auf diese Älterwerden-Scheiße ist, alle Models zu erschießen.«

»Richtig!« Schlagartig wird mir klar, dass Cal und ich seit Jahren im Duett singen, nur dass ich nie gehört habe, wie sehr wir harmonieren. »Ich persönlich bevorzuge ja die Todesstrafe für die Generaldirektoren von Kosmetikfirmen. Ich meine, Hautcremes versprechen einem zwar, dass man mit fünfzig noch aussehen kann wie Isabella Rossellini – aber nur, wenn man schon mit fünfzehn so aussah wie sie.«

»Außerdem ist ein guter Fick sowieso zehnmal besser als jede Creme.«

Ich schlucke und meine Nerven klimpern wie angezupfte Saiten. »Findest du?«

»Wenn eine Frau erst mal über vierzig ist, entfaltet sie eine wunderbare Sinnlichkeit. Mit all der Erfahrung, die sie da unter ihrem Hüftgürtel mit sich herumträgt, kann sie doch alles so viel besser genießen, oder?«

Ein seltsames Hüpfgefühl macht sich in meiner Magengrube bemerkbar.

»Erst wenn man aufhört, sich Sorgen um seinen Körper zu machen, kann man sich auf seine Lust konzentrieren. Wenn man mit vierzig immer noch nicht macht, was einem Lust bereitet, sollte man schleunigst damit anfangen.«

Ich lächle jetzt so breit, dass ich befürchte, mir mein Gesicht aufzuratschen. »Und außerdem haben wir reizlosen Geschöpfe eine wichtige Funktion. Ohne *uns* wären ja die schönen Menschen nur halb so schön.«

Als Calim mich jetzt anschaut, glitzert in seinen Augen ein Licht wie Sonnenschein, das sich in einem blauen Swimmingpool spiegelt. »Aber du bist schön, Lizzie.« Dann schaut er aus Verlegenheit über diese kitschige Enthüllung wieder weg. »Hat man dir jemals gesagt, wie schön du aussiehst, wenn du dein Abendessen auskotzt, nachdem du vom Blitz erschlagen wurdest?«, fügt er hastig hinzu.

»Und du bist auch hübsch, Cal.« Verschreckt wende ich mich halb um, weil ich sehen will, wer diese banale Aussage gemacht hat – da ich nicht glauben kann, dass sie von meinen sarkastischen Lippen stammt.

Cal strahlt mich an. Und bei Gott, er *ist* hübsch. Warum ist mir das früher nie aufgefallen? Auch ich bin peinlich berührt und flüchte mich in die Schnodderigkeit. »Einer der hübschesten Männer, die ich je gesehen habe – außer k.d. Lang natürlich.«

Er knufft mich spielerisch, zieht dann aber seine Hand nicht wieder weg. Sie umklammert meinen Oberarm. Das geht über in ein sanftes Streicheln meines Arms, der eine Gänsehaut bekommt. »Guter Stoff?«, fragt er.

»Fantastisch. Man sagt ja, dass Morphium eine Einstiegsdroge für härtere Sachen ist. Aber warte mal! Es gibt gar keine härtere Droge, oder?«

Er lächelt. »Nur Liebe.«

»Also das war jetzt eindeutig unter Drogeneinfluss gesagt.«

»Ich liebe alles an dir, Lizzie. Ich liebe die Sachen, die du anhast. Ich liebe die Sachen, die du nicht anhast. Ich liebe sogar deine Zehen.« Er zieht meinen Fuß aus dem schmuddeligen Pantoffel und küsst meine Zehen, eine nach der anderen.

»Herrje, du bist in letzter Zeit so gefühlsduselig geworden. Hör auf damit, Cal. Auf der Stelle. Bevor du einen Eisprung kriegst!« Aber ich bin überwältigt und bewege seine Worte in meiner verletzten Brust. »Du – du glaubst im Ernst, dass du mich liebst?«

»Genug, um dich vergessen zu lassen, dass du jemals mit einem verlogenen Arschloch verheiratet warst.«

»Wirklich? Ohne Rezept?«

Er beugt sich vor und küsst mich mit seinem langsamen, sanften Mund.

»Also magst du mich doch ein bisschen, Puppe«, sagt er leise, als wir uns schließlich voneinander lösen, atemlos und verrückt vor Verlangen.

»Auf keinen Fall«, antworte ich.

»Lizzie, eine Frau kann einen Orgasmus vortäuschen, aber nicht so einen intensiven Kuss wie diesen eben.«

»Das sind wahrscheinlich nur die Nachwirkungen des Blitzes. Der Doktor hat gesagt, Überlebende eines Blitzeinschlags leiden häufig unter neuropsychiatrischen Nebenwirkungen. Offensichtlich bin ich immer noch vollkommen durchgeknallt.«

Sanft streicht er mit den Fingern über meine Gänsehaut. Sie spricht ihre eigene Sprache. »Ha ha und nochmals ha, schönen Gruß von der Schicksalsfee. Du hattest deine große Liebe die ganze Zeit vor der Nase, du Dummkopf.«

Jetzt umklammere ich seine Arme mit einer Dringlichkeit, die meinen angeschlagenen Zustand Lügen straft. »Es geht mir schon wesentlich besser, weißt du, Cal?«

»Oh. Klasse!« Aber weil er jetzt keinen Grund hat, mich zu beruhigen, hört er auf, mich zu streicheln. Er legt seine Hände wieder in den Schoß und bleibt verklemmt auf meiner Bettkante sitzen.

»Aber hey, ich glaube ich hab da irgendwo noch eine unverletzte Stelle«, sage ich eifrig und lüpfe mein Pyjamaoberteil. »Und so ein Muttermal ...« Ich lege seine Hand auf meinen warmen Bauch.

»Na, dann glaube ich, solltest du am besten gleich ganz nackt sein, damit ich mal danach Ausschau halten kann.«

Und dann berühren sich unsere Münder und unsere Köpfe streifen einander. Vor dem University College Hospital schleppt sich Bloomsbury träge dahin und kühlt allmählich von der Hitze des Tages ab, blüht auf, sackt zusammen, ächzt und keucht – nicht viel anders als wir. Und dann verliere ich mich in der feuchten Wonne unserer Lippen, während wir miteinander verschmelzen.

Als wir wieder voneinander lassen, sehe ich, wie meine Brustwarzen durch den weichen Baumwollstoff meines Pyjamaoberteils pieksen. Und hier im Zimmer ist es das Gegenteil von kalt. Cal hebt langsam mein Hemd an und betrachtet meine Brüste. Mein erster Instinkt ist, schützend die Arme darüber zu breiten. Aber dann wird mir bewusst, dass ich sie gar nicht verstecken muss – Calim Keane ist mir schon tief unter die Haut gegangen, und das seit ewigen Zeiten. Und darum bleibe ich, seinem Blick ausgesetzt, sitzen, wo ich bin – und zeige ihm mein einfaches, wahres Ich, das Kinder gestillt hat, operiert und rückoperiert wurde, ungeschminkt und nackt ist.

»Oh. Du hast die herrlichsten Brüste, Liz. Keck und kühn«, tauft er sie.

Ich habe Schmerzen, fühle mich tapfer und schwach zugleich, aber eine riesige Gefühlswelle schwappt über mich. Ich umarme mich selbst vor lauter Freude. Nur, dass es nicht nötig ist, weil er mich bereits in seine Arme geschlossen hat. Er nimmt meine Brüste in beide Hände und bewegt die Brustwarzen mit seinen kräftigen Fingern.

»Die Kühns«, spricht er meine Titten förmlich an und grinst schüchtern, während überall seismographische Nadeln krabbeln und zucken.

Als ich mich schwer atmend an ihn lehne, fühle ich in all meinem Glück einen kleinen traurigen Stich. Für den Bruchteil einer Sekunde glaube ich, dass ich weinen muss. Das Ganze ist so romantisch, dass es von Rechts wegen in Schwarzweiß daherkommen müsste.

»Aber keine unmöglichen, geschmacklosen Kosenamen in der Öffentlichkeit, klar?«, sage ich atemlos und kämpfe mit den Tränen. »Keine Ekel erregende Babysprache, versprochen?«

»Natürlich nicht, mein süßes kleines Schnuckelchen.« Seine Zunge arbeitet sich langsam nach unten vor und bewegt sich dann leckend von einer Brust zur anderen. Meine Nippel stehen so stramm, dass ich Kurzwelle mit ihnen empfangen könnte.

»Weißt du nicht, wie unhöflich es ist, mit vollem Mund zu sprechen, du großer irischer Bastard?«, keuche ich, von Kopf bis Fuß von einer frischen, vibrierenden Freude erfüllt.

Als er mich ansieht, sitzt ein verwegenes Leuchten in seinen Augen. »Und was würdest du jetzt gern machen?«

»Na ja, ich dachte, erst mal werde ich vierzig.« Ich stoße die Tür mit meinem Fuß zu – fühle aber, wie sich eine andere öffnet. »So … und wo ist jetzt der Dimmerschalter?« Ich taste nach der Nachttischlampe.

Cal fällt mir in den Arm. Dann spricht er die fünf schönsten Worte auf der Welt: »Lass das Licht an, Lizzie.«

ENDE

Dank

Dank an alle, die die erste Fassung über sich ergehen ließen: Peter Straus, Nikki Christer, Mari Evans und Suzanne Baboneau, vor allem auch an Alison Summers für freundliche Ermutigung und redaktionellen Scharfsinn und Geoffrey Robertson für seine (ungemein wichtig für eine satirische Autorin) – Kenntnis der Gesetze des Verleumdungsrechts.

Außerdem Dank an:

Ed Victor, der Rakete unter den Agenten.

Schönheitsguru Jo Fairley. Jo brachte mir bei, dass Mütterchen Zeit vielleicht alle Wunden heilt, aber beileibe keine Kosmetikerin ist.

Simone Hugo, die viel Schweiß und Blut über ihrer Tastatur vergossen hat.

Meine Ärztekumpel Robert Lyenham und Iain Hutchison; sie verrieten mir die beste Methode, wie man bei einem teilanästhesierten Mann eine Brustvergrößerung vornimmt und wie man Anästhesie buchstabiert.

Und Dank an meine Freundinnen: Aggie, Victoria, Penny, Jan, Susie, Jean, Jenny, Cara, Liz, Ange, Mimi, Michelle, Kate, Catho und alle anderen, die mit mir der Meinung sind: Wenn Barbie so wahnsinnig beliebt ist, wieso müssen wir ihr dann eigentlich Freunde kaufen?

P. S. Iain Hutchison, ein Kiefer- und Gesichtschirurg, unterhält eine wohltätige Einrichtung mit dem Namen »The Facial Surgery Research Foundation Saving Faces«, das die Forschung zur Verbesserung der Behandlungsmethoden für Patienten mit Krebs, Entstellungen und Gesichtsverletzungen unterstützt. Wenn Sie also ein paar Scheinchen übrig haben, schicken Sie sie einfach an: Saving Faces, PO Box 25383, London NW5 2FL. Wenn Sie mehr erfahren wollen, können Sie *savingfaces.co.uk* im Internet besuchen, oder schreiben Sie an *savingfaces@mail.com*